Indécente

Emma
WILDES

Indécente

Traduit de l'anglais (États-Unis)
par Catherine Berthet

J'ai lu

AVENTURES
& PASSIONS

Vous souhaitez être informé en avant-première
de nos programmes, nos coups de cœur ou encore
de l'actualité de notre site *J'ai lu pour elle* ?

Abonnez-vous à notre *Newsletter* en vous connectant
sur **www.jailu.com**

Retrouvez-nous également sur Facebook
pour avoir des informations exclusives :
www.facebook/pages/aventures-et-passions
et sur le profil *J'ai lu pour elle*.

Titre original
AN INDECENT PROPOSITION

Éditeur original
Signet Eclipse, published by New American Library,
a division of Penguin Group (USA) Inc., New York

Prologue

Courses d'Ascot, 1812

Les chevaux dévalèrent la pente, déclenchant dans la foule des cris d'encouragement, et quelques minutes plus tard Nicholas Manning, sixième duc de Rothay, remporta à nouveau la victoire grâce à son superbe étalon noir. À vrai dire, ses chevaux de course avaient raflé tous les prix de la journée.

Personne ne s'en étonnait.

L'homme avait un don avec les chevaux, cela ne faisait aucun doute. Et à en croire les rumeurs, il était encore plus doué avec les femmes.

On n'avait aucun mal à le croire. Caroline Wynn le regarda fendre la foule pour regagner sa loge privée, armé de son légendaire sourire. Le duc possédait une beauté très particulière. Grand, athlétique, le teint mat et les traits purs, il affichait une éclatante virilité. Il gravit les quelques marches qui menaient à sa loge avec une élégance naturelle, vraisemblablement pressé de célébrer ses victoires. Il était vêtu d'une jaquette bleu foncé, d'un pantalon de daim, et de bottes de cuir. Ses cheveux d'un noir de jais contrastaient avec la blancheur immaculée de sa cravate.

— Rothay a l'air content de lui, murmura Melinda Cassat, en agitant vigoureusement son éventail.

Ses petites boucles brunes et serrées tressautaient à chaque mouvement de son poignet. Les fauteuils de ces dames se trouvaient à l'abri du soleil sous un auvent de toile rayée. Mais il n'y avait pas un souffle d'air ; le ciel était d'un bleu clair et lumineux.

— C'est normal, il a gagné, répondit Caroline, qui éprouva un léger trouble quand le duc disparut dans sa loge.

— Et il n'a même pas besoin de cet argent, il est riche comme Crésus !

Melinda fit la moue et repoussa une mèche qui lui chatouillait la nuque.

— Naturellement, parier sur des chevaux de course est un passe-temps honorable comparé à certaines pratiques. Tu as entendu parler de ses escapades ?

Persuadée que la rougeur de ses joues serait mise sur le compte de la chaleur, Caroline mentit sans hésiter.

— Non. De quoi veux-tu parler ?

Melinda adorait les cancans, et cette question était pour elle une véritable aubaine. Elle se pencha en avant et prit un air de conspirateur.

— Eh bien, à ce qu'il paraît… du moins c'est ce que l'on chuchote, notre cher duc et son meilleur ami, lord Manderville qui, comme tu le sais, a hérité de la réputation libertine de son père, auraient fait un pari incroyable : gagnera celui qui est le meilleur amant d'Angleterre.

— Vraiment ? fit Caroline en feignant une totale indifférence.

Son amie en revanche semblait surexcitée.

— Tu ne trouves pas cela extraordinaire ?

— Es-tu certaine de ce que tu avances ? Ma chère, nous sommes à Londres et ces hommes appartiennent à la haute aristocratie. Il ne faut pas prendre comme parole d'évangile tout ce que l'on dit. Tu sais aussi bien que moi que ces rumeurs se révèlent souvent fausses, ou que les faits sont grandement exagérés.

— Oui, mais apparemment ils ne nient pas. Le pari est enregistré chez White, et quantité de gentlemen ont déjà misé sur leur favori. Ces deux-là ont toujours flirté avec le scandale, mais cette fois ils se surpassent !

Les jockeys enfourchaient leur monture pour la dernière course.

— Comment peut-on prétendre apporter une preuve dans un pari aussi absurde ? répliqua Caroline. Et quel arbitre pourra déterminer lequel des deux est le meilleur amant ? Tout est affaire de subjectivité dans ce domaine.

— Ma chère, c'est bien là l'aspect le plus scandaleux. Ils ont besoin d'un critique impartial. Toute la bonne société se demande qui sera cette personne.

— C'est un peu bizarre, tu ne crois pas ? Il faudrait qu'une femme accepte d'avoir des rapports intimes avec... ces deux hommes ? Seigneur !

Melinda ne cacha pas son amusement.

— Ta réaction ne m'étonne pas, tu es une fille pudibonde. Étrange ou pas, ce contrat dépasse largement les bornes, même pour deux gredins comme eux. Les paris portent actuellement sur le temps qu'ils mettront à trouver quelqu'un qui accepte d'évaluer leur potentiel, si tu vois ce que je veux dire. C'est follement dépravé, mais deux des plus beaux hommes d'Angleterre vont faire tout leur possible pour donner du plaisir à leur partenaire. Tu imagines ce qui attend l'heureuse élue qui acceptera d'entrer dans le jeu ?

Caroline était bien consciente d'être considérée comme une femme froide et distante, mais s'entendre accuser de pudibonderie l'avait blessée.

— Je ne suis pas une vieille fille marquée par les années. Je comprends fort bien qu'une femme succombe à un homme beau et charmant. Ces deux jeunes gens sont des séducteurs éprouvés.

— En effet, et je n'ai jamais laissé entendre que tu étais vieille. Bien au contraire. Tu passes juste pour quelqu'un d'inaccessible, Caroline, ajouta Melinda avec un soupir. Tu te protèges depuis ton mariage et la mort d'Edward, mais il est temps que tu penses un peu à toi. Tu es jeune et belle et si tu voulais tu aurais la moitié de Londres à tes pieds, ma chérie.

— Merci.

— C'est la vérité. Les hommes feraient la queue devant ta porte avec des fleurs et des poèmes d'amour. Tu n'as aucune raison de rester prostrée dans la solitude.

— Je ne désire pas me remarier.

Caroline était sincère. Un mariage lui avait suffi, on ne l'y reprendrait plus.

— Tous les hommes ne sont pas comme Edward.

Caroline regarda distraitement les chevaux prendre place sur la ligne du départ. Le coup de feu retentit et les magnifiques bêtes bondirent en avant.

Elle espérait en effet que tous les hommes n'étaient pas comme son mari, car un certain duc libertin n'allait pas tarder à prendre connaissance de son message.

1

— Voilà qui est intéressant, marmonna Nicholas en tendant la main vers la carafe de brandy.

Il en versa une rasade dans le verre de cristal posé près de lui, et examina de nouveau la lettre qu'il tenait à la main. Sa journée aux courses, exténuante mais glorieuse, l'avait mis de bonne humeur. Il était grisé par la victoire et les célébrations qui avaient suivi. Une retraite dans son bureau s'avérait nécessaire. Cette pièce était son refuge, même s'il y passait tout son temps à travailler.

Elle avait appartenu à son père et, depuis la mort de ce dernier, il n'y avait apporté aucun changement, gardant le souvenir intact. Il ne l'aurait avoué pour rien au monde, mais il était quelqu'un de nostalgique. Le même tapis aux couleurs fanées couvrait le parquet ciré, et le bureau était toujours encombré d'un tas d'objets et de documents. Une odeur familière de cuir et de papier jauni s'échappait des livres rangés sur les étagères de chêne près de la cheminée.

— Qu'y a-t-il d'intéressant ? Quelque chose à voir avec les courses ?

Derek Drake, comte de Manderville, arqua un sourcil blond et s'enfonça confortablement dans son fauteuil. Comme à son habitude, Derek était habillé avec élégance, à la dernière mode. Ses bottes luisaient, mais son regard, lui, n'exprimait qu'une vague curiosité.

— Nick, tes chevaux se sont surpassés aujourd'hui. Ce n'est pas une surprise. Note que je ne t'en veux pas. Grâce à tes conseils avisés, j'ai gagné une belle petite somme sur la dernière course.

— Je suis enchanté pour toi, mais il ne s'agit pas de cela, répondit-il, laconique.

Non qu'il ne s'intéressât pas aux courses, mais Nicholas avait une passion première pour les chevaux.

L'écriture nette qu'il avait sous les yeux l'intriguait. Il tendit la feuille à son ami.

— Lis, Derek.

Son compagnon parcourut la missive, et son œil s'éclaira aussitôt. Il la lut une deuxième fois avant de déclarer :

— Cela paraît prometteur, tu ne trouves pas ?

— Ce n'est pas la première proposition que nous recevons.

Nicholas avala une gorgée de cognac. Le liquide était merveilleusement velouté. Il l'avait payé une fortune, mais la dépense en valait la peine. Un cognac français d'une telle qualité ne pouvait être obtenu que par contrebande.

— Je dois avouer que l'approche très directe de cette dame me séduit.

— Elle répond à un défi par un autre défi. C'est très fort. Néanmoins, il serait bon de savoir qui elle est.

Derek esquissa une petite grimace et lut à haute voix :

— « Si vous promettez une totale discrétion, j'accepte d'être le juge impartial de ce pari ridicule. Je tiens cependant à vous prévenir : les performances que j'ai connues dans ce domaine ne m'ont jusqu'ici pas impressionnée. Il semblerait bon que nous ayons une entrevue afin d'en discuter. »

L'idée de faire allusion à une déception au cours d'expériences précédentes, et ce afin de piquer leur intérêt, était excellente. D'autre part, cette dame avait raison, ce pari conclu sous l'emprise de l'alcool était ridicule.

— Cette lettre est teintée d'ironie, fit observer Nicholas avec amusement. Notre mystérieuse dame a du cran. Cela me plaît.

— Vraiment ? rétorqua Derek, l'air sceptique.

Pour eux, la femme n'était qu'un objet de désir. La conquête devenait un art dont ils étaient passés maîtres.

Nicholas n'en dit pas davantage. La société et sa famille exerçaient sur lui une pression de plus en plus forte. On attendait de lui qu'il se marie ; il l'avait toujours su, mais il avait du mal à l'admettre.

Tous les hommes commettaient des erreurs. Lui compris. Manque d'expérience, immaturité, sa bêtise à lui avait toutes les excuses de la jeunesse. Pourtant, il s'efforçait encore de surmonter cette catastrophe par tous les moyens, y compris les paris les plus fous et les plus audacieux.

— Bien sûr, répondit-il avec un détachement étudié. Une femme qui a du cran est toujours plus excitante au lit, tu ne crois pas ?

— Notre réputation ne souffrira pas plus si nous allons au bout de ce pari. Alors, pourquoi pas ?

Nicholas ne se préoccupait pas de l'avis des autres. Il avait compris depuis longtemps que les commérages faisaient partie intégrante de la société londonienne. Chercher à éviter les scandales demandait trop d'efforts par rapport au bénéfice escompté. Cependant, Derek et lui reconnaissaient qu'ils auraient été plus avisés de ne pas faire enregistrer le pari. À présent, toute la haute société jacassait à ce propos.

Il sourit.

— Il nous faut mordre à l'hameçon, mon vieux. Jusqu'ici, les dames qui se sont proposées pour se glisser dans notre lit et nous juger espéraient profiter de notre notoriété. Et je ne te parle pas de leur réputation.

Celle-ci semble différente. Visiblement, elle désire garder l'anonymat.

— Je ne vois pas d'objection à choisir une femme expérimentée, mais je reconnais que la discrétion qu'elle exige est étrange.

Derek étendit ses longues jambes et tapota la lettre.

— Elle est peut-être parfaite, belle et désintéressée.

— En effet.

Il était hors de question de faire participer une jeune ingénue. Avec le recul, Nicholas se disait qu'ils avaient été déraisonnables d'ouvrir une troisième bouteille de bordeaux ce soir-là, mais Derek semblait décidé à boire pour oublier et ils s'étaient tous les deux laissé entraîner.

Cela paraissait tout de même un peu bizarre. Nicholas n'aurait pas su dire pourquoi, mais il avait le sentiment que quelque chose n'allait pas. Depuis quelque temps, la bonne humeur de Derek semblait un peu forcée. D'un caractère enjoué, il devenait sombre et se perdait dans ses pensées.

— Nous ne sommes pas obligés d'aller jusqu'au bout.

Nicholas observa son ami. Derek était grand et blond, les yeux bleus et les traits doux, tout son contraire.

— Ce pari a été lancé sur un coup de tête. Par deux amis qui ont tendance à entrer en compétition pour tout et n'importe quoi, ajouta-t-il, guettant sa réaction. Ce n'est un secret pour personne.

— Serais-tu tenté de faire marche arrière, Nick ? Cela se comprend, puisque tu vas perdre.

Piqué au vif, Nicholas ricana.

— Qu'est-ce qui te fait croire cela ? La fadeur de toutes ces femmes que tu attires dans ton lit ? Rappelle-toi que la qualité prime sur la quantité, Manderville.

— À d'autres ! Ce n'est pas à moi que tu vas faire croire que tu es pointilleux, Rothay.

Nicholas cacha son irritation. Quoi qu'en disent les rumeurs, il était assez regardant sur le choix de ses partenaires. Il aimait les femmes, mais ne mettait pas n'importe qui dans son lit et s'efforçait d'être prudent. D'ailleurs, Derek n'était pas non plus aussi dépravé que voulaient le faire croire ceux qui chuchotaient derrière son dos. Nicholas n'avait pas eu vent de la moindre liaison ces derniers temps. Si Derek ne vivait pas comme un moine, du moins restait-il très discret.

C'était peut-être ce qui expliquait ce pari stupide. Derek l'avait provoqué, lui l'avait pris au mot ; tout cela parce qu'ils étaient nerveux et impatients. Pourtant, il ne connaissait pas la cause de cette nervosité, mais mieux valait ne pas la chercher. L'introspection nuisait à l'âme.

Bien entendu, la plupart de leurs aventures se fondaient sur un consentement mutuel et il n'était pas question de sentiments. Même si la bonne société aurait eu du mal à le croire, Nicholas avait des idées arrêtées sur le mariage qui, selon lui, ne devait pas avoir pour unique but d'assurer une descendance. Il était profondément romantique, mais nul n'avait besoin de le savoir. D'une part cela ne collait pas avec les idées du moment, et surtout cela ne regardait que lui. Dieu sait qu'en raison de sa noble éducation et de son titre il avait eu du mal à préserver sa vie privée !

Et en acceptant ce malheureux pari, il venait une fois encore d'attirer l'attention de la société sur lui.

Il se frotta pensivement le menton.

— Je dois vraiment m'ennuyer pour envisager quelque chose avec une femme qui aura les cartes en main !

— Dans ce cas, nous sommes deux à souffrir du même mal. Mais, puisque nous sommes embarqués dans cette histoire, envisageons les choses sous un autre angle, ajouta Derek en décochant à Nicholas un regard cynique. D'après ce que cette femme écrit, nous l'honorerions en lui faisant découvrir le plaisir sexuel.

— Un acte charitable, en somme ? C'est une bonne façon de se justifier.

— N'oublie pas que c'est elle qui s'est adressée à nous.

C'était indéniable.

— Tu penses donc que nous devrions accepter et la rencontrer ?

Derek acquiesça d'un hochement de tête.

— J'ai hâte de voir cette jeune personne.

— Qu'est-ce qui te fait croire qu'elle est jeune ? D'ailleurs, il faut préparer ce que nous dirons si elle ne nous plaît pas. Ce pourrait être embarrassant. Après tout, il est essentiel d'éprouver du désir pour être un amant compétent !

— C'est certain, approuva Derek. Je ne pense pas pouvoir réaliser un exploit avec une vieille sorcière. S'il y a bien une chose qu'un homme ne peut pas feindre, c'est le désir sexuel.

Nicholas ne pouvait le contredire. Néanmoins une femme n'avait pas besoin d'être d'une éblouissante beauté pour capter son attention. Le charme et l'attirance mutuelle lui semblaient seuls nécessaires.

La nuit était tombée et le ciel scintillait d'étoiles. Les rayons de lune argentés filtraient par la fenêtre. Il se versa un autre verre de cognac.

— Je ne pense pas que nos inquiétudes soient fondées. Cette femme doit être belle, le ton de sa lettre trahit une certaine confiance en elle.

Derek reprit la missive et la parcourut une fois de plus. Une lueur amusée brilla dans ses yeux bleus, mais sa bouche restait un peu pincée.

— Tu as sûrement raison. Je suis très impatient, à présent ! Veux-tu répondre, ou dois-je le faire moi-même ? Il faut trouver un endroit propice à cette rencontre, puisqu'elle exige le secret absolu.

— Laissons-la décider. C'est elle qui veut préserver son identité.

— C'est juste, concéda Derek avec un léger sourire.

— Si elle nous convient, il faudra établir des règles.

— Je le suppose. Notre réputation n'est plus à faire, n'est-ce pas Nick ?

Nicholas en avait conscience, naturellement. Dans quoi s'embarquaient-ils ? Ils se comportaient comme si toute cette affaire relevait de la plus haute importance. Mais en temps normal, aucun d'eux ne se serait lancé dans un concours aussi ridicule. Curieusement, Derek prenait les choses avec légèreté. Quant à lui, il adoptait la même attitude que lorsqu'il s'agissait de questions politiques ou sociales : il demeurait distant et gardait la tête froide.

Les sentiments n'avaient aucune place que ce soit dans son travail ou dans sa vie privée. Il le regrettait bien évidemment mais, déjà blessé par la dure réalité, il ne l'envisageait pas autrement.

Il était le duc de Rothay et adorait les femmes. Il aimait la douceur de leur corps, la musique de leur rire, les mots chuchotés dans le lit au plus fort de la passion, la langueur qui suivait la satisfaction du désir. Il n'existait rien de plus enivrant que les soupirs d'une femme lorsqu'il s'enfonçait en elle, et la pression des doigts sur ses épaules nues.

Mais l'amour, non. Le corps avait des exigences physiques indéniables ; le cœur, lui, restait meurtri. Il ne commettrait pas deux fois la même erreur.

Il s'était focalisé sur ses prouesses sexuelles. Depuis ses dix-huit ans, il avait cultivé sa mauvaise réputation. Avec succès.

— *Tout est éphémère,* murmura-t-il sans s'en rendre compte. *Et l'être qui se souvient des choses et la chose dont il se souvient.*

Derek le considéra d'un air circonspect.

— Tu cites Marc-Aurèle, maintenant ? Puis-je savoir ce qui nous vaut cette humeur songeuse ?

— Non, répliqua-t-il sèchement.

Son vieil ami le connaissait bien et ne tenait nullement à ressusciter de vieux fantômes. Il avala posément une gorgée de cognac et annonça :

— Quelles que soient les raisons qui nous poussent à agir, il me tarde de passer à l'action.

2

— Je répète ma question : que faisiez-vous là-bas, madame ?

Caroline pinça les lèvres, irritée. Lord Wynn, le cousin de son défunt mari, lui avait rendu visite à l'improviste. Bien qu'elle ait réussi à l'éviter pendant des semaines, elle n'avait pu faire autrement cette fois que de le recevoir. La ressemblance entre les deux cousins était si forte qu'elle éprouvait un choc chaque fois qu'elle se trouvait nez à nez avec Franklin, comme si un fantôme se matérialisait sous ses yeux.

Un spectre qu'elle trouvait fort importun.

Ils se trouvaient installés au salon, et les hautes fenêtres étaient ouvertes pour laisser entrer la brise du matin. La pièce avait été rénovée après la mort d'Edward et l'harmonie des tons or et ivoire attestait du bon goût de la maîtresse de maison. Caroline avait également ajouté deux canapés de brocart, un fauteuil italien de chaque côté de la cheminée, et plusieurs aquarelles. Un vase précieux contenait un bouquet de fleurs du jardin, qui répandaient un délicieux parfum printanier. Elle avait éprouvé un grand plaisir à faire disparaître tout ce qui lui rappelait Edward. Ce dernier se serait moqué de ces petites touches personnelles, féminines et délicates. À vrai dire, Edward détestait tout ce qui ne correspondait pas exactement à ses idées.

À la vue du nouveau décor, une lueur froide était passée dans les yeux pâles de Franklin, et sa bouche avait formé un pli amer. Comme s'il avait dit : « Cette maison aurait dû être à moi. » De fait, la nouvelle décoration avait été payée avec la fortune dont il pensait devoir hériter. Caroline s'en moquait éperdument. C'était son argent maintenant et, si elle avait envie d'effacer le souvenir de son mari pièce par pièce, elle ne s'en priverait pas.

— Je suis allée voir les courses de chevaux, bien entendu. Par chance il faisait beau et la journée fut très agréable, déclara Caroline d'un ton froid et détaché. Veuillez m'excuser, mais j'étais sortie quand vous êtes passé la semaine dernière. J'ai été assez occupée ces temps-ci.

— La semaine dernière... et la précédente. Oui, j'ai remarqué. Vous êtes consciente, j'espère, qu'il n'est pas convenable d'aller aux courses sans être accompagnée. Ce lieu est fréquenté principalement par des hommes. Les dames de la bonne société ne vont pas s'y promener sans chaperon. La prochaine fois que vous voudrez assister à ce genre de spectacle, prévenez-moi, je m'arrangerai pour vous y emmener.

Seigneur, ces yeux bleus et froids comme ceux d'Edward...

Franklin avait un visage d'oiseau de proie, tout en angles, des paupières lourdes, un nez busqué, des cheveux noirs et épais, des pommettes saillantes et une bouche mince qui ne souriait jamais. Âgé d'une trentaine d'années, pourvu du titre dont il venait d'hériter, il était considéré comme un bon parti. Pas laid, non, mais sa ressemblance avec Edward déconcertait Caroline à chaque entrevue.

Il posa sur elle un regard glacial et elle eut l'impression d'être convoitée par un vautour. Il allait s'abattre sur elle et la dépecer à coups de bec si elle ne se protégeait pas.

Elle se raidit, agacée par son ton autoritaire. Franklin semblait croire qu'il pouvait lui dicter sa ligne de conduite.

— Je n'étais pas seule, puisque Melinda Cassat et son mari m'accompagnaient. Vous n'avez pas à vous soucier de moi.

Franklin se pencha légèrement en avant. Il brillait dans son costume trop voyant pour une simple visite matinale à sa cousine. De la dentelle moussait autour de son cou et dépassait des manches de sa veste.

— N'oubliez pas que vous êtes la veuve de mon cousin, et que par conséquent je dois m'inquiéter pour vous.

— Je vous en prie, ce n'est pas nécessaire.

Ce qu'elle souhaitait par-dessus tout, c'était en finir avec la famille Wynn. D'autre part, Franklin la mettait toujours mal à l'aise. Ses attentions n'avaient rien à voir avec une sincère sollicitude. C'était quelqu'un d'intéressé. Fort heureusement, le testament n'avait pu être contesté, en dépit de ses protestations. Caroline avait appris à cette occasion que l'indépendance était un bien chèrement acquis.

— Votre retour dans la société est mon premier souci.

Son regard froid semblait vouloir la transpercer.

— Je ne vois pas pourquoi. Je mène une vie tranquille. Je commence à accepter quelques invitations, mais…

— Vous devriez me demander mon avis sur les événements auxquels vous désirez assister.

— Je suis veuve, répliqua-t-elle avec raideur. Et financièrement indépendante.

Ce fut au tour de Franklin d'être contrarié. Le sujet était épineux. Il lui fallut quelques secondes, mais il parvint à maîtriser sa colère.

— Je connais l'état de votre fortune, ma chère. Je sais aussi que vous êtes jeune et susceptible de vous remarier. Il existe des gentlemen peu scrupuleux et il est de mon devoir de vous protéger.

Caroline fut sur le point de répliquer vertement, sans réfléchir. Par bonheur, elle se contint. Elle parcourut le salon du regard ; les murs tendus de soie claire et les riches tissus étaient devenus le symbole de son indépendance. Si seulement elle ne sentait pas, au creux de sa main moite, la réponse de Rothay. Sans ce maudit bout de papier qui lui brûlait les doigts, elle aurait gardé la tête plus froide. Son majordome le lui avait apporté au moment où il lui annonçait son visiteur. Intérieurement, Caroline trépignait d'impatience à l'idée de lire le message. Il lui fallait se débarrasser de Franklin.

Si ce dernier apprenait ce que contenait cette missive, il mettrait un malin plaisir à salir son nom. Elle ne se faisait aucune illusion, cet homme était capable de tout.

— Melinda et son mari sont des chaperons très convenables, et personne n'a cherché à m'approcher. Je n'avais jamais assisté aux courses, et je ne savais pas à quoi m'attendre. J'ai trouvé le spectacle très excitant.

De fait, l'expérience avait été exaltante du début à la fin. La foule élégante, les cris enthousiastes, les chevaux lancés au galop, et enfin le moment de trouble exquis qu'elle avait ressenti en apercevant le duc de Rothay et lord Manderville. Ils formaient un superbe contraste, l'un d'une beauté brune et satanique, l'autre blond comme un Apollon. Bien que différents physiquement, ils se ressemblaient sur bien des points. Tous deux à l'aise malgré leur mauvaise réputation, au-dessus des ragots et des regards curieux, sûrs de leur fait, ils semblaient ne pas remarquer les chuchotements et les têtes qui se tournaient sur leur passage.

Quelle serait la réaction de Melinda, si elle savait que son amie tenait dans sa main la réponse de Rothay ? Que penserait-elle si elle apprenait que Caroline avait pris contact avec les deux hommes, ces libertins notoires ?

C'était bien simple, elle ne le croirait pas. Personne ne voudrait le croire.

Caroline elle-même n'en revenait pas.

— Je suis enchanté que vous vous soyez divertie, ma chère, mais vous savez que je me tiens toujours à votre disposition.

Franklin s'enfonça dans son fauteuil et croisa élégamment les jambes, comme s'il avait l'intention de s'incruster.

Le ton de sa voix était vaguement suggestif et Caroline réprima un frisson. À sa *disposition*… Il y avait quelque chose d'obscène dans la façon dont il avait prononcé ce mot. De quoi se demander si sa ressemblance avec Edward n'allait pas plus loin que l'apparence physique. Il ne prendrait jamais la peine de la courtiser, elle n'avait aucun doute à ce sujet. Il voulait simplement le contrôle de l'héritage qui selon lui aurait dû lui revenir. Elle était l'obstacle qui l'empêchait de mettre la main sur cet argent.

Caroline hocha la tête, mais ce n'était qu'une façon de cacher sa répulsion. Elle savait d'expérience que les Wynn étaient tenaces, et qu'il valait mieux ne jamais les attaquer de front.

— Je vous remercie pour votre offre.

— J'ai hâte que vous veniez enfin séjourner à la campagne, afin que nous puissions discuter tranquillement de tout ceci. Ma mère vous servira de chaperon, naturellement.

Jusqu'à présent, Caroline avait décliné toutes ses invitations.

— Un jour, peut-être, répondit-elle en posant négligemment la main sur la missive qu'elle avait placée à côté d'elle.

Que contenait la lettre ?

Elle trouvait très difficile de demeurer assise, imperturbable, affichant une froideur sereine qui lui donnait cette allure inaccessible.

D'apparence donc, tout allait bien. Mais au fond d'elle, le désordre régnait.

— Pour ce qui se passe à Londres, poursuivit Franklin, j'affirme en toute modestie que je peux vous conseiller sur les invitations que vous recevez. Après tout, j'ai plus d'expérience que vous.

Faisait-il vraiment trop chaud, ou était-ce une impression ? Caroline résista à l'envie d'ouvrir son éventail, et sourit aimablement.

— J'admire votre aisance dans la haute société, monsieur.

— Un autre mariage avantageux vous aiderait aussi.

Il arqua un sourcil. Son arrogance fit à Caroline l'effet d'un coup de poignard. L'homme en voulait à son argent et l'affichait avec aplomb. Elle le soupçonnait aussi d'éprouver pour elle un désir charnel, mais elle préférait mourir plutôt que d'envisager un tel acte.

Il ne devait pas savoir qu'elle avait fomenté sa propre rééducation sexuelle, avec l'aide d'un duc très séduisant et d'un charmant jeune comte.

Une éternité sembla s'écouler avant qu'il ne jetât enfin un regard à la pendule et se levât.

— Je vous prie de m'excuser, j'ai un rendez-vous. Je vous rendrai visite la semaine prochaine. S'il fait beau, nous pourrons envisager une petite promenade.

Caroline aurait préféré être piétinée par un troupeau d'éléphants, mais elle esquissa néanmoins un sourire.

— Peut-être.

Elle attendit que le carrosse reparte avant d'oser poser les yeux sur l'enveloppe. Même l'écriture de ce duc était arrogante, songea-t-elle avant de l'ouvrir. Elle ne contenait qu'un feuillet qu'elle déplia les doigts tremblants, bouleversée à l'idée de lire la réponse à son imprudente proposition.

⁂

Il allait probablement perdre cet infâme pari, mais la seule façon de cacher au monde un cœur brisé, c'était de déployer une bonne dose de bravade masculine. Du moins, c'était sa méthode à lui.

Absorbé dans ses pensées, Derek Drake regardait par la vitre tandis que le carrosse déambulait dans Upper Brook Street.

Son esprit restait fixé sur Annabelle... ou plutôt la future lady Hyatt. Il se la représentait nue dans les bras de son mari, ses cheveux blonds répandus sur les draps de lin, ses longues jambes écartées, offerte à l'homme qui plongeait dans sa chaleur...

Il s'avachit dans la banquette de velours et laissa échapper un soupir de frustration. Cette torture mentale ne l'avançait à rien. C'était même ce qui l'avait précipité dans la situation intenable où il se trouvait. Il était complètement ivre le soir où il s'était lancé dans ce débat d'adolescents avec Rothay. Ce pari porté sur la place publique n'était rien d'autre qu'une façon pour lui de se venger d'Annie, et de l'annonce qui avait paru le jour même dans les journaux.

L'honorable Thomas Drake a le plaisir d'annoncer les fiançailles de Mlle Annabelle Reid avec lord Alfred Hyatt. Le mariage aura lieu dans quatre mois...

Derek n'avait pas eu la force d'en lire davantage.

Il avait eu mal. Bon sang, c'était encore plus douloureux qu'il ne s'y attendait. Pourtant son oncle Thomas lui avait déjà parlé de la demande en mariage qu'Annabelle avait acceptée, précisant même que cette union lui plaisait.

Mais quand Derek avait eu sous les yeux l'annonce officielle et qu'il en avait mesuré toutes les conséquences, une blessure s'était ouverte dans son cœur.

Donc, pour arranger les choses, il s'était soûlé et avait décidé d'entacher une réputation qu'Annabelle trouvait déjà lamentable, en faisant un pari qui avait mis tout Londres en émoi. Nicholas et lui avaient passé leur vie à se lancer des défis dans tous les domaines, des études aux exploits sportifs, en passant naturellement par les conquêtes féminines. Leur personnalité y était pour beaucoup, mais l'éducation avait joué son rôle également : ils avaient hérité jeunes de leur fortune et de leur titre, et donc de la liberté et des contraintes induites par ces legs. Leur amitié avait été spontanée, naturelle, et immédiate, comme deux frères qui se rencontrent pour la première fois et se reconnaissent sur-le-champ.

Nicholas avait ses démons cachés. Derek savait que son ami avait connu une expérience malheureuse. En apparence charmant, il se tenait sur ses gardes. Nick ne faisait jamais allusion à sa déconvenue amoureuse, et Derek ne posait pas de questions. Mais apparemment, la femme que Nicholas avait cru pouvoir épouser avait été plus motivée par la cupidité que par l'amour. Toutefois, depuis dix ans qu'ils se connaissaient, comme par un accord tacite, ils n'avaient jamais abordé ce sujet délicat.

Finalement, ils se ressemblaient beaucoup.

À présent c'était au tour de Derek de vivre l'enfer.

Annabelle devait le détester plus que jamais. Pourquoi n'avait-il compris que trop tard qu'il était amoureux d'elle ?

Parce qu'il n'était qu'un crétin, bien entendu. Elle aimait quelqu'un d'autre. Pour autant qu'il puisse en juger, lord Hyatt était un type bien. C'était donc encore pire. Si elle voulait épouser un gredin, il aurait pu élever une objection, mais ce n'était pas le cas. Il n'avait rien à dire et de toute manière elle refuserait d'écouter ses conseils.

Pourquoi l'aurait-elle fait, d'ailleurs ? Sa spécialité à lui c'était les relations éphémères, pas le mariage !

— Monsieur ?

La voix du cocher le tira de ses réflexions. Il se rendit compte que le carrosse était arrêté devant sa maison et que le domestique attendait, la portière ouverte.

— Désolé, marmonna-t-il avec un sourire penaud. J'ai un peu trop bu cet après-midi, ajouta-t-il en se demandant pourquoi diable il se justifiait devant un domestique.

Il ignorait combien de temps il était resté là, plongé dans ses pensées moroses. Il gravit les marches du perron, remercia d'un signe de tête le valet qui lui ouvrit la porte, et alla tout droit dans son bureau.

Contrairement à la pièce encombrée dans laquelle se complaisaient les ducs de Rothay depuis des siècles, le bureau de Derek était propre et rangé. Tous ses papiers étaient empilés sur un coin de sa table de travail, sa correspondance sur le buvard, et son whisky préféré dans un flacon, sur un plateau. Le lieu embaumait la cire d'abeille et le tabac. Les murs lambrissés donnaient à la pièce un aspect douillet, et Derek passait des heures à contempler le tableau accroché au-dessus de la cheminée, représentant un paysage campagnard du Berkshire. Cependant, aujourd'hui, cette scène bucolique ne parvint pas à apaiser son esprit en ébullition.

Il s'affala dans son fauteuil et éplucha son courrier d'un air las. Au sommet de la pile se trouvait une enveloppe non cachetée, sur laquelle son seul nom était tracé d'une écriture appliquée. Il s'en saisit et l'ouvrit avec curiosité.

Cher lord Manderville,

Retrouvez-moi à Holborn, au Flower and Swine, à dix heures ce soir. Le salon privé est réservé pour notre entrevue.

Ah, oui, ce satané pari.

Il n'y avait pas de signature, mais il reconnut l'écriture. Eh bien, la dame ne perdait pas de temps. Nicholas avait probablement reçu le même message.

Il prit le coupe-papier orné du blason de sa famille et le fit tourner distraitement entre ses doigts.

Très bien, songea-t-il avec résignation. Pourquoi ne se rendrait-il pas au rendez-vous ? Pourquoi ne ferait-il pas de son mieux pour prouver ses capacités ? Cela lui fournirait au moins une distraction et le tirerait de son apathie. De plus, il aurait une femme sensuelle et consentante dans ses bras.

En fermant les yeux, il parviendrait peut-être même à imaginer qu'il faisait l'amour avec Annabelle. Avec un subterfuge pareil il pouvait gagner, après tout.

3

L'auberge était petite, cachée au fin fond d'un quartier de l'East End où Caroline n'avait jamais mis les pieds. Elle avait hésité devant la façade misérable, mais finalement l'endroit était tout à fait adapté à ce genre de rendez-vous secret. Les quelques clients qui traînaient dans la salle crasseuse avaient à peine fait attention à elle. L'aubergiste l'avait conduite dans un salon un peu plus reluisant et avait apporté une bouteille de piquette, qui n'avait certainement rien à voir avec ce que le duc de Rothay et lord Manderville étaient habitués à boire. Mais ils devraient s'en contenter.

Le mot d'ordre était la discrétion.

Les mains moites, suffocante sous sa voilette, Caroline se laissa tomber dans un fauteuil. Elle était arrivée en avance, ne tenant pas à faire une entrée remarquée après deux hommes. Un frisson d'appréhension la parcourut, mais elle s'efforça de ne pas y prêter attention.

Tu fais une drôle de séductrice, se dit-elle, narquoise. Bien qu'elle ait trouvé le courage d'aller aussi loin, elle était maintenant à deux doigts de s'enfuir. Les poutres noires du plafond avaient l'air menaçantes, et le rire rauque d'un ivrogne la fit sursauter. Une odeur de bière aigre emplissait l'atmosphère.

Tu devrais prendre tes jambes à ton cou.

Non. Elle releva son voile et avala une petite gorgée de vin. Jusqu'à présent elle avait connu la vie étouffante d'une femme qui ne prend jamais de risque, par manque d'opportunités. Et maintenant se présentait l'occasion de faire quelque chose de si audacieux, de si contraire à ses habitudes, qu'elle ne pouvait absolument pas la manquer. Si tout fonctionnait selon ses espérances, le mal qu'elle avait subi serait réparé.

À moins que le duc et le comte ne déclinent sa proposition. C'était possible. Mais sincèrement, elle pensait être la personne idéale pour arbitrer leur stupide pari. Depuis la veille, elle n'avait cessé d'énumérer ses arguments.

Elle était veuve, donc ils ne ruineraient pas la réputation d'une innocente.

Elle n'attendait rien d'eux, si ce n'est la promesse de sensualité impliquée par le pari lui-même. Sur ce point, elle serait très claire.

Enfin, elle était la dernière personne que la bonne société soupçonnerait de les avoir aidés. Ce mystère avait déjà de quoi intriguer les deux hommes. Sa réputation de femme glaciale devrait aussi piquer leur curiosité et accroître leur désir de prouver leur compétence en matière de sexe.

Voilà. Ces trois points seraient ses principaux arguments.

D'ailleurs, aurait-elle même besoin de discuter ? Deux libertins aussi chevronnés se contenteraient de s'assurer qu'elle était consentante. Leur réputation n'était plus à faire.

— Madame, vous avez un invité.

L'aubergiste obséquieux apparut furtivement dans l'embrasure, puis fila dans le corridor. Une silhouette longue et sombre se profila alors. L'homme observa une courte pause avant d'entrer et scruta la salle de son regard de prédateur.

Rothay.

Le duc portait un habit de soirée. De toute évidence il allait se rendre dans un lieu mondain après ce rendez-vous, sans doute le bal auquel elle devait elle-même assister. Nicholas Manning était aussi sophistiqué et élégant que d'ordinaire, avec son habituelle pointe d'arrogance. Ses cheveux brillants, d'un noir de jais, mettaient en valeur la beauté de ses traits purs. Des sourcils à l'arc parfait, un nez droit, une mâchoire et un menton fermes et carrés. Ses lèvres esquissèrent une moue quand il vit son visage caché par l'épaisse voilette. Il la dévisagea avec insistance et elle vit ses yeux noirs luire de curiosité.

Il était plus beau que jamais, aussi impressionnant qu'on le disait. Son regard s'attarda sur le décolleté de Caroline, et son sourire s'élargit.

Bien. Visiblement, il était intéressé. Si elle parvenait à conserver son sang-froid et qu'elle obtenait les garanties qu'elle exigeait, le marché serait rapidement conclu.

— Bonsoir, monsieur le duc.

Quelque chose passa dans ses yeux, peut-être le signe qu'il avait reconnu sa voix. Il s'inclina poliment, avec grâce et souplesse. Quand il se redressa, elle eut l'impression que sa tête atteignait le plafond.

— Bonsoir.

— Voulez-vous que nous attendions lord Manderville ? J'ai pris la liberté de commander du vin. Servez-vous, je vous prie, j'ai demandé aux valets de se retirer. Cela m'a paru plus... prudent.

Elle buta sur le mot. En fait, rien de ce qu'elle entreprenait ce soir n'était prudent.

— Naturellement.

Il balaya la petite pièce du regard, choisit un fauteuil et s'y installa en étendant ses longues jambes devant lui.

— C'est un excellent choix pour notre rencontre. Je doute qu'une de nos connaissances s'aventure jusqu'ici. J'espère que vous n'êtes pas venue sans escorte.

Le quartier en effet paraissait peu sûr. Mais son cocher était un jeune et robuste Gallois, si content d'avoir échappé à la mine où sa famille trimait depuis des générations, qu'il était d'une loyauté à toute épreuve. Huw l'avait accompagnée jusque dans la taverne, et la ramènerait chez elle. Elle secoua la tête, désarçonnée par cette sollicitude inattendue.

— Je ne suis pas une écervelée, milord.

— Loin de moi cette pensée. Mais j'admets une certaine curiosité à votre égard. Qu'est-ce qui vous a poussée à nous contacter, si je puis me permettre cette question ?

Il se servit un verre de vin avec nonchalance, mais elle avait la certitude qu'en dépit de son attitude il attendait sa réponse avec impatience.

Que pensait-il d'elle ? Qu'elle était une pauvre femme solitaire et désespérée, si avide de compagnie masculine qu'elle était prête à se donner à deux hommes pour grappiller quelques miettes d'amour ? C'était probablement une conclusion logique, quoique fausse. Elle aurait trouvé de la compagnie sans difficulté si elle l'avait voulu. Malgré sa réputation de femme inaccessible, elle devait sans cesse repousser des prétendants. Quant à la solitude, elle préférait de loin le statut de veuve à celui d'épouse. Tout avait un prix.

Et elle avait suffisamment payé, voilà pourquoi elle se trouvait là ce soir. Était-elle frustrée ? Oui, car il lui manquait quelque chose. Il y avait un vide dans le puzzle qui constituait sa vie. Pour se sentir épanouie en tant que femme, il était important qu'elle trouve la pièce manquante et la mette à sa place.

La passion physique était un mystère qui lui échappait depuis trop longtemps. Elle ne voyait aucun moyen respectable de résoudre cette énigme.

Le seul qu'elle avait trouvé se tenait devant ses yeux.

Caroline s'était sentie flouée par la médiocrité d'un mariage dont elle n'avait pas voulu dès le départ. Le manque de sensualité de son mari n'était qu'un aspect de cet échec. Maintenant qu'il était mort, elle pouvait essayer de savoir si, comme le lui répétait Edward, c'était à cause d'elle que leurs relations n'étaient pas satisfaisantes.

Si l'acte sexuel continuait de lui déplaire dans les bras des deux meilleurs amants de Londres, alors elle en conclurait en toute logique qu'elle était fautive. En attendant de savoir, elle ne souhaitait pas avoir de relation avec un homme. Elle voulait avoir le choix de ce que serait sa vie, sans se sentir étouffée par le passé.

— Je suppose que vous vous demandez ce qui me pousse à vous offrir mon jugement dans cette étrange compétition, dit-elle d'un ton neutre, en observant son interlocuteur à travers le tulle de sa voilette. Je vous ai exposé mes raisons dans ma première missive.

Les sourcils du duc se soulevèrent imperceptiblement.

— Ah, oui, vous laissiez entendre que vos précédents amants vous avaient déçue. Il est regrettable qu'une femme puisse rester sur une si fâcheuse impression.

Sa voix veloutée fit à Caroline l'effet d'une caresse. Même la façon dont il se tenait la troublait. Il était forcément conscient de l'effet que son aspect physique avait sur les femmes, et ce n'était pas là sa seule arme de séduction.

Rien d'étonnant à ce que les femmes tombent sous son charme. Si cet homme incarnait le péché, c'était sous sa forme la plus délicieuse. Curieusement, le cadre déplorable de l'auberge, les murs souillés, le sol crasseux et le fauteuil mal adapté à sa grande silhouette rehaussaient la virilité et la noblesse du personnage.

— Mon amant, rectifia-t-elle. Il n'y en a eu qu'un.

Et elle n'était pas sûre que le terme « amant » soit adapté ; ce qui s'était passé dans le lit conjugal n'avait certainement rien à voir avec l'amour.

— Un seul homme ? Je vois.

Un seul. Une idée probablement difficile à concevoir pour un libertin au carnet si bien rempli. Il poursuivit, sans se départir de son sourire dévastateur :

— Vous ne devriez pas juger tous les hommes parce que l'un d'entre eux ne s'est pas montré à la hauteur.

— Vraiment ?

Elle aurait voulu avoir l'air de flirter avec lui, mais elle n'y parvenait guère. Le regard du duc se posa sur le renflement de son décolleté.

— Je pense que nous sommes tous différents, de même que chaque femme est unique. D'une manière générale, il est vrai que les hommes sont naturellement égoïstes. Je suis désolé que vous ayez eu une mauvaise expérience, mais encore une fois nous ne sommes pas tous pareils.

Elle s'enflamma, comme s'il avait laissé son doigt courir sur sa peau, au-dessus de son corsage.

— Vous aurez peut-être l'occasion de me le prouver, milord.

— Je crois que je n'y vois aucune objection, vous êtes une femme si mystérieuse.

Caroline ne pouvait boire sans soulever son voile, aussi se contenta-t-elle de faire tourner le verre entre ses doigts, tout en observant le duc.

— Désolé, je suis en retard.

L'arrivée de lord Manderville lui évita de répondre. Elle ne voulait pas révéler son identité, tant qu'ils ne lui auraient pas donné leur parole de gentlemen qu'ils garderaient le secret.

Le comte la regarda comme l'avait fait son ami, un bref coup d'œil qui s'attarda un instant sur le décolleté de sa robe, puis remonta sur la voilette dissimulant ses traits. Un sourire malicieux révéla une rangée de dents blanches et régulières.

— Je suis enchanté de faire votre connaissance.

— Nous nous sommes déjà rencontrés, répondit Caroline avec autant de calme que possible.

Se trouver en présence des deux hommes était un peu déstabilisant. Ils étaient tous deux très grands, et semblaient posséder tout l'espace avec leur belle assurance. La beauté blonde de Derek Drake lui avait valu d'être surnommé « l'Ange ». Rothay, par opposition, avait été ironiquement baptisé « le Duc Diabolique ».

L'Ange et le Démon formaient un couple contrasté mais impressionnant. L'estomac de Caroline se noua.

Pas question de faiblir. Les femmes qui s'aventuraient dans d'obscures auberges pour retrouver des libertins comme ces deux hommes ne succombaient pas à une crise de nerfs.

Sa détermination refit surface et elle redressa les épaules.

— Vraiment ? fit Manderville en prenant le verre de vin que le duc lui tendit.

Sans la quitter un instant des yeux, il prit place dans un fauteuil branlant, qui gémit sous son poids.

— Vous m'avez déjà vue, tous les deux.

— Ah, votre discours est raffiné et il me semblait bien que l'inflexion de votre voix m'était vaguement familière. Nous ne pouvons être des amis proches cependant, car je vous aurais reconnue. J'ai une très bonne oreille.

Son sourire était aussi angélique que celui du duc était sombre. Alors que Nicholas Manning donnait une impression d'intense gravité, le comte était l'image même de la nonchalance et de l'insouciance.

Deux hommes totalement opposés, et cependant, le même paradis promis à celle qui se retrouverait dans leurs bras.

Les difficultés commençaient. Caroline ne pouvait leur reprocher de vouloir savoir à qui ils avaient affaire, et aussi de vouloir la voir, avant de donner leur accord. Mais il n'était pas question pour elle d'ôter sa voilette avant d'avoir obtenu l'assurance qu'ils se tairaient. Si cela se passait mal, elle partirait sur-le-champ. Même les messagers qu'elle avait employés pour faire porter ses courriers ne pourraient faire le lien entre elle et les deux hommes.

Cette expérience était destinée à la sauver, pas à détruire sa vie.

Ces messieurs avaient la réputation d'aimer le marivaudage, de s'introduire dans le lit de quantités de belles femmes, mais elle n'avait jamais entendu dire qu'ils n'étaient pas des hommes d'honneur. Aussi leur parole de gentlemen devrait être le gage de leur bonne foi. Ils étaient tous deux riches, chargés de responsabilités. Ils siégeaient à la Chambre des lords, où, à en croire les journaux, ils étaient très actifs. Les efforts des mères de la haute société pour attirer leur attention sur leur progéniture étaient presque comiques. Mais ils évitaient comme la peste les jeunes filles à marier.

Bref, ils étaient honorables à leur manière. Du moins l'espérait-elle. Car elle allait mettre sa réputation entre leurs mains. La voilette n'était qu'une précaution, au cas où, pour une raison quelconque, ils auraient refusé sa proposition.

— Avant même de discuter de l'affaire en elle-même, je dois vous demander solennellement votre parole que mon nom ne sera pas cité. Même si nous ne parvenons pas à un accord ce soir, je veux que personne ne sache jamais que j'ai envisagé de participer à ce pari. « À chaque mot une réputation meurt », cita-t-elle à mi-voix.

— Alexander Pope, releva le duc, amusé. Je suis trop curieux pour refuser ce que vous demandez. Je ne dirai rien.

— Je vous en donne également ma parole, renchérit Derek Drake en hochant la tête. Votre secret sera bien gardé.

— Très bien.

Caroline ôta son chapeau et sa voilette, les posa près d'elle et, fébrile, passa les doigts dans ses cheveux. Ce fut un choc pour ses interlocuteurs et elle s'en amusa. Un silence pesant s'installa.

Elle avait la réputation d'être une femme froide et inaccessible. Pas du tout le genre de personne à organiser des rendez-vous clandestins dans des tavernes malfamées.

Ces hommes n'avaient pas dû rester souvent sans voix, au cours de leur vie.

— Lady Wynn, murmura Rothay, revenant le premier de sa stupeur. Je dois admettre que je suis surpris.

Un petit sourire nerveux plissa les lèvres de la jeune femme.

— Est-ce une bonne ou une mauvaise surprise, milord ?

4

Pour une surprise, c'en était une.

Caroline Wynn était la dernière personne qu'il s'attendait à découvrir sous ce voile. Nicholas avait passé en revue toutes les femmes de sa connaissance susceptibles de participer à leur petit jeu, mais il n'avait pas songé une minute à celle qui était assise face à lui.

Pourtant elle était là, les sourcils imperceptiblement arqués, avec une pointe d'amusement dans ces splendides yeux gris dont on vantait partout la beauté. Il avait du mal à croire que c'était bien elle qui avait envoyé ce message pour le moins provocateur.

La belle et jeune veuve de lord Wynn avait la réputation de décourager par son attitude hautaine les prétendants les plus assidus. Il ne l'avait croisée que brièvement, mais elle avait raison, tous deux lui avaient été présentés. Son apparente froideur et sa réserve n'avaient laissé aucune place à une tentative de séduction, aussi s'était-il contenté d'admirer son incontestable beauté, tout en balayant l'idée de faire plus ample connaissance. En outre, elle était plus jeune que les femmes qu'il avait l'habitude de mettre dans son lit, et donc susceptible de vouloir se remarier.

Si ses souvenirs étaient exacts, elle avait été liée plusieurs années au vicomte avant la mort de ce dernier, et avait porté le deuil un peu plus longtemps que nécessaire. Néanmoins, elle avait tout au plus vingt-trois ans, peut-être moins.

Séduisante, sensuelle, cela allait sans dire. Mais dangereuse pour un homme qui tenait à son indépendance. Ce qui était son cas. Le mot *indépendance* n'était d'ailleurs pas le terme adéquat. Sa vision était plus complexe.

Nicholas entendit une sonnette d'alarme résonner dans sa tête, et chercha aussitôt à exprimer son refus avec diplomatie.

— Madame vous êtes ravissante, naturellement. Aussi la surprise ne peut-elle être mauvaise. Mais cela me paraît un peu risqué, dans votre situation.

Derek semblait embarrassé lui aussi, et Nicholas devina que les mêmes pensées traversaient l'esprit de son ami.

— Euh... je suis d'accord, articula ce dernier. Je n'ai pas de réelle objection, croyez-moi, mais vous ne devriez pas...

— Brader ma vertu ? suggéra-t-elle en baissant pudiquement les paupières.

La couleur de ses yeux était vraiment remarquable. Ils n'étaient pas bleu pâle, mais d'un gris pur. Une chevelure auburn opulente entourait un visage au teint de porcelaine. Le décor n'était qu'un triste tableau derrière son éclatante beauté. Ses longs doigts fins tenaient le pied de son verre de vin avec élégance.

— Messieurs, n'oubliez pas que je suis veuve. Ma vertu est déjà perdue.

Une façon très spéciale de faire allusion au mariage, songea Nicholas. Il but une gorgée de vin en tentant d'analyser ses sentiments.

— Vous êtes très jeune, objecta-t-il. Selon toute vraisemblance vous vous remarierez. Je doute que votre futur époux voie d'un bon œil votre participation à notre pari.

— Milord, je n'ai nullement l'intention de me remarier. Je n'y suis pas obligée, puisque je suis indépendante financièrement. Et si cela devait arriver, mon époux n'aurait pas besoin de savoir ce que j'ai fait, ni avec qui je l'ai fait.

Sur ces mots, elle le toisa d'un air de défi.

Nicholas n'était pas entièrement d'accord avec cette affirmation, mais il admira la façon provocante dont elle leva le menton. Il y avait deux poids deux mesures, il le savait, mais c'était ainsi : les hommes aimaient les femmes aux mœurs libres mais il était rare qu'ils les épousent.

Caroline poursuivit d'un ton raisonnable, qui contrastait avec cette auberge sordide et leurs envies de rendez-vous coquins.

— Ma condition de veuve me laisse une grande liberté. De toute façon, personne ne pourra imaginer que je fais une chose pareille.

— En effet, concéda Nicholas, narquois.

Il ne pouvait s'empêcher de se demander à quoi avait dû ressembler le devoir conjugal avec son défunt mari. Avait-il été si piètre amant ? Il avait brièvement connu lord Wynn, et l'homme ne lui avait pas fait mauvaise impression. Mais un homme était totalement différent en présence de ses amis et avec sa femme.

— Vous ne savez rien de moi, milord, fit-elle observer.

Bien qu'elle ait la beauté de Vénus, déesse de l'amour, Nicholas n'avait jamais pensé qu'elle puisse en avoir la sensualité. On disait volontiers de lady Wynn qu'elle était plus glaciale que la banquise.

— Je veux bien l'admettre, répondit-il en soutenant son regard.

Une brève lueur d'incertitude passa dans les prunelles grises, et ils continuèrent de se dévisager quelques secondes.

— Merci de le reconnaître, dit-elle enfin d'un ton neutre.

Néanmoins, ses yeux trahirent son émotion. Rothay savait quand son charme agissait sur une femme, et c'était le cas à ce moment précis. Avec la hautaine lady Wynn... Qui l'eût cru ?

— Si nous ne devons pas révéler votre identité, madame, intervint Derek, comment ferons-nous connaître le résultat du duel ?

Elle hocha la tête, comme si elle s'attendait à la question.

— J'y ai réfléchi. Avec votre accord, je ferai publier les résultats dans la rubrique mondaine. Sous couvert d'anonymat, bien entendu. Mon nom n'étant pas cité, je pourrai tranquillement donner mon opinion.

Derek n'eut pas un battement de cils, et Nicholas s'efforça également de ne pas afficher la moindre réaction.

— Parfait, dirent-ils d'une seule voix.

Un rire spontané illumina les traits de Caroline, et ses yeux brillèrent d'un éclat nouveau.

Bon sang, l'idée de la posséder était grisante. Lady Wynn était une candidate unique. De l'opinion générale, elle était une vraie beauté. Ses cheveux soyeux encadraient un visage aux traits délicats et aux pommettes saillantes. Elle avait un petit nez droit, une bouche rose, de grands yeux soulignés de cils noirs. Tous les hommes avaient remarqué la grâce et la souplesse de son corps svelte. La rondeur de ses seins, visible sous le corsage largement décolleté, attirait irrésistiblement le regard de Nicholas.

Apparemment, Derek n'était pas aveugle non plus.

— Vous semblez avoir pris votre décision, lady Wynn, murmura-t-il.

— Cela dépend.

Elle rajusta un pli de sa jupe de soie vert émeraude, dont le ton mettait merveilleusement son teint en valeur.

— Il faudra que nous soyons extrêmement discrets.

Elle était sincère, décida Nicholas, oubliant toutes ses réticences. Et il était diablement intéressé.

Lady Wynn était une jeune femme fascinante. Elle était si froide, si distante, qu'il n'avait jamais pensé à elle comme à une maîtresse possible.

— Accordez-nous une semaine à chacun, suggéra-t-il sans réfléchir.

Derek le considéra avec une surprise évidente.

Une semaine ?

Nicholas n'aurait su dire ce qui l'avait poussé à faire cette suggestion, mais partager une seule nuit avec cette beauté ne lui paraissait pas suffisant. Il haussa les épaules en souriant.

— Il y a mille façons de faire l'amour, et il est toujours bénéfique de bien connaître son partenaire. Une semaine me paraît un délai raisonnable pour arriver à une conclusion juste.

Lady Wynn ne s'attendait pas à cela. L'espace d'un instant elle parut déstabilisée, puis elle hocha lentement la tête. Une boucle cuivrée effleura son cou long et fin. Il la contempla avec une sorte de fascination.

— Je suis déjà allée si loin que je peux, j'imagine, accepter cette condition. Je trouverai une excuse pour pouvoir disparaître pendant ce laps de temps.

Excellent.

Les bruits d'une querelle dans la salle commune leur parvinrent, accompagnés de quelques mots grossiers qui n'étaient pas destinés à l'oreille d'une dame. Mais elle demeura imperturbable.

Son sang-froid était remarquable.

— Je possède un petit domaine dans l'Essex, annonça Nicholas.

Il essaya de se rappeler quand il y avait mis les pieds pour la dernière fois. Sans succès. Lorsqu'il éprouvait le besoin de se retirer à la campagne, il se rendait dans la grande demeure familiale du Kent. La résidence de l'Essex, plus petite, faisait partie de son héritage et demeurait inoccupée, à l'exception de quelques domestiques qui l'entretenaient.

— C'est une jolie demeure située en pleine campagne. Il n'y a aucune ville aux alentours, l'endroit est discret tout en étant assez proche de Londres, ce qui nous évitera un voyage de plusieurs jours. C'est le lieu idéal.

Passer une semaine avec une femme qu'il ne connaissait pas, c'était une folie. En général, une nuit par-ci par-là lui suffisait largement. Ces relations éphémères n'étaient censées lui apporter qu'un peu de distraction. Il n'entretenait pas de maîtresse et n'en ressentait pas le besoin. Un signe de la main et les dames se seraient bousculées pour se glisser dans son lit ; il lui semblait évident qu'il pouvait disposer de compagnie féminine quand il le désirait.

Toutefois, lui chuchota une petite voix intérieure, le manque d'expérience de lady Wynn la rendait plus attirante à ses yeux que toutes les autres. Il était bon qu'elle ne soit pas vierge. Certes, elle était jeune, désirable, et un parti encore très intéressant, mais sa beauté époustouflante et sa délicate féminité étaient en voie de faire oublier au duc toute prudence.

D'autre part, elle avait affirmé clairement qu'elle ne souhaitait pas se remarier, et il la croyait. Son ton était convaincant.

Une semaine passée à l'initier aux plaisirs de la chair lui semblait un excellent moyen de s'évader. La session parlementaire était terminée, et son intendant savait où le joindre le cas échéant.

Oui, songea-t-il en fixant ses lèvres sensuelles, le renflement de ses seins au-dessus du corsage échancré, et le rose de ses joues, il endurerait facilement une semaine en sa compagnie.

Elle rougit sous son regard. Remarquable.

— Sommes-nous d'accord ? s'enquit-il en haussant un sourcil interrogateur.

— Je pense pouvoir trouver un lieu similaire, déclara Derek, tout en continuant d'admirer leur belle compagne. Étant entendu que lady Wynn est consciente des répercussions que cela pourrait avoir sur sa réputation, si notre plan venait à être découvert. Aucun de nous n'en soufflera mot, mais la discrétion n'est pas infaillible.

Caroline Wynn détourna un instant les yeux, en pinçant les lèvres. Puis elle revint vers eux, la tête haute.

— Je ne cherche pas le scandale, naturellement. Mais s'il venait à éclater, je ne pourrais m'en prendre qu'à moi-même. J'espère que le risque en vaut la peine...

C'était un défi, ou il ne s'y connaissait pas !

— Il en vaut la peine, madame, affirma Nicholas avec un sourire nonchalant.

Elle ne lui rendit pas son sourire et se contenta de fixer sur lui ses splendides yeux gris. Seul le léger tremblement de ses lèvres trahissait son trouble.

— Vous semblez très sûr de vous, milord.

Il l'était, mais le fait de la connaître si peu le gênait. C'était la raison pour laquelle il avait proposé toute une semaine en sa compagnie. Cette femme était une énigme dans un monde qu'il trouvait trop prévisible.

— Nous le sommes tous les deux, sans quoi nous n'aurions pas fait ce pari, n'est-ce pas ?

— Je pense que nous avons conclu l'accord, énonça-t-elle alors en se levant. N'hésitez pas à me faire parvenir les détails de notre arrangement. Nous pouvons communiquer comme précédemment. Envoyez votre missive à la même adresse, on me la délivrera.

Derek et Nicholas se levèrent poliment.

— Mon cocher m'attend dans la salle commune, il va me reconduire.

— Je vous raccompagne à votre carrosse, protesta Nicholas.

— Non merci, milord. Je préfère ne pas être vue en votre compagnie.

Cette réponse faite avec calme le réduisit au silence. Toute sa vie, il avait été sollicité par les femmes. Cette situation était nouvelle pour lui, et il fut surpris de se sentir piqué au vif.

La jeune femme remit son chapeau, ajusta sa voilette, et sortit dans un tourbillon de soie parfumée.

5

— Quelle délicieuse réception, n'est-ce pas ?

Derek Drake lança un coup d'œil distrait à sa cavalière. Seigneur, impossible de se rappeler son nom. C'était embarrassant.

Amélia. Oui, c'était la sœur d'un ami, ce qui expliquait pourquoi il dansait avec elle. Horace la lui avait mise dans les bras et il l'avait entraînée sur la piste. Après tout, quand on assistait à un bal, il fallait au moins montrer un certain amusement.

Comme prévu, Derek ne s'amusait pas du tout.

À dire vrai, il n'était pas venu pour se distraire. Ses motivations étaient plus proches de l'autoflagellation.

Sa cavalière était petite, il était grand, et ils devaient former un couple un peu ridicule.

— Oui, c'est une charmante soirée.

Par chance pour lui, Amélia sembla se satisfaire de sa réponse, car son visage s'illumina d'un sourire radieux, comme s'il venait de dire quelque chose de très spirituel.

— Tout à fait.

Que dire, à présent ? Lui qui avait la réputation d'avoir la langue bien pendue était à court d'idées ce soir. Il fut soulagé lorsque la musique s'arrêta. Il baisa rapidement la main potelée de la jeune fille, et s'éclipsa.

Naturellement, le bal était un succès, et la salle bondée. Derek se fraya un chemin dans la foule. Malgré les fenêtres ouvertes la chaleur était intenable. Les voix des invités dominaient l'orchestre. Grâce à sa haute taille il ne perdit pas sa cible de vue, et parvint enfin à la hauteur de Nicholas. Adossé à une colonne de style grec, celui-ci sirotait son champagne.

— Une semaine ! s'exclama Derek, sans préambule. Tu es devenu fou, Nick !

Entre la musique et le vacarme de la foule, nul ne pouvait entendre leur conversation. Le duc de Rothay posa sur lui un de ces regards indéchiffrables dont il avait le secret.

— Cela me paraît raisonnable.

Derek laissa échapper un rire incrédule.

— Tu n'as jamais passé autant de temps avec une femme, de toute ta vie. À l'exception peut-être de ta mère.

La duchesse douairière, plus petite d'une tête que son fils, n'en était pas moins un personnage redoutable. Une beauté reconnue en son temps, elle était encore très présente dans la haute société et faisait savoir à qui voulait l'entendre qu'elle désapprouvait totalement l'attitude de son fils vis-à-vis du mariage.

Nicholas se mit à rire.

— Plus depuis que je suis en âge de l'éviter. J'aime bien ma mère, mais l'idée de subir ses avalanches de conseils pendant une semaine suffit à me faire frémir.

— D'où ma surprise d'une telle suggestion. Tu ne connais pas du tout lady Wynn.

Derek préférait concentrer ses réflexions sur ce pari frivole plutôt que sur ses malheurs sentimentaux.

— Tu veux dire que tu n'es pas d'accord pour garder aussi longtemps dans ton lit une femme aussi ravissante ?

— Elle est très belle, répliqua Derek, évitant adroitement de répondre à la question.

Son regard se posa sur Caroline Wynn, plus distante et inaccessible que jamais, assise dans un angle de la salle avec plusieurs dames âgées. Elle acceptait rarement de danser, mais les hommes persistaient à l'inviter. Même de loin, la perfection et la pâleur de son teint étaient frappantes. Elle était l'incarnation de la beauté féminine, et il aurait dû être transporté de joie à la perspective de la posséder.

Qu'est-ce qui n'allait pas chez lui ?

— Je ne suis pas plus enclin que toi à faire durer une liaison, fit-il remarquer d'un ton détaché.

Il aurait fait une exception pour une femme, une seule. Mais il avait gâché toutes ses chances. Il parcourut cependant la salle du regard.

Et il finit par la trouver.

Annabelle était là, bien entendu. Il aperçut la masse bien coiffée de ses cheveux blonds, son profil de miniature en porcelaine. Son cœur fit un bond.

Eh bien, il s'attendait à la voir, n'est-ce pas ? se dit-il en faisant appel à son pragmatisme coutumier. Rien de surprenant à ce que la pupille de son oncle assiste à ce bal. La moitié de Londres s'était entassée dans cette salle de réception. Il était naturel qu'Annabelle y soit aussi, et probablement au bras de son fiancé.

Qu'il aille au diable, celui-là !

— Comment allons-nous décider lequel de nous deux aura le privilège de l'enlever le premier ?

La question de Nicholas ramena son attention sur l'affaire en cours, et il s'obligea à détourner les yeux. Le seul fait de regarder Annabelle était une véritable torture, il avait donc tout intérêt à s'intéresser à autre chose. À un intermède passionné avec la belle lady Wynn, par exemple. Il avait perdu Annabelle. Était-ce une raison pour vivre comme un moine ?

Bien sûr que non.

Pourtant, il esquiva la question.

— Tout dépend de la disponibilité de la dame. J'ai plusieurs rendez-vous prévus la semaine prochaine. Je ne peux pas les manquer, et puis il faut aussi que je trouve une demeure où la recevoir en toute discrétion.

— Quant à moi, je pense pouvoir partir dans un jour ou deux. La question est donc réglée ?

Ils étaient amis depuis longtemps. Une dizaine d'années au moins, puisqu'ils s'étaient connus au cours de leurs premiers mois à l'université de Cambridge. La note étrange dans la voix de Nicholas ne pouvait échapper à Derek. Celui-ci fit signe à un valet, prit un verre sur le plateau et considéra son ami d'un air amusé.

— Cette femme t'intrigue ?

— Un peu.

Il était temps que cela arrive, après le nombre incalculable de femmes qui avaient traversé la vie de Nicholas. Derek eut un petit rire.

— Beaucoup. Tu peux faire croire le contraire à n'importe qui, mais pas à moi.

— Elle est très séduisante.

— C'est vrai. Mais tu n'as toujours mis la main que sur des femmes superbes.

— À t'entendre, on croirait que je suis un braconnier qui prend un animal au piège.

Pour Derek, cette description rejoignait assez bien la réalité.

— D'accord j'exagère, concéda-t-il néanmoins. Alors, comment qualifierais-tu tes diverses aventures ?

— Comme des escapades sensuelles.

— Admettons. Mais visiblement, ton adorable juge ne veut pas te prendre au piège non plus. Alors détends-toi et considère la situation sous son meilleur angle.

— Très bien, répondit Rothay en sirotant placidement son champagne. Elle ne t'intéresse pas, toi ?

Annabelle et Hyatt étaient en train de valser sur la piste, au milieu de la foule. Diable ! Les joues de la jeune femme avaient rosi, la lumière faisait scintiller ses cheveux blond pâle, et avec sa robe de soie rose, elle était…

Ravissante. Captivante. Si belle qu'il sentit son cœur se serrer. Hyatt avait l'air aux anges. Il avait la réputation de plaire aux femmes et Derek le savait, malheureusement.

Rien d'encourageant en somme. Et, à vrai dire, il ne s'était jamais senti aussi découragé de sa vie.

Enfer et damnation.

— Derek ?

La voix de Nicholas l'arracha à ses réflexions. Il tressaillit, et marmonna :

— Oui ? Désolé, je n'ai pas entendu.

— Je te demandais simplement si notre belle candidate ne t'intriguait pas, toi ?

— Mais si, bien sûr, bredouilla-t-il un peu trop vite.

Il avala une gorgée de champagne pour dissimuler sa confusion. Mais Nicholas ne se laissait pas rouler facilement. Ses yeux sombres se fixèrent sur lui, légèrement soupçonneux.

La seule consolation de Derek, c'était la règle tacite mais inviolable qui gouvernait leur relation : pas de questions indiscrètes. Un accord conclu naturellement entre deux gentlemen respectueux de leur vie privée.

Quelques secondes passèrent en silence.

— Tu ne vois donc pas d'inconvénient à ce que je passe le premier ? laissa enfin tomber Nicholas.

Le champagne manquait de fraîcheur, mais Derek en avala une autre gorgée et parvint à esquisser un sourire dégagé.

— Non, et je suis sûr que tu t'en sortiras très bien. Mais c'est de moi qu'elle se souviendra.

— Pense ce que tu veux, Manderville. Maintenant que nous avons passé un marché tous les trois, j'ai l'intention de lui laisser une impression inoubliable. Je ne l'aurais pas choisie moi-même, mais puisqu'elle se porte volontaire, je suis… impatient de faire mes preuves.

Étrange. Le duc de Rothay était l'exemple même du séducteur détaché de tout. L'impatience n'était pas un de ses traits de caractère.

— La situation a pris un tour inattendu, n'est-ce pas ?

Déstabilisé par ses propres déboires, Derek n'était pas en état de comprendre son ami, ni qui que ce soit d'autre.

Si Nicholas était aussi enthousiaste, autant le laisser emmener la belle dame à la campagne et la séduire. Au fond de lui, Derek n'avait pas le cœur à se préoccuper de cette affaire.

— Préviens-moi quand vous serez de retour en ville, dit-il distraitement.

⁂

Mme Haroldson se pencha d'un air de conspirateur et son énorme poitrine toucha presque le sol.

— Je suppose que cela ne devrait surprendre personne, chuchota-t-elle d'une voix sifflante.

Caroline s'efforça de garder son attitude froide, alors que l'atmosphère dans la salle de bal était étouffante. Une perle de sueur coula entre ses seins.

— À quoi faites-vous allusion ?

— À l'effronterie avec laquelle le duc et le comte s'entretiennent de ce pari.

Était-ce le sujet de leur conversation ? Comme il n'y avait pas plus d'une heure ou deux qu'ils avaient quitté l'auberge, c'était en effet fort probable.

Et la discussion tournait sans doute autour d'elle.

Elle avait fait *cela*. Elle s'était offerte à deux dévoyés. Si cela venait à se savoir, sa réputation serait ruinée, le scandale et la disgrâce s'abattraient sur elle.

Tout cela pour une bonne cause, lui rappela une petite voix. Sa santé mentale. Peut-être même sa vie, ajouta la voix intérieure, se faisant un brin mélodramatique.

— Ils parlent souvent entre eux, répondit-elle avec une feinte indifférence. Ne sont-ils pas amis ?

— Lady Wynn, vous avez forcément entendu des échos de leur dernier exploit ?

— Vous voulez parler de ce pari ridicule ?

Seigneur, la chaleur était insupportable. Toutes ces femmes se pressaient autour d'elle à l'étouffer, et elle dut résister à l'envie de s'enfuir, comme si elle avait le diable aux trousses.

Très exactement le diable, et un ange.

La conversation lui donna l'occasion de les observer discrètement pour la première fois de la soirée. Nicholas Manning, avec ses longs cheveux lisses et décoiffés, et son habit de soirée. Et Manderville, aussi beau qu'un dieu grec. Pari ou pas, ils captivaient tous les regards.

— Oui, ce pari. C'est la goutte d'eau qui fait déborder le vase, vous ne trouvez pas ?

Huit paires d'yeux se fixèrent sur Caroline. Le cercle des veuves, qui avaient toutes presque vingt ans de plus qu'elle, était le bastion derrière lequel elle s'abritait pour décourager les prétendants. Il était plus rassurant de se blottir dans un coin parmi elles, plutôt que d'accepter une invitation ou de devoir flirter.

D'ailleurs, elle ignorait totalement l'art du flirt.

— Je suis certaine que mon opinion leur serait indifférente, murmura-t-elle. Leur impertinence est légendaire. Je trouve cette histoire lamentable.

— Bien dit.

La comtesse douairière de Langtry approuva d'un hochement de tête.

— Vous avez raison, ils ont dépassé les limites de la décence.

D'autres voix s'élevèrent, exprimant la même opinion. Mais alors même qu'elles s'indignaient de ce comportement masculin, les mères, intéressées, dévisageaient les deux hommes sans vergogne.

Caroline était la froide, la distante, la hautaine lady Wynn. Rien de plus naturel pour elle que de refuser de parler d'une affaire aussi choquante.

Si elles avaient su la vérité... songea-t-elle avec un frisson d'appréhension.

À la fin, n'y tenant plus, elle s'excusa et se fraya un chemin jusqu'aux jardins qui s'étendaient à l'arrière de la magnifique maison. Elle inspira une bouffée d'air pur, comme si cela pouvait guérir et réparer tout ce qui avait été brisé dans sa vie.

Non, elle seule avait le pouvoir de conjurer ce mal.

Quelques invités bavardaient en groupes sur la terrasse, aussi se dirigea-t-elle vers les massifs fleuris. Elle s'aventura dans une allée déserte, sous un ciel piqué d'étoiles, pour essayer d'analyser ses sentiments.

Pouvait-elle vraiment faire cela ? S'éclipser deux semaines durant afin de départager ces gentlemen qui, sous l'emprise de l'alcool, avaient fait un pari invraisemblable ?

Son visage s'enflamma et elle fut heureuse que personne ne soit là pour la voir. Ce n'était pas la première fois qu'un homme la dévisageait comme l'avait fait le duc ce soir à l'auberge. En revanche, sa propre réaction était tout à fait inattendue.

D'ordinaire, ce genre de regard l'emplissait de gêne et d'inquiétude.

Curieusement cette fois, ce n'était pas ce qu'elle avait ressenti. Peut-être parce que c'était elle qui avait décidé de ce rendez-vous. Elle avait eu le choix, ce qui était entièrement nouveau pour elle.

Sa jupe effleura la rosée des feuilles d'un buisson, et une fleur blanche répandit ses pétales sur le tissu, comme des flocons de neige. Leur parfum était doux, innocent, entêtant. Elle les balaya distraitement, et offrit son visage à la brise du soir.

Ses futurs amants semblaient vouloir tenir parole, son identité resterait secrète. Aucun des deux hommes ne lui avait accordé un regard au cours de la soirée.

Son plan allait marcher.

Elle espéra ne pas se tromper.

6

Il n'y avait donc pas d'autre sujet de conversation à Londres, que ce maudit pari ?

La tasse trembla lorsqu'elle la reposa, et une goutte de thé déborda dans la soucoupe. Annabelle Reid serra les dents et fit son possible pour paraître aussi calme que de coutume.

L'intérêt suscité par ce pari se trouvait attisé par l'attitude des deux concurrents la veille, au bal des Branscum. Ils s'étaient entretenus un long moment, aussi indifférents que d'habitude aux murmures qui s'élevaient sur leur passage. L'un à côté de l'autre, ils faisaient toujours sensation. Le duc avec sa beauté ténébreuse et son autorité naturelle, et Derek Drake, qu'elle avait connu alors qu'elle faisait ses premiers pas, avec son charme inné et sa beauté à couper le souffle.

Oui mais voilà, elle n'était pas sous le charme.

Derek avait beau être l'incarnation même du bel homme, elle le détestait. Ce sourire dégagé, cet air aimable n'étaient qu'un masque sous lequel se cachaient les pires défauts.

Oui, elle le méprisait.

Complètement.

— Je suis désolée, ma chère mademoiselle Reid, mais lord Manderville n'est-il pas un de vos parents ?

Annabelle leva les yeux. Huit dames de la haute société la considéraient avec attention. L'une était sa future belle-mère, les autres des cousines ou des tantes d'Alfred.

Elle s'éclaircit la gorge, horrifiée.

— Non, non, pas du tout. Son oncle est mon tuteur. Nous n'avons pas de liens de parenté.

C'était la vérité. Ils n'étaient nullement liés par le sang. Thomas Drake et son père étaient des amis intimes. Leur amitié était si profonde que son père avait fait en sorte, au cas où le pire surviendrait, qu'elle devienne la pupille de son vieil ami. Le pire était survenu. Annabelle n'avait que huit ans lorsque ses parents avaient disparu en mer, et elle s'était sentie perdue. Quels que soient aujourd'hui ses sentiments pour l'infâme neveu Derek, il n'en demeurait pas moins que sir Thomas était un homme merveilleux. Sa femme Margaret et lui l'avaient recueillie et élevée comme leur propre fille. Ils n'avaient jamais pu avoir d'enfant, aussi l'arrivée d'Annabelle avait-elle été pour eux une bénédiction.

Elle aimait profondément Thomas et Margaret. Mais Derek, c'était une autre histoire.

— Vous avez pourtant grandi dans le domaine de la famille, n'est-ce pas exact ? s'enquit lady Henderson avec curiosité.

— Oui... en effet. Dans le... Berkshire.

Pourquoi avait-elle bredouillé, alors que tout le monde la fixait des yeux ? Ce sujet était bien le dernier dont elle avait envie de discuter. Elle haïssait les ragots.

Elle se trouvait dans le salon de la résidence londonienne de son fiancé. La décoration était conventionnelle, et elle ne se sentait pas à l'aise dans la pièce trop encombrée. Raison de plus pour ne pas aborder une conversation difficile. Annabelle aimait les livres, la solitude. Un roman de Voltaire et un bon fauteuil près de la fenêtre étaient plus à son goût qu'une réunion de commères comme celle-ci.

— J'imagine que vous deviez le voir souvent ?

Une curiosité sournoise apparut dans les yeux pâles de lady Henderson.

Tous les regards étaient braqués sur elle. Quoi d'étonnant ? Il était question de Derek Drake, du sujet le plus en vogue dans une assemblée de femmes.

Maudit Derek.

Oui, il était exaspérant de savoir que la maison qu'elle considérait comme son foyer appartenait à cet homme. Son tuteur était le plus jeune frère du défunt comte, père de Derek. L'idée que Derek lui avait probablement procuré sa dot la mettait mal à l'aise. Elle avait carrément posé la question à Margaret, et celle-ci s'était montrée très évasive. Comme Margaret ne mentait jamais, Annabelle en avait tiré ses conclusions. Thomas était très à l'aise financièrement, mais c'était Derek qui détenait la fortune de la famille.

Quelle ironie. L'homme qu'elle avait cru aimer donnait de l'argent à un autre pour l'inciter à l'épouser !

— Il a dix ans de plus que moi, aussi nous ne nous voyions pas si souvent. Il est parti à Cambridge lorsque j'avais huit ans, et il a toujours préféré Londres au Berkshire. Nous le croisons rarement, même lorsque nous sommes en ville. Il a sa résidence personnelle.

Une autre dame, que son fiancé avait appelée *tante Ida*, murmura :

— Je comprends pourquoi. Londres est une ville tellement… *peuplée*.

Ce qui signifiait qu'il y avait plus de femmes à sa disposition. Le sous-entendu était clair. Annabelle n'avait pas du tout envie de prendre la défense d'un tel libertin, mais elle le fit pourtant, comme malgré elle.

— Il a beaucoup d'affaires à gérer, et il lui est plus facile de voir régulièrement ses régisseurs et ses hommes de loi quand il est en ville. Manderville Hall n'est pas une résidence commode pour un homme aussi occupé que lui.

— Je le suppose ! s'exclama une autre dame, très maigre avec des cheveux trop noirs pour son âge. Mais je doute que ses affaires soient sa principale préoccupation. Néanmoins, il est tellement beau qu'on lui pardonne volontiers ses frasques.

— Plus beau que Rothay ? demanda une autre.

— C'est impossible, protesta une voix.

C'est le plus bel homme du monde, rétorqua Annabelle, *in petto.*

Elle avait toujours adoré Derek, depuis qu'elle était enfant. Avec son sourire espiègle et sa joie de vivre, il était naturellement devenu le héros de la petite orpheline. Avec le recul, elle était consciente qu'il avait été très bon de tolérer qu'elle le suive partout et s'attache à lui. Le fait qu'à dix-huit ans il ait eu la patience de lui apprendre à monter à cheval plaidait en sa faveur. Et cependant... il n'était qu'un méprisable vaurien. Ses allures d'ange n'étaient qu'une imposture. Il aurait dû avoir des cornes et une queue fourchue, pour détourner les femmes de ses yeux fascinants et de ses traits délicats.

— Comment serait-il possible de décider lequel des deux est le plus beau ? s'écria une des jeunes cousines d'Alfred, en rougissant. Ils sont tous les deux superbes.

— Eugenia, tais-toi, gronda sa mère.

Une lueur malicieuse passa dans les yeux de la tante maigrichonne aux cheveux noirs.

— Mais ils nagent en permanence dans le scandale. Il y a quelques mois, lors de son divorce, lord Tanner a menacé d'accuser Manderville, suite à l'adultère de sa femme.

Il y avait précisément quatre mois que cette vilaine rumeur avait surgi. Annabelle avait la nausée chaque fois qu'elle y pensait, mais elle ne dit rien. Il valait mieux qu'elle garde ses sentiments pour elle, si elle ne voulait pas qu'on la questionne sur sa curieuse aversion pour Derek. Elle n'avait pas voulu ajouter foi aux bruits qui couraient, mais l'idée que Derek avait contribué à briser un mariage le faisait encore chuter dans son estime.

— Et maintenant, cette compétition absolument indécente. Bien qu'il soit tout à fait inconvenant d'évoquer cette affaire, on ne peut s'empêcher de se demander comment ils vont pouvoir régler leur petit différend.

Ida, bien que prétendument outrée, paraissait toute prête à évoquer le sujet.

— J'ai ouï dire que c'est cette actrice russe qui jouait si bien Ophélie, malgré son accent épouvantable, qui va les départager.

Lady Henderson, qui n'avait certes pas besoin d'élargir son tour de taille déjà imposant, prit une nouvelle friandise sur le chariot de desserts.

— Vraiment ? Eh bien, moi j'ai entendu…

Annabelle prit le parti de ne plus écouter. Ses efforts ne furent pas très efficaces, et elle dut passer pour une jeune fille bien terne et taciturne. Mais à force de concentration, elle parvint à décider laquelle de ses robes elle porterait pour la soirée.

L'après-midi n'était donc pas complètement perdu.

Cette visite interminable toucha enfin à son terme et elle fut soulagée de pouvoir regagner son carrosse. Elle serait bientôt mariée, et ses liens avec Derek Drake se rompraient. Enfin, pas tout à fait car Thomas et Margaret, qui lui tenaient lieu de parents, avaient une très haute opinion de leur neveu. Du moins, elle n'aurait plus à endurer sa présence aussi souvent qu'auparavant. Et quand cela arriverait, Alfred serait à ses côtés, ce qui l'aiderait.

En quoi cela l'aiderait-il ? se demanda-t-elle en regardant par la fenêtre.

Il valait mieux ne plus y penser.

Et surtout ne plus penser à *lui*.

⁂

Le manoir de Tenterden n'était pas à proprement parler un modeste domaine, songea Caroline avec une pointe d'amusement. Toutefois, le duc avait raison sur un point : la demeure était isolée.

Elle se trouvait au milieu d'un immense parc boisé, et sa façade en pierre était baignée par les rayons du soleil de fin d'après-midi. Deux ailes, visiblement rajoutées après la construction au bâtiment principal, donnaient à la bâtisse son style élisabéthain. Même si le duc y résidait rarement, les jardins étaient parfaitement entretenus et une allée de gravier impeccable menait à la porte principale. Avec ses fenêtres à meneaux encadrées de lierre, la maison semblait sortie d'un conte de fées. De grands arbres vénérables étendaient leurs branches sur les pelouses, offrant aux promeneurs des refuges ombragés.

Le lieu était ravissant et d'une absolue discrétion. Exactement ce qu'il fallait pour leur rendez-vous secret.

Seigneur. Caroline sentit sa gorge se nouer d'anxiété.

Il n'était pas encore trop tard. Elle pouvait demander à Huw de la ramener à Londres et d'oublier cette folle escapade. Sans parler des risques qu'elle prenait. Que ressentirait-elle, dans quelques semaines, après s'être offerte aux deux plus célèbres débauchés de Londres ?

Aurait-elle l'impression d'être une traînée ?

Peut-être. Mais peut-être aussi serait-elle récompensée de son audace en ayant le sentiment d'être devenue une femme à part entière ?

En revanche, quelle humiliation, si elle décevait le duc de Rothay !

Il fallait voir les choses autrement, décida-t-elle, alors que le carrosse s'arrêtait dans un soubresaut. Le duc et le comte se devaient de prouver leurs capacités au lit. Tout ce qu'elle avait à faire, elle, c'était de décider lequel des deux était le meilleur.

À première vue, cela avait l'air simple.

Huw lui tendit la main pour l'aider à descendre de la voiture. Son visage placide n'exprimait ni curiosité ni réprobation. Elle se demanda ce qu'il penserait quand il comprendrait quel genre de mission elle s'était fixé. Cela faisait des années qu'il était à son service et que tout se passait bien. Cela risquait de changer. Mais quelle importance devait-elle accorder à l'opinion d'un cocher ? Les gens de sa condition n'avaient que faire de ce que pensaient leurs domestiques et les méprisaient, mais Caroline ne l'entendait pas de cette façon.

— Merci, murmura-t-elle en descendant du marchepied.

— Je vous en prie, madame.

Huw s'inclina, sans rien laisser paraître.

La porte s'ouvrit et le duc en personne sortit pour l'accueillir. Dans le bref message qu'il lui avait envoyé pour lui indiquer le chemin, il avait mentionné que le personnel était réduit, mais elle ne s'attendait pas à ce qu'un homme de son rang remplace le majordome ! Elle fut désarçonnée. Il s'était habillé très sobrement, avec une chemise blanche aux manches larges, un pantalon noir et des bottes cirées. Ces vêtements le faisaient paraître plus jeune, mais il restait très impressionnant. Les habits mettaient en valeur sa taille, la largeur de ses épaules, la musculature de ses longues jambes. Ses longs cheveux noirs lui balayaient les épaules, brillaient dans le soleil d'après-midi et soulignaient la beauté et la virilité de ses traits. À cet instant elle eut l'impression de voir l'homme, et pas seulement l'aristocrate beau et fortuné. Le style décontracté de ses vêtements était également le signe d'une intimité nouvelle entre eux. Elle prit conscience tout à coup qu'elle allait passer la semaine dans le lit de cet homme.

Elle frissonna lorsqu'il s'inclina pour lui baiser la main.

— Bienvenue, madame, murmura-t-il en se redressant.

— Bonjour, milord.

Caroline parvint à maîtriser l'intonation de sa voix, malgré les battements désordonnés de son cœur. Le duc la dominait d'une bonne tête et sa carrure était intimidante.

Une lueur malicieuse passa dans son regard sombre.

— J'espère que vous aimez la vie à la campagne. Je vous ai prévenue, les domestiques ne sont pas nombreux. Mon arrivée impromptue a paniqué l'intendante ! Entrez. Je vais demander du thé, et nous pourrons… faire connaissance.

Si vite ? Caroline ne savait que penser de cette remarque.

Troublée, elle fit un effort pour garder son sang-froid, et murmura avec froideur :

— Je suppose que c'est convenable.

Le duc esquissa un sourire en coin.

— Rassurez-vous, j'ai seulement dit que nous allions prendre le thé.

— Nous savons tous les deux pourquoi je suis ici, Rothay.

— En effet.

Il tenait toujours sa main entre ses doigts. Le geste était osé, mais étant donné les circonstances, comment aurait-elle pu protester ? Il se pencha si près qu'elle sentit son souffle sur sa joue lorsqu'il murmura :

— Il ne va pas être facile de vous faire fondre, n'est-ce pas ?

Déconcertée, elle recula vivement et le considéra un moment en silence, la gorge nouée.

— Non, finit-elle par articuler, optant pour la franchise.

À son grand soulagement, le duc lâcha sa main et s'effaça pour la laisser entrer. Elle pénétra dans le hall, un peu affolée par ces quelques instants d'intimité. Par bonheur, elle parvint à se ressaisir à la vue des espaces intérieurs. Des panneaux de bois, de superbes parquets, de hauts plafonds. La maison était à la fois élégante et chaleureuse, d'une beauté ancienne et bucolique. Une odeur de cire d'abeille et de pain frais flottait dans l'air.

— Cet endroit est agréable, dit-elle avec aplomb.

Les paroles du duc avaient cependant fait resurgir ses vieilles incertitudes. Était-elle capable de se donner avec passion ? Saurait-elle satisfaire le désir d'un homme ?

Nicholas Manning regarda autour de lui. Le hall menait à une vaste pièce ouverte, des fauteuils confortables étaient disposés devant une large cheminée. De l'autre côté de ce salon, un escalier en bois sculpté conduisait à l'étage.

— Plus agréable que dans mon souvenir, admit-il. Il y a longtemps que je ne suis pas venu. Mes illustres aïeux m'ont légué huit maisons disséminées dans tout le pays. Il m'est impossible de toutes les occuper. D'autre part, mes affaires m'appellent le plus souvent à Londres, et je ne peux passer beaucoup de temps à la campagne.

Il s'exprima d'un ton sec, comme si sa fortune lui pesait, et Caroline ne put réprimer un petit rire.

— Je doute que les gens vous plaignent pour vos trop nombreuses richesses, milord.

— Sans doute, fit-il en lui prenant le bras pour l'entraîner dans le hall. Mais toute médaille a son revers. Mme Sims va vous conduire à votre chambre. Quand vous serez prête, je vous invite à venir prendre le thé avec moi.

La gouvernante était une femme âgée, avec une voix douce à l'accent irlandais. Elle conduisit Caroline dans une jolie chambre dont les fenêtres ouvertes donnaient sur les jardins, à l'arrière de la maison. Un parfum délicieux montait de la roseraie. Les meubles étaient anciens mais luxueux, pour une maison de campagne.

Le lit à baldaquin était tendu de soie bleu pâle, et les motifs du tapis formaient des entrelacs bleus, roses et ivoire. Caroline se demanda si cette suite élégante n'était pas celle de la maîtresse de maison. Elle en eut la quasi-certitude quand elle s'aperçut qu'une des portes donnait sur une autre suite.

Quoi qu'il en soit, elle était traitée avec les égards dus à une invitée de marque. Et pour cause. Nicholas Manning désirait lui faire une excellente impression.

Toutefois, il faudrait plus qu'une chambre luxueuse pour qu'elle déclare qu'il était un merveilleux amant. Ses yeux se posèrent sur la porte menant à la chambre voisine, et elle sentit les battements de son cœur s'accélérer.

7

Les ombres s'allongeaient, une brise parfumée balayait les jardins et soulevait les feuilles humides des arbustes. Tous les oiseaux d'Angleterre semblaient s'être rassemblés dans le parc pour chanter. Un lapin traversa une allée en sautillant, s'arrêta pour mordiller une herbe sans se soucier de leur présence sur la terrasse, à quelques pas de lui. Nicholas avait l'impression de se trouver dans un des livres d'images de son enfance, où le soleil brillait perpétuellement dans un ciel sans nuages.

Il avait dû passer trop de temps en ville.

Généralement, l'image de conte de fées n'était pas complète sans une belle jeune fille.

Confortablement calé dans son fauteuil, il avait préféré un brandy au thé, et observait du coin de l'œil sa belle invitée.

Il ne gardait qu'un très vague souvenir du soir où Derek et lui s'étaient enivrés au point de faire ce stupide pari. Le lendemain, quand il s'était aperçu qu'ils étaient allés jusqu'à le faire enregistrer chez White, il avait éprouvé un bref moment de désespoir. Puis il s'était dit que son sens de l'humour l'aiderait à faire face aux inévitables commérages. Cependant, maintenant qu'il était assis en face de la ravissante lady Wynn, il n'était plus aussi persuadé d'avoir commis une terrible bévue.

Elle buvait son thé à petites gorgées, ses lèvres touchaient à peine le bord de la tasse. Elle donnait l'impression d'une extrême réserve. Son regard était fixé au loin, comme si elle voulait absolument éviter de le regarder.

Nicholas l'avait croisée quelquefois en société. La première fois, elle n'était pas mariée. Puis elle avait été jeune mariée, mais n'avait pas encore donné naissance à un héritier. Enfin, après la mort de son mari, elle s'était éclipsée. Si bien qu'il n'avait jamais vraiment fait attention à elle. Certes elle était délicieuse et sensuelle, sa chevelure opulente et son teint de porcelaine mettaient en valeur ses incroyables pupilles argentées, mais elle n'était pas le genre de femme qu'il courtisait. Il l'admirait comme un tableau dans un musée... celui-ci attirait votre regard, il vous plaisait sur le plan esthétique, mais comme vous saviez que vous ne pourriez jamais le posséder, vous ne perdiez pas votre temps à y penser.

Mais tout avait changé.

Car il allait la posséder, et son impatience le surprenait lui-même. Il ne se rappelait pas avoir jamais éprouvé un désir aussi intense pour une femme qu'il connaissait depuis si peu de temps.

— Parlez-moi de vous.

Son verre de brandy à la main, il la regarda siroter son thé. Le soleil illuminait les mèches rousses qui striaient sa chevelure auburn. Elle portait une robe gris perle assortie à ses yeux. Sur une autre femme, la couleur aurait paru terne. Mais la soie grise faisait ressortir son teint rose et moulait ses courbes pulpeuses.

Il avait hâte de lui ôter ce vêtement. Le renflement de ses seins sous le sage décolleté attirait irrésistiblement son regard et des images fort inconvenantes se formaient dans son esprit.

— Que voulez-vous savoir, milord ? s'enquit-elle, un peu étonnée.

— Appelez-moi Nicholas.

— Comme vous voudrez, répondit-elle en avalant une nouvelle gorgée de thé.

Il vit la tasse trembler imperceptiblement contre ses lèvres.

Des lèvres tentantes. Roses, douces, sensuelles. Très jolies.

— De quelle région êtes-vous originaire ?

— York, répondit-elle, avec cette expression solennelle et lointaine qui lui était coutumière. Ma mère est morte lorsque j'étais enfant et mon père était très occupé, aussi j'ai passé beaucoup de temps à Londres avec ma tante. C'est elle qui a arrangé mon entrée dans le monde et mon mariage.

Deux phrases ne suffisaient pourtant pas à résumer toute une vie.

— Vous avez des frères et sœurs ?

— Non.

D'ordinaire, il n'avait pas autant de mal à lancer la conversation. Haussant un sourcil, il fit une nouvelle tentative.

— À quoi vous intéressez-vous ? Au théâtre, à l'opéra, à la mode ?

Elle eut une seconde d'hésitation avant de répondre, en toute simplicité :

— J'aime lire. Tout me plaît. Les romans, les journaux, et même les essais scientifiques lorsque j'ai l'occasion d'en trouver. Cela a toujours été ma passion. Ma gouvernante, Mlle Dunsworth, était moderne ; elle encourageait ma curiosité et me prêtait des livres qui n'auraient sûrement pas plu à ma tante. Son père était un antiquaire connu et il avait collectionné des œuvres du monde entier. À sa mort, il ne laissa pas beaucoup d'argent, mais sa fille était riche de connaissance. Elle a dû vendre tous ses biens, mais elle a gardé sa bibliothèque.

À l'écouter, certains de ses amis l'auraient trouvée ennuyeuse. Pas Nicholas. La façon dont Caroline avait prononcé le mot *passion* lui avait plu.

— Quel est votre auteur préféré ?

Le visage de la jeune femme s'éclaira.

— S'il fallait que j'en choisisse un, ce serait Voltaire.

— Qui d'autre ?

Elle aimait aussi les auteurs grecs anciens, Shakespeare, Pope, et certains auteurs populaires modernes qu'il n'avait pas encore lus.

Le soleil était chaud, le brandy délicieux, et il était… sous le charme.

Sous le charme d'un bas-bleu ? C'était une révélation. D'ordinaire, il ne courtisait les femmes que pour les mettre dans son lit, mais il y avait une lueur dans les yeux de Caroline qui le fascinait. Depuis qu'elle avait révélé son identité, à l'auberge, il était captivé.

Lorsqu'il ramena la conversation sur sa famille, son enthousiasme disparut et elle concentra toute son attention sur la tasse de porcelaine fine.

— Comme je vous le disais, j'ai vécu avec ma tante. Elle est morte environ un mois après Edward.

Il attendit. Elle ne semblait pas prête à lui donner plus de renseignements. Mais il avait envie d'en savoir davantage sur son mariage.

— Je ne connaissais pas beaucoup votre mari.

— Tant mieux pour vous, répliqua-t-elle d'un ton sec.

Il ne put s'empêcher de hausser les sourcils.

— Je vois.

Elle le regarda par-dessus le bord de sa tasse, puis posa délicatement celle-ci sur le guéridon. Son regard gris se fixa sur lui.

— Pardonnez-moi, mais non. Vous ne voyez pas du tout. Vous n'avez pas été marié de force à un homme que vous n'aimiez pas. Vous n'avez jamais été soumis aux caprices d'une autre personne. J'espère que vous êtes conscient des différences entre les sexes dans notre société. Les gentlemen nobles peuvent faire des paris extravagants sur leur manque de vertu, alors que les femmes ne sont jugées que sur la façon dont elles préservent la leur.

Pendant un moment, Nicholas ne sut quoi dire. Lady Wynn ne flirtait pas, il avait compris cela. Apparemment, elle savait aller droit au but et elle était d'une franchise étonnante. Il inclina la tête.

— Je comprends ce que vous voulez dire. Dorénavant, j'éviterai de faire des suppositions présomptueuses.

Interloquée de le voir céder si facilement, Caroline fit la moue, ce qui attira de nouveau l'attention de Nicholas sur sa bouche.

— Je suis désolée, dit-elle en soupirant. Mon mariage est encore un sujet sensible pour moi. C'est pourquoi je refuse catégoriquement de renouveler l'expérience.

— Ne vous excusez pas, vous avez le droit d'exprimer votre opinion, je vous assure.

Elle eut un sourire désabusé.

— Je crains d'avoir remis le duc de Rothay à sa place.

— Il le mérite de temps à autre. Peut-être plus souvent qu'il ne le pense.

— Vous êtes très… aimable. La plupart des hommes aiment qu'une femme approuve toujours ce qu'ils disent. Je trouve cela terriblement ennuyeux.

— C'est la raison pour laquelle vous découragez tous ces hommes qui se pressent autour de vous pendant les réceptions ?

Nicholas s'enfonça confortablement dans son fauteuil, savourant non seulement la douce caresse de la brise, mais aussi la simplicité et la franchise de sa compagne. Il avait l'habitude d'être flatté par les femmes et non d'être réprimandé pour son ignorance.

— Disons simplement que je tiens à mon indépendance.

Ils ne se connaissaient sans doute pas très bien, mais ils avaient donc au moins une chose en commun.

— Moi aussi.

— C'est ce que laisse entendre la rumeur.

Un vrai sourire étira les lèvres de Caroline, et il éprouva une vague de désir. Le changement était remarquable. En une seconde, la statue de marbre venait de se changer en une femme douce et ensorcelante.

Nicholas changea de position dans son fauteuil, un peu gêné par la réaction immédiate de son corps.

— Il ne faut pas croire toutes les rumeurs qui circulent sur mon compte, dit-il doucement. Mais celle-ci est exacte.

— Il y en a beaucoup. Votre réputation est lamentable dans les cercles de la bonne société.

— Je me demande pourquoi.

— Vraiment ? Les anecdotes à votre sujet sont légions.

— C'est ce que j'ai cru comprendre. Mais les commérages sont souvent bien loin de la vérité, madame.

— Essayez-vous de me faire croire que vous êtes plus vertueux que ne le dit la rumeur ?

Était-il vertueux ?

Nicholas était certain que personne n'avait jamais parlé de lui en ces termes, mais dans un certain sens, peut-être l'était-il. Il mettait un point d'honneur à ne jamais séduire une femme qui aurait pu prendre son jeu au sérieux.

— Peut-être, répondit-il avec un sourire insouciant. J'admets que j'ai cessé de me défendre il y a des années.

— Mais vous refusez toute attache sentimentale ?

— Absolument.

Depuis Helena, Il avait décidé qu'il était plus simple de limiter ses relations amoureuses à un échange physique.

Une fois, il y avait de cela très longtemps, avant qu'il ait compris que l'amour n'était qu'un rêve, il avait fait une erreur monumentale. Une erreur qu'il ne répéterait pas. La leçon avait été rude, mais il était jeune alors, un peu idiot et idéaliste. Cette expérience lui avait laissé un arrière-goût amer qu'il ne pourrait jamais oublier.

— Personne ne sait que je suis là, milord, reprit Caroline. Nous sommes seuls, et libres de faire ce que bon nous semble.

— Appelez-moi Nicholas, répondit-il en souriant.

La lumière du soir jouait sur ses traits délicats, soulignant la ligne souple de ses épaules et le creux délicieux entre ses seins.

— Voulez-vous rentrer ?

Le rose monta aux joues de la jeune femme.

— Maintenant ? C'est encore l'après-midi.

Nicholas retint un petit rire. Était-elle naïve au point de croire qu'on ne pouvait faire l'amour que le soir tombé ? Pour une veuve, elle manquait vraiment d'expérience.

— Pourquoi attendre ? Nous parlerons plus à notre aise.

— Vous voulez parler ?

— Entre autres choses.

Cette fois, ses joues s'empourprèrent.

Il n'avait pas l'habitude de bavarder dans un lit, mais il voulait bien le faire si cela la mettait à l'aise. Il ne couchait jamais avec des femmes vierges. Élevé pour être duc, il avait été mis en garde, et ce depuis qu'il était en âge de comprendre, contre les pièges tendus aux hommes de sa condition. Néanmoins et en dépit de son mariage, Caroline ressemblait à une vierge effarouchée. Elle était de toute évidence très nerveuse, mais semblait sensible à son charme viril, ce qui ne cessait d'exciter son intérêt.

Il se leva et lui prit la main pour la faire lever.

— Je vous trouve très belle, lady Wynn, déclara-t-il, les yeux rivés sur ses lèvres.

— C'est le genre de compliment que vous devez faire facilement.

— Uniquement si je le pense vraiment.

Il était sincère. Il n'avait pas besoin de faire de faux compliments aux femmes pour les attirer dans son lit. Celle-ci paraissait encore plus naïve qu'il ne l'avait cru.

— Ce n'est sûrement pas la première fois que vous entendez ces mots. Pourquoi mettre en doute ma sincérité ?

Il toucha légèrement du dos de la main ses boucles soyeuses. Ce châtain strié de roux lui rappelait les couleurs de l'automne. Quelques mèches rebelles encadraient son visage ovale et effleuraient son cou de cygne. Les tons chauds de sa chevelure lui allaient à ravir.

Il aurait volontiers parié, contre toute vraisemblance, qu'elle n'était pas aussi froide qu'on le croyait. Apparemment son mari n'avait été qu'un grossier personnage et c'est à lui, Nicholas, que revenait de lui faire découvrir le plaisir de l'amour physique entre un homme et une femme.

— Je vous connais à peine, Nicholas.

— Vous saviez cela avant de m'envoyer votre message. Quel meilleur moyen de faire connaissance ?

Avant qu'elle ait pu répondre, il prit tendrement ses lèvres. Ses mains viriles se posèrent sur sa taille fine. D'instinct, il comprenait les femmes, et il savait déjà qu'il valait mieux prendre celle-ci par la douceur. Certaines aimaient être enlevées, possédées et dominées. Mais avant même de toucher Caroline, il avait su qu'elle n'appartenait pas à cette catégorie.

Elle était douce et se fondait délicieusement dans ses bras. Mais quand il voulut effleurer sa langue de la sienne, elle recula brusquement dans un mouvement de surprise.

Que diable...

Il marqua une pause, interloqué.

Il était impossible qu'une femme mariée n'ait jamais été embrassée ainsi. Cependant, il était évident aussi qu'elle ne savait comment répondre à son geste.

Voilà qui donnait à la situation un tour encore plus intéressant. Nicholas continua, sans trop insister, la pressant un peu plus contre lui. En temps normal, un tel manque d'expérience l'aurait découragé. Mais, étaient-ce les circonstances exceptionnelles, ou la beauté de la jeune femme qui se lovait délicieusement contre lui... il était plus captivé que jamais.

— Puis-je encore une fois vous inviter à entrer ?

Pressée contre lui, elle sentait toute la force de son désir viril et ne pouvait se méprendre sur le sens de cette invitation. Mais n'était-ce pas justement pour cela qu'elle était venue ? Caroline acquiesça d'un signe de tête. Nicholas recula, la prit par la main, et sourit.

Elle le contempla un instant gravement, ses grands yeux élargis, les joues enflammées. Puis elle se laissa conduire dans l'escalier et jusque dans la chambre. La maison était silencieuse en cette fin d'après-midi. Mme Sims devait s'affairer quelque part. Il n'avait pas eu le temps de faire venir du personnel, et comme Caroline voulait préserver son anonymat, il n'avait emmené que son cocher. Son valet personnel était resté à Londres. Aussi, quand il referma la porte de la chambre derrière eux, il sut qu'ils pourraient rester seuls aussi longtemps qu'ils le voudraient. La gouvernante avait des ordres stricts et ne les dérangerait pas.

— Nous avons des chambres communicantes, dit Caroline en jetant un coup d'œil à la porte qui séparait les deux suites.

— C'est commode, n'est-ce pas ?

Nicholas sourit en la regardant. Sa grâce et sa féminité étaient mises en valeur par le décor strict et masculin de la chambre. Les meubles de chêne sombres et anciens étaient immenses, le lit de bois sculpté surélevé par une estrade. Le portrait d'un de ses ancêtres en pourpoint trônait au-dessus de la cheminée.

Par contraste, elle semblait toute petite. Le dessin de ses courbes l'excita et il sentit le désir lui embraser les reins.

Elle n'offrit aucune résistance lorsqu'il défit ses cheveux, qui retombèrent en cascade sur ses épaules. Ils étaient parfumés et doux comme de la soie. Il l'embrassa tout en dégrafant sa robe, s'appliquant à ne pas la brusquer. Puis il la souleva et l'emporta sur le lit, où il lui ôta avec la même habileté ses bas et ses chaussures. Il continua d'admirer sa beauté, tout en enlevant ses bottes de cuir. Puis il se releva en hâte pour finir de se déshabiller.

Curieusement, il était pressé.

Vêtue uniquement de sa chemise, elle était la perfection même. Une Vénus aux boucles auburn, dans les rayons obliques du soleil couchant. Un corps souple, une peau blanche et unie, une cascade de boucles brillantes. Ses seins ronds se soulevaient au rythme de sa respiration et ses yeux s'étaient assombris, les pupilles dilatées sous l'effet de la passion.

Ou de l'appréhension.

Les doigts de Nicholas se figèrent sur les boutons de sa chemise.

Oui, songea-t-il, incrédule. C'était de la peur qu'il voyait dans ses prunelles. La femme qui était dans son lit tremblait, mais ce n'était pas de désir.

Ses joues avaient un peu pâli. Il laissa retomber ses mains, sa chemise entrouverte, ne sachant comment réagir. Les événements prenaient un tour inattendu.

— Nous ne sommes pas obligés de le faire, vous savez. Vous n'avez qu'un mot à dire. Nous pouvons retourner boire du vin au soleil, et vous repartirez demain si vous le souhaitez.

Elle hésita un court instant avant de chuchoter :

— Cela se voit tant que ça ?

Pour lui qui n'avait toujours rencontré qu'une passion égale à la sienne, oui. Cependant, il jugea préférable de faire preuve de diplomatie.

— Il est évident que vous n'êtes pas à l'aise, madame. Notre pari n'est qu'une sottise entre gentlemen qui avaient trop bu et se sont réveillés le lendemain avec un mal de tête. Je trouve votre présence dans mon lit infiniment séduisante, néanmoins nous ne sommes pas obligés de continuer.

Caroline esquissa l'ombre d'un sourire.

— Je comprends pourquoi votre charme est légendaire, Rothay. Mais pensez-vous que je me sois engagée à la légère ? De toutes les femmes que vous connaissez, je suis sans doute la moins susceptible de se retrouver dans votre lit. Mais je suis là, et c'est à vous de me séduire. N'est-ce pas ?

Elle marquait un point. Derek et lui ne s'attendaient pas à devoir séduire une femme aussi farouche, mais elle s'était proposée, ils avaient accepté, et c'était lui qui s'était montré impatient de la posséder.

— Je ne le ferai que si vous le désirez.

— Dans le cas contraire je ne serais pas là.

Et pourquoi diable était-elle là, si l'idée de coucher avec lui la mettait dans un tel état ?

— Je le désire, ajouta-t-elle.

Était-ce la vérité ? Il brûlait d'aller plus loin, cependant il ne fit pas un geste. Toutes les femmes étaient différentes, chaque relation avait son contexte. Mais la situation présente lui donnait à réfléchir. Il avait la nette impression que Caroline faisait un effort énorme pour rester allongée là, docilement.

C'était un peu décourageant.

Qu'est-ce que Wynn avait bien pu lui faire… ou ne pas lui faire ?

— Êtes-vous vierge ? demanda-t-il doucement.

Et que diable ferait-il si la réponse était oui ? Il n'allait pas faire semblant de ne pas avoir remarqué sa réaction quand il l'avait embrassée. Cela n'avait plus rien à voir avec ce maudit pari. En fait, elle se moquait totalement de ce pari depuis le début.

Elle détourna les yeux, extrêmement mal à l'aise, à ce qu'il pouvait en juger.

— Non.

Perplexe, Nicholas demeura figé. Il savait tout sur les jeux sexuels entre les hommes et les femmes, mais là il se sentait perdu. Il s'assit et lui prit délicatement le menton. Consterné, il vit que ses yeux étaient brillants de larmes.

— Séduisez-moi, chuchota-t-elle. Je vous en prie.

8

Si cela continuait ainsi, elle serait la seule femme au monde à s'être retrouvée à moitié nue dans le lit du merveilleux et sensuel duc de Rothay, sans que celui-ci accepte de lui faire l'amour.

Elle avait dû quasiment le supplier.

Pour mortifiant que ce soit, elle était étonnée qu'un tel libertin soit assez sensible pour comprendre qu'elle avait peur. Il semblait aussi désemparé qu'elle, et ce n'était pas peu dire. Dans d'autres circonstances, elle aurait pu trouver cela amusant.

— De toute évidence, je ne demande que cela, murmura-t-il avec un sourire narquois.

Elle posa les yeux sur son entrejambe et fut impressionnée.

Mais il n'avait pas envie d'une veuve larmoyante, sans expérience et glaciale de surcroît. C'était compréhensible. Qui aurait pu le blâmer ? Elle était belle, mais totalement ignorante en matière de sensualité.

Cependant elle se trouvait là, dans son lit, en déshabillé et les cheveux défaits. Si elle se dérobait maintenant, l'occasion serait définitivement perdue.

— Embrassez-moi encore, murmura-t-elle en soutenant son regard sombre.

Sa chemise entrouverte laissait voir les muscles de son torse et elle éprouva une sensation étrange au creux de l'estomac. Ses cheveux lisses et noirs comme l'ébène lui effleuraient le cou. Sa beauté était irrésistible. Mais après tout, son mari aussi était beau. Sans doute pas aussi impressionnant que Rothay, mais tout de même…

Non. Il ne fallait pas qu'elle pense à Edward. Pas maintenant.

Nicolas se pencha vers elle, mais au lieu de l'embrasser comme elle s'y attendait il lui frôla les paupières de ses lèvres. Puis il s'allongea à côté d'elle et la serra contre lui. Elle fit son possible pour rester détendue, malgré les bras virils qui l'encerclaient.

Il sentait merveilleusement bon. Tous les hommes avaient-ils ce genre de parfum épicé, ou bien était-ce juste lui ?

— Vous êtes ravissante, chuchota-t-il en lui caressant le dos.

Il souleva sa chemise si délicatement qu'elle ne s'en rendit compte que lorsque ses doigts se posèrent sur sa cuisse nue. Elle tressaillit, et il retira aussitôt sa main.

— Détendez-vous, lui murmura-t-il.

— Je fais de mon mieux.

Edward avait peut-être raison. Car si elle n'éprouvait rien, alors qu'elle était couchée avec l'un des hommes les plus beaux d'Angleterre, il était possible que son cas soit désespéré.

Elle n'éprouvait pas vraiment *rien*.

Le calme de Rothay, sa respiration régulière, les battements mesurés de son cœur l'aidèrent à se ressaisir. À sa grande surprise, elle sentit ses seins se gonfler. Quand il posa les lèvres contre sa joue, elle se tourna pour lui offrir sa bouche.

— Nous devrions commencer tout doucement, dit-il.

Elle ne comprenait pas tout à fait ce que cela signifiait, et ne voulait même pas essayer de deviner.

— Comme vous voudrez.

Un sourire fascinant apparut sur les lèvres du duc.

— Embrasser est tout un art. Voulez-vous que je vous apprenne ?

— N'est-ce pas la raison de ma présence ?

Elle était dans sa demeure, dans son lit, prisonnière de ses bras.

— Je me ferai donc un plaisir, ma chère.

Il pencha très lentement la tête et leurs lèvres se joignirent. Leur baiser fut long, sensuel, enivrant. Un vrai baiser.

Il la taquina doucement du bout de la langue, explorant la chaleur de sa bouche, et Caroline finit par se détendre. Il était toujours habillé, mais elle percevait la chaleur de sa peau. Il fit descendre ses lèvres le long de son cou, s'attardant sur sa gorge.

Tout à coup, elle songea qu'elle avait eu une excellente idée d'envoyer ce message. Car ce qu'elle vivait en ce moment était exactement ce qu'elle avait espéré.

C'était agréable. Non, le mot n'était pas assez fort. C'était bien plus que cela, songea-t-elle en frémissant.

— Je veux simplement goûter votre peau. Rien de plus. Je peux ?

Elle se rendit compte qu'il tenait les rubans de son corsage entre les doigts, et qu'il lui demandait la permission de le dégrafer.

La permission. Son mari n'avait jamais demandé d'autorisation. L'idée que Rothay tenait compte de ses désirs était rassurante.

En revanche, elle était troublée qu'il veuille la voir nue. Elle avait honte de se montrer en pleine lumière, dans le plus simple appareil... face à lui ou à n'importe qui d'autre. Elle s'était bien doutée que rien de tout cela ne serait facile. Mais finalement, alors que le silence se prolongeait et qu'il attendait poliment, elle éprouva une certaine confiance.

C'était un bon début.

Elle acquiesça d'un signe de tête, et il tira sur le ruban. Ses joues s'enflammèrent lorsque la chemise s'ouvrit, dénudant ses seins. Nicholas écarta doucement les pans de tissu pour caresser un mamelon du bout des doigts. Elle inspira vivement.

— Ils sont parfaits, délicats comme des roses.

— Vous avez l'art du compliment, milord.

— En l'occurrence, c'est la pure vérité, répondit-il en haussant les sourcils d'un air amusé. Et au lit n'oubliez pas, Caroline, que vous êtes la femme que je désire. Appelez-moi par mon prénom.

Elle ne put s'empêcher de fermer les yeux en sentant la caresse de ses doigts. Il prit son sein au creux de sa main et quand elle souleva les paupières et rencontra son regard ardent, ses doutes s'envolèrent.

Ses prunelles étaient sombres et profondes comme la nuit, soulignées par d'épais cils noirs. Elle se rendit compte qu'il attendait, appuyé sur un coude, contemplant son expression.

Qu'attendait-il ? Elle n'en avait aucune idée. Un peu irritée, elle en voulut un peu plus à Edward de l'ignorance dans laquelle elle se trouvait.

— Je suis censée faire quelque chose ?

— Faire quelque chose ? répéta-t-il en souriant.

— Ne vous moquez pas de moi, je vous en prie. Je suis sûre que vous avez déjà compris…

— Je ne me moque pas de vous. J'admire ce que je vois et j'établis ma stratégie. Après tout, je suis censé accomplir un exploit admirable, et le premier contact est très important, n'est-ce pas ?

— Vous n'avez pas l'habitude des femmes comme moi, admit-elle, avec toute la dignité dont elle était capable. Par conséquent, vous êtes perplexe.

Parce qu'elle était totalement nulle au lit. Cet homme courtisait d'ordinaire des femmes sophistiquées, expérimentées. Il y avait un fossé, un gouffre même, entre elle et ces femmes-là.

— Perplexe ? répéta-t-il avec un large sourire, qui la fit frissonner d'anticipation. Pas du tout. Je me demande seulement par où commencer. Vous êtes comme une toile blanche, ma chère. Le premier coup de pinceau est décisif.

— Je suis certaine que vous êtes un grand artiste, Rothay.

— Un grand artiste ? J'ai déjà gagné ce titre ?

— C'était une remarque sarcastique, vous êtes trop arrogant.

Elle trouva un peu difficile de parler avec froideur et détachement, alors qu'il lui caressait doucement les seins.

Rien d'étonnant à ce que les femmes succombent à son charme, songea-t-elle alors qu'une étrange chaleur se répandait entre ses jambes. Il était là, imposant, sans être menaçant. La virilité sans domination. Son sourire ne contenait qu'une promesse sensuelle.

Être juge de ce pari était la meilleure idée qu'elle puisse avoir. Certes, sa réputation serait détruite à jamais si quelqu'un venait à découvrir ce qu'elle avait fait, mais le jeu en valait la chandelle.

Elle dut faire un immense effort pour réprimer un soupir lorsqu'il prit le mamelon entre ses lèvres. Tout d'abord elle fut déconcertée par son geste, puis elle trouva la sensation délicieuse. Une merveilleuse chaleur se propagea dans son corps, tandis qu'il taquinait la pointe d'un sein, puis l'autre, s'aventurait sur sa gorge puis revenait prendre un téton dressé entre ses dents.

Mais elle restait allongée là, à savourer passivement ses caresses, alors qu'elle aurait dû faire quelque chose.

Du moins, c'est ce que lui disait toujours Edward, de manière cinglante.

Le duc fit glisser une main sur sa cuisse, pour lui caresser l'intérieur du genou. C'était délicieux. Caroline n'aurait jamais cru que cette partie de son corps était aussi sensible. Il lui souleva légèrement la jambe pour la replier, et reposa son pied sur le lit. Puis, tandis qu'il l'embrassait de nouveau longuement sur les lèvres, il fit de même avec son autre jambe. Elle était maintenant allongée, les jambes écartées, la chemise remontée sur le haut de ses cuisses.

En un éclair, elle prit conscience de la situation. Elle se trouvait dans le lit du duc de Rothay, presque nue, et il avait accès à son intimité s'il le souhaitait.

C'était le cas, découvrit-elle un instant plus tard. Ses mains s'introduisirent avec délicatesse sous le tissu, et il effleura doucement le triangle de boucles entre ses cuisses. Caroline frémit, mais résista à la tentation de refermer les jambes, car alors la main de Nicholas se serait retrouvée prise au piège, exactement là où il le voulait. Elle prit une longue inspiration pour se calmer, et parvint à demeurer immobile.

Trop immobile sans doute.

— Mes caresses sont censées vous faire fondre, Caroline. Pas vous changer en pierre. Je vois que je vais devoir me montrer très persuasif. Il ne serait pas galant de ma part de ne pas relever le gant que vous nous avez lancé, à Manderville et à moi.

Il lui avait déjà dit qu'elle était glaciale, maintenant il lui faisait comprendre qu'elle était frigide. C'était aussi l'opinion d'Edward. Elle ouvrit la bouche pour se défendre, mais ne put articuler un mot. Seul un cri de protestation lui échappa lorsque son amant plaqua fermement les mains sur ses cuisses pour les écarter davantage, et pencha la tête.

Choquée, elle demeura figée, éberluée, si bien qu'elle ne songea même pas à tirer sur sa chemise qu'il venait de faire remonter jusqu'à la taille. Le Duc Diabolique avait posé la bouche entre ses jambes. Ses lèvres effleurèrent le plus secret de son intimité, puis s'y attardèrent. Ses cheveux noirs et soyeux lui caressaient les cuisses, et sa langue jouait à un jeu très étrange : elle caressait les replis de sa chair. Une sensation nouvelle la posséda tout entière, comme une révélation.

Des flèches de plaisir lui transpercèrent le corps et elle se cramponna aux draps, comme si elle craignait tout à coup de s'envoler. Les émotions prirent le dessus, et elle se laissa emporter par la douce vague du plaisir.

Oh, mon Dieu...

Nicholas rit doucement, les lèvres contre sa chair, et elle se rendit compte qu'elle avait parlé à haute voix. Dans des circonstances normales elle aurait rougi, mais la situation n'avait rien de commun. Elle laissa ses jambes s'ouvrir largement sur les côtés et souleva les hanches, tandis qu'un frisson d'anticipation se répandait dans son corps.

C'était donc *cela*. C'était pour cela que les femmes chuchotaient entre elles en agitant nerveusement leur éventail, et parlaient du duc avec force soupirs et sous-entendus.

Elle eut toutes les peines du monde à réprimer un grognement. Il finit par lui échapper avec un soupir et la sensation mystérieuse continua d'enfler en elle. C'était magique, fugitif, captivant. Son sang s'embrasa, son pouls s'accéléra et elle cambra les reins pour accentuer la pression de ses lèvres sur elle.

C'était bien au-delà du merveilleux, une sensation située quelque part entre la torture et la volupté, comme si son corps cherchait quelque chose qu'elle-même ne connaissait pas.

Elle finit par trouver, ce fut comme une explosion de joie qui lui coupa le souffle, et elle poussa un petit cri en frissonnant de plaisir.

Une sensation inoubliable.

La réalité reprit lentement ses droits. Caroline prit conscience de l'élégance de la chambre baignée par le soleil, de sa chemise déboutonnée qui tirebouchonnait sur ses hanches, et de... *lui*. L'homme qui venait de lui faire la chose la plus scandaleuse qu'on puisse imaginer... si scandaleuse qu'en fait elle n'aurait *jamais* pu imaginer que ce soit possible !

Nicholas Manning était allongé à côté d'elle, svelte et imposant. Son désir était évident, mais il ne fit pas mine de la toucher. S'il avait ôté ses bottes et défait sa chemise, en revanche il portait toujours le reste de ses vêtements.

Elle était partagée. Elle aurait aimé faire disparaître ce sourire de satisfaction qu'il affichait avec arrogance, mais au fond de son cœur, elle avait envie de le remercier.

— Eh bien ? dit-il en haussant avec effronterie ses sourcils noirs.

⁂

La femme allongée près de lui sur le lit était une énigme. À la fois sensuelle et réservée, sans expérience mais consciente de sa sensualité, contenue mais désireuse de briser ses chaînes. Sa beauté était ensorcelante. Ses cheveux auburn se détachaient sur le blanc immaculé des draps, ses seins étaient pleins et d'une exquise rondeur, ses jambes longues et fuselées. Ses lèvres pulpeuses brillaient d'un rose intense comme ses mamelons. Tout en elle, depuis la ligne délicate de ses sourcils jusqu'à son petit nez et son menton rond, exprimait une féminité fragile. Il devait reconnaître qu'il était envoûté par son aspect physique.

De plus, il savait qu'il venait de lui faire connaître son premier orgasme. Ce qui s'était passé entre son mari et elle ne devait pas être très plaisant. Car il était certain qu'elle n'était pas d'une nature timide. Il ne put s'empêcher d'éprouver de la colère contre le défunt, même si cela ne servait à rien. Comment s'était comporté cet homme ? Le fait qu'elle ait eu peur de lui physiquement l'avait d'abord surpris, mais expliquait beaucoup de choses.

Si lord Wynn n'avait pas déjà été dans la tombe, il l'y aurait sans doute expédié. La violence exercée contre les femmes et les enfants lui donnait la nausée, et son adresse au pistolet était légendaire. Il s'était déjà levé à l'aube pour moins que ça.

Son offre de les départager, Manderville et lui, n'était pas un caprice de veuve qui s'ennuyait, mais une réelle leçon de courage. Caroline était allée très loin, pour se libérer de cette peur qui la paralysait et la rendait si distante avec les hommes.

Elle le contempla de ses yeux gris incomparables, l'air un peu égaré, et répéta :

— Eh bien ?

Il sourit, malgré le désir brûlant qui le tenaillait.

— Je suppose qu'il ne serait pas juste de vous demander dès maintenant ce que vous pensez de moi, aussi je vais présenter la question différemment. Aimeriez-vous vous rhabiller et que nous allions faire un tour dans le parc ? Les jardins sont très beaux à cette époque de l'année. Je m'y suis promené hier, et je les ai trouvés splendides.

— Mais vous n'avez pas… c'est-à-dire…

Une vive rougeur envahit ses joues et sa main se posa sur le bord de sa chemise, mais elle ne tira pas sur le tissu pour se couvrir. Son regard se posa sur l'entrejambe de Nicholas.

— Je peux attendre.

— Je n'en ai pas l'impression, mil… Nicholas.

Il était tout à fait d'accord avec elle, mais s'il voulait gagner sa confiance, il valait mieux qu'il se restreigne. Il rabaissa donc le tissu sur ses cuisses et noua à regret les rubans de son corsage, cachant ainsi les plus jolis seins qu'il ait jamais caressés.

— Nous avons toute la semaine.

Caroline se rembrunit.

— Ai-je fait quelque chose de mal ?

La question l'amusa, et l'étonna en même temps.

— Qu'est-ce qui vous fait croire cela ?

Alors même qu'il posait la question, il se rendit compte qu'il y avait une chose qu'elle n'avait pas encore faite. Il l'avait embrassée, avait goûté ses seins, lui avait donné un orgasme… et cependant elle ne l'avait pas touché une seule fois. Elle n'avait pas passé les doigts dans ses cheveux, ne lui avait pas agrippé les épaules, n'avait même pas posé la main sur ses reins.

Il fallait que cela ait changé avant la fin de la semaine, songea-t-il. Il avait le sentiment que la première étape était de gagner sa confiance.

Ce challenge-là n'était pas prévu.

Elle ne répondit pas directement à sa question.

— Je ne voudrais pas... vous décevoir.

L'idée était si ridicule, qu'il ne put réprimer un petit sourire.

— Je vous promets que vous ne me décevez pas, et non, vous n'avez rien fait de mal. À présent, allons faire un tour dans le jardin, et profitons-en pour faire plus ample connaissance. Des amants doivent partager autre chose qu'un lit, vous ne croyez pas ? Quoi que j'ai pu dire, vous ne m'intéressez pas uniquement pour l'aventure physique que nous vivons cette semaine.

C'était vrai, mais il ne cherchait pas non plus un rapprochement sentimental. Cela ne pouvait mener qu'au désastre. Il aimait avoir une relation simple avec ses maîtresses, rien de plus. Ne serait-ce que parce que cela rendait la séparation plus facile.

Caroline se redressa, et ses cheveux tombèrent en cascade sur ses épaules. Un sourire délicieux souleva ses lèvres.

— Je vois que vous êtes décidé à gagner ce pari. Qui aurait cru que le Duc Diabolique était aussi romantique ?

— Je veux tout connaître de vous, charmante lady Wynn, en plus de chaque recoin de votre peau.

— En ce qui concerne mon corps, je crois que vous avez fait connaissance. Je suis la seule à être déshabillée, visiblement.

Il avait à peine commencé à l'initier aux plaisirs de la chair.

— C'est un bon début, dit-il en souriant. Ne craignez rien, je me déshabillerai plus tard.

9

S'il démolissait le mur à coups de poing, il y avait des chances qu'il se fasse remarquer. Il valait mieux ne pas s'y risquer.

Mais bon sang, il avait diablement envie de taper sur quelque chose. Derek avala d'un trait son verre de vin. À l'idée de la soirée qu'il allait devoir endurer, il eut soudain envie de prendre ses jambes à son cou. Toutefois, s'il faisait cela, son secret serait révélé au grand jour, or il ne le voulait à aucun prix. Puisqu'il ne pouvait obtenir ce qu'il désirait, il essaierait au moins de conserver quelques vestiges de fierté masculine.

Bon sang, mais pourquoi fallait-il qu'Annabelle soit aussi belle ? Mais bien sûr... Même vêtue de toile de jute, elle aurait été la plus jolie femme de l'assistance. Alors avec sa robe de soie bleu pâle qui mettait en valeur ses yeux et sa chevelure blonde... elle était époustouflante. Affectant d'être nonchalamment adossé au mur, il ne la quitta pas un instant des yeux. Elle fendait la foule des invités avec grâce, recevant les félicitations sans jamais se départir de ce sourire éblouissant, destiné à... à son fiancé.

— Tout se passe très bien, tu ne trouves pas ?

Thomas Drake rejoignit Derek dans l'angle du salon, et sirota son champagne tout en parlant.

Derek acquiesça poliment.

— Magnifique réception, mon oncle.

— Annabelle est superbe, non ?

— Oui, fit sèchement Derek, les mâchoires crispées.

— Lord Hyatt est fou d'elle, c'est évident.

Fou d'elle, c'était peu dire. Cet imbécile bavait d'admiration devant sa future femme. Derek préféra garder le silence. Hyatt n'était pas le seul crétin à être amoureux.

— Ta tante Margaret a pensé qu'une petite réception familiale serait très bien, avant le grand bal des fiançailles officielles. Je suis d'accord, c'est agréable de nous retrouver dans l'intimité. Pour les fiançailles, il y aura foule. Je suis content que tu aies pu venir ce soir.

Derek aurait préféré être traîné nu par un cheval dans un champ de ronces, néanmoins il trouva la force d'esquisser un sourire crispé.

— Je n'aurais manqué cela pour rien au monde.

— Le repas était délicieux, n'est-ce pas ?

Thomas haussa très brièvement les sourcils.

Derek aurait aussi bien pu manger du carton, sans faire la différence. C'est à peine s'il avait grignoté, en s'aidant de grandes quantités de vin pour avaler des plats qu'il trouvait insipides. Il répondit d'un grognement sourd, et chercha des yeux une carafe de bordeaux. Cette réunion de famille d'une trentaine de personnes était tout de même plus agréable qu'une salle de bal bondée. Mais il était obligé de feindre l'indifférence, ou pire encore sa joie pour le jeune couple. Sans compter les conversations mortellement ennuyeuses avec les grand-tantes et les cousins éloignés. Ce qui expliquait qu'il ait choisi cette position stratégique, dans un angle de la salle, et hors de vue. S'il avait pu se cacher derrière un canapé ou dans le conduit de la cheminée, il l'aurait fait.

Mais il était le comte. Sa tante Margaret, qu'il adorait, avait souhaité sa présence, et le moins qu'il puisse faire était d'endurer la soirée avec autant de sérénité que possible.

— Pour ma part, je n'étais pas sûr que Hyatt convenait pour Annabelle. Elle a tendance à être obstinée parfois, et ce garçon est un peu faible, expliqua Thomas avec un petit rire. Je me demande pourquoi je te dis cela ! Tu la connais depuis toujours. Enfant, elle était curieuse et espiègle, maintenant elle sait ce qu'elle veut. Elle a besoin d'une main ferme pour la guider, tu ne me contrediras pas.

Ce dont elle avait besoin, se dit Derek, c'était de ses mains à lui. Sur elle, la caresser partout, lui apporter un plaisir exquis, inoubliable...

Il toussota, et déclara d'une voix rauque :

— Je suis certain que Hyatt s'en sortira.

— C'est elle qui portera la culotte, si tu veux mon avis.

Il était déjà bien assez malheureux d'avoir dû assister au dîner, mais discuter avec quelqu'un d'autre du mariage de la femme qu'il aimait, c'était trop lui demander. Derek jeta un coup d'œil de l'autre côté de la salle. Les flammes des bougies éclairaient la chevelure pâle d'Annabelle de reflets dorés. Elle était entêtée, en effet. Belle, intelligente, et trop proche de lui, même dans cette salle comble.

— J'ai besoin de boire un verre, articula-t-il d'une voix sourde. Veuillez m'excuser.

— Oui, j'ai remarqué que tu avais l'air mal à l'aise. Crois-tu réellement qu'un verre de vin t'apaisera ?

Derek se figea, et pivota sur ses talons.

« Mal à l'aise » était un terme trop faible pour exprimer ce qu'il ressentait. Mais il avait cru pouvoir dissimuler ses sentiments.

— J'ai essayé de rester en dehors de cette affaire, poursuivit Thomas. Mais je crois que ce n'est bon pour personne. As-tu jamais songé à lui dire ce que tu ressentais ?

L'espace d'un bref instant, Derek songea à faire comme s'il ne comprenait pas. Mais son oncle le connaissait trop bien. Il lui avait presque tenu lieu de père après la mort de son frère aîné, le comte de Manderville. Derek soupira et se passa une main dans les cheveux, mais ne chercha pas à se dérober.

— Elle me déteste.

— Tu crois ? fit Thomas, avec un visage sans expression.

— Elle a été très claire sur ce point. C'est ma faute, admit-il. Et je le paye cher, mais c'est ainsi.

— Tu ne veux pas me dire ce qui s'est passé ? J'ai voulu la questionner sur votre éloignement, mais elle refuse de m'expliquer.

Non, Derek n'avait pas envie de raconter. Cela lui ramenait en mémoire l'expression qu'avait eue Annabelle, ce fameux soir. Il fit son possible pour prendre l'air dégagé, mais son estomac se contracta.

— Elle m'a surpris avec lady Bellevue. Vous vous rappelez sûrement que celle-ci fut notre invitée l'année dernière, à Manderville Hall.

Thomas n'eut l'air ni surpris ni désapprobateur.

— Je me doutais qu'il s'agissait de quelque chose dans ce genre. Cette dame n'a cessé de te harceler pendant tout son séjour, je m'en souviens très bien. Je ne suis pas étonné que tu aies fini par succomber.

Non, il n'aurait pas dû céder. C'était probablement la pire erreur de sa vie.

— Bon sang, mon oncle, ne me cherchez pas d'excuses ! Je n'aurais pas dû toucher Isabella, et je ne l'aurais pas fait, si…

— Oui ?

S'il n'était pas entré dans la bibliothèque cet après-midi-là. Il se rappelait encore les rayons de soleil qui inondaient le tapis persan, le parfum lourd des reliures de cuir et des parchemins anciens. Il n'avait pas été surpris du tout de trouver la pièce occupée, car Annabelle s'y tenait souvent, le nez dans ses livres. Et elle était là, plus jolie que jamais dans une robe de mousseline blanche brodée de minuscules fleurs jaunes, ses cheveux blonds retenus sur la nuque par un ruban de soie. Elle avait souri en le voyant entrer, et il avait été surpris par sa propre réaction ; son cœur avait bondi.

Il savait qu'elle avait un faible pour lui, depuis toute petite. Il avait d'abord été amusé. Habitué à courtiser les femmes avec légèreté et passion, il était dérouté devant l'adoration de adolescente. Les années avaient passé. Annabelle ne ressemblait plus à la fillette qui trottait toujours sur ses talons. Elle était devenue une belle jeune femme. Elle était aussi intelligente, et comme son oncle venait de le faire remarquer, capable de donner son opinion sur n'importe quel sujet. Même plus jeune, elle avait été audacieuse, pleine de vie, déterminée à surmonter la terrible tragédie qu'elle avait vécue en perdant ses deux parents dans un accident. Peut-être le fait de se retrouver orpheline l'avait-il aidée à développer cette nature forte et résiliente ? Ou bien cela faisait-il partie de sa personnalité ? Quoi qu'il en soit, il avait toujours aimé sa solidité et son indépendance.

Il avait été lui-même étonné de penser aussi souvent à elle, surtout lorsqu'il se trouvait à Londres, et elle dans le Berkshire. Avec le recul, il se rendait compte qu'il était retourné à Manderville Hall plus souvent qu'il n'était nécessaire… à cause d'Annabelle. Son rire, sa façon de se pencher en avant dans la discussion, son intelligence naturelle qu'elle ne cherchait pas à cacher… tout cela l'attirait.

Comment était-ce possible ? Comment se pouvait-il que lui, un parfait débauché, s'intéresse à une jeune fille à peine sortie de l'école ?

C'était invraisemblable.

Et pourtant.

Cet après-midi-là dans la bibliothèque, il avait d'abord fait mine de chercher un livre, tout en bavardant avec elle pour avoir le plaisir d'entendre son rire cristallin. Puis il avait commis l'erreur irréparable, en l'embrassant. Oh, cela s'était très bien passé, car il avait l'expérience pour lui et Annabelle n'était pas de taille à lui résister. Il l'avait attirée près de la fenêtre sous prétexte d'admirer la roseraie et se tenait un soupçon trop près d'elle selon la bienséance. Puis il lui avait posé la main sur la taille en se penchant pour la regarder. Il se rappelait encore la façon dont elle avait écarquillé les yeux en comprenant la situation. Son corps s'était lové docilement contre le sien.

Ses lèvres étaient douces et parfumées comme des fruits mûrs. Elle représentait l'innocence même et il s'était enflammé de désir en sentant la caresse de ses doigts légers sur sa nuque. Poussée par un instinct purement féminin elle s'était abandonnée contre lui. Il avait accepté son offrande, se précipitant du même coup tout droit en enfer.

C'était lui qui avait donné son premier baiser à Annabelle.

Il avait *voulu* être le premier.

Malheureusement, la réalité avait la fâcheuse habitude de resurgir au mauvais moment. C'est ce qui s'était passé quand il avait relevé la tête et contemplé les yeux de la jeune fille. Ils étaient bleus, purs comme un ciel d'été, et exprimaient un bonheur sans pareil. Un sourire effleurait ses lèvres roses et humides.

C'est alors qu'elle avait murmuré « n'arrête pas » d'une voix innocente. Et le charme s'était rompu.

Elle n'était pas sérieuse ! Il devait arrêter, naturellement.

Diable, quelle folie venait-il de commettre ?

Il avait vingt-sept ans, et elle n'en avait même pas dix-huit. Sa réputation de dévoyé acquise… même si elle n'était pas totalement méritée. Et Annabelle était la pupille de son oncle. Il n'avait pas le droit de poser un doigt sur elle, ni d'encourager ses sentiments pour lui, à moins d'être décidé à l'épouser.

À l'époque, le seul mot *mariage* lui faisait dresser les cheveux sur la tête.

Aussi avait-il marmonné une vague excuse, avant de sortir précipitamment. Poursuivi par un sentiment de culpabilité, de confusion, et autre chose encore qu'il ne savait définir, il l'avait évitée tout le reste de la journée. Quand était-ce arrivé ? Quand la petite fille s'était-elle transformée en femme ? Quand s'en était-il rendu compte ?

Et quand avait-il été attiré ? Par elle, par son rire éclatant, son esprit vif, l'expression de ses yeux quand elle le regardait…

Il avait déjà séduit, ensorcelé et mis dans son lit des dizaines de femmes. Celle-ci, qui était encore une jeune fille, n'aurait dû avoir aucun effet sur lui.

Et pourtant.

Un peu plus tard, quand Isabella Bellevue l'avait coincé dans la serre, il n'avait pas résisté à ses avances.

Il lui fallait faire sortir Annabelle de sa tête. Si seulement elle n'était pas venue le chercher dans la serre.

L'expression qu'elle avait eue, avant de tourner les talons et de s'enfuir, le hantait toujours. Le jour suivant, il avait aggravé son cas en partant pour Londres sans lui dire un mot d'adieu. Pendant toute l'année qui suivit, Annabelle lui avait à peine adressé la parole. Et il ne pouvait la blâmer. Par deux fois, il avait tenté de présenter des excuses, mais chaque fois elle lui avait tourné le dos alors qu'il avait tout juste bredouillé une banalité ou deux. Après cela, il s'était dit qu'il valait mieux oublier l'incident, et l'oublier *elle*. Le monde était plein de belles femmes qui ne le détestaient pas.

C'était facile à dire. Mais le souvenir de ce baiser persistait.

Il en était arrivé à la conclusion qu'il ne pourrait pas la faire sortir si facilement de sa vie. Mais à présent cela n'avait plus d'importance. Elle s'était définitivement éloignée en se fiançant à un autre.

— Je suis un satané crétin, grommela Derek.

— Je suis d'accord avec toi.

Thomas lui adressa un sourire empreint d'indulgence.

— Mais qui ne peut en dire autant ? ajouta-t-il. La question est de savoir si tu veux vraiment réparer ton erreur. D'après moi, l'attitude méprisante d'Annabelle ne sert qu'à cacher des sentiments profonds. Quand elle était enfant, elle t'adorait. En grandissant, ce sentiment s'est développé. Elle a probablement souffert de te surprendre avec une autre femme. Tu devrais essayer de recoller les morceaux.

— Elle refuse de m'adresser la parole. Et au cas où vous ne l'auriez pas remarqué, elle est promise à un autre.

Thomas posa sur la jeune fille et son fiancé un regard songeur.

— Ce que j'ai remarqué, Derek, c'est que malgré ce qu'elle veut faire croire, elle n'est pas heureuse. Hyatt est un homme agréable et elle l'aime bien, mais ce n'est pas un mariage d'amour. Pas pour elle.

— La plupart des mariages dans la bonne société sont arrangés, rétorqua Derek, avec l'assurance d'un homme qui connaissait le monde.

C'était ainsi, dans leur milieu. L'amour n'était pas une condition nécessaire pour faire un bon mariage.

Mais Thomas revint à la charge.

— Nous savons tous les deux qu'Annabelle mérite d'être heureuse.

Entre cette conversation difficile et son verre vide, Derek se sentait de plus en plus abattu. Il fit un geste fataliste.

— Il semble pourtant qu'elle a fait son choix.

— Elle pourrait changer d'avis, cependant. Dis-moi. Si elle était libre et que tu puisses la persuader de t'accorder une seconde chance, l'épouserais-tu ?

— Oui.

Seigneur. Il n'avait pas eu une hésitation. Il lui fallait quelque chose de plus fort que du bordeaux. Ne venait-il pas d'avouer qu'il était prêt à envisager le mariage ?

Les yeux de son oncle pétillèrent de malice.

— Tu vois, tu fais preuve de discernement. Si on fait abstraction de ton scandaleux pari avec Rothay.

— Ce n'est pas l'idée la plus brillante que j'ai eue, admit Derek. Mais les fiançailles d'Annabelle avaient été annoncées dans le journal le matin même. J'ai bu pour oublié.

— Comme en ce moment ?

— Le laisser-aller a ses mérites, de temps en temps.

— Il faut la faire changer d'avis. Si elle refuse toujours de te parler, utilise tes talents légendaires pour une bonne cause. Cela te changera. Dieu sait que tu t'es introduit dans des centaines de chambres. Ne gaspille pas cette précieuse expérience, alors que quelque chose d'aussi important est en jeu !

Sur ces mots, Thomas tourna les talons et alla rejoindre ses invités. Derek le suivit du regard, médusé.

Venait-il de lui conseiller de séduire Annabelle ?

⁂

Le dîner fut simple mais délicieux. Le beurre fraîchement battu, les légumes cueillis à l'instant, et le bœuf cuisiné dans une sauce *gravy* parfumée. Pour le dessert, Mme Sims avait fait une tarte avec les poires du jardin.

Caroline trouva la conversation aussi savoureuse que le repas. Ils étaient installés dans une petite salle, utilisée généralement pour le petit déjeuner. La pièce était agréable avec son plafond à juste hauteur et ses grandes fenêtres. La table paraissait ancienne, les parquets cirés à la perfection, et la peinture murale d'un jardin printanier égayait l'ensemble.

Ce décor modeste était charmant, et surprenant.

Le duc lui-même était un homme étonnant.

Nicholas Manning avait une facilité à nourrir la conversation sans la monopoliser, et il faisait partie des rares hommes qui ne souhaitaient pas particulièrement parler d'eux-mêmes.

Sauf lorsqu'il s'agissait de ses chevaux. De toute évidence son passe-temps était une vraie passion, et Caroline avait pu constater à Ascot qu'il en tirait une grande satisfaction.

— Norfolk a gagné ce jour-là, dit-il en faisant tourner son verre de porto entre ses doigts. Toujours en tête, malgré l'os du canon fêlé. Mon entraîneur en a pleuré. J'avoue ne pas avoir pu retenir une larme.

Le Duc Diabolique pleurait pour un cheval blessé, alors qu'il pouvait en acheter un autre, ou même des centaines d'autres, pour le remplacer ?

— Vous avez toujours été passionné de chevaux ?

— Je crois ! s'exclama-t-il dans un éclat de rire. Enfant, j'échappais autant que possible à mon précepteur, mais il savait qu'il pouvait me trouver à l'écurie si je n'étais pas à l'heure pour ma leçon. J'ai toujours été plus intéressé par les pur-sang que par le latin et le grec.

Elle aurait aimé en savoir plus sur son enfance. Peut-être parce que la sienne avait été extrêmement triste.

— Avez-vous des frères et sœurs ? s'enquit-elle en humant le parfum des fleurs et des herbes coupées qui rentrait par les fenêtres ouvertes.

— Une sœur aînée. Elle a épousé un baronet et ils ont trois filles.

Caroline, privée de la chaleur d'une famille, éprouva une pointe d'envie en percevant la note d'affection dans sa voix.

— Et votre mère ?

— Elle réside généralement à Rothay Hall, dans le Kent, mais il lui arrive de venir à Londres. C'est une femme forte, et j'avoue que je fais mon possible pour rester le plus souvent éloigné d'elle. Je l'adore et je la respecte, mais elle persiste à vouloir agencer ma vie selon ses idées.

Le père de Caroline et sa tante avaient aussi arrangé sa vie, en ne tenant absolument pas compte de ses préférences, aussi comprenait-elle sa prudence.

— Au moins, grâce à votre titre, personne ne peut vous obliger à quoi que ce soit.

— Je comprends ce que vous voulez dire. Mais ne vous méprenez pas. Nous avons tous des obligations. Un titre ne vous donne pas carte blanche pour faire uniquement ce qui vous plaît, croyez-moi.

Il changea de position, un peu comme un félin qui s'étire au sortir d'une sieste au soleil.

— Vous m'avez dit que vous aviez perdu votre tante. Et votre père, où est-il ?

Caroline hocha la tête.

— Il vit toujours à York. Nous avons décidé d'un commun accord de nous ignorer. Il voulait un fils.

— Ah.

En tant qu'héritier d'un duché, Rothay comprenait sans doute très bien ce qu'elle voulait dire.

La visite de Franklin lui revint tout à coup en mémoire, et elle réprima un frémissement de dégoût.

— Le cousin de mon mari, l'actuel lord Wynn, est la seule personne que je peux considérer comme de la famille. Mais j'avoue que je préfère ne pas y penser.

Nicholas se rembrunit. Nonchalamment installé dans son fauteuil, l'allure quelque peu arrogante, il semblait capable de changer tout ce qui lui déplaisait dans ce monde.

— Vous rend-il la vie difficile ?

— Il le voudrait.

— Puis-je vous venir en aide ?

— Pourquoi le feriez-vous ? répliqua-t-elle d'un ton de défi. Et pourquoi accepterais-je ?

Il la dévisagea et finit par sourire.

— Je ne sais pas trop, avoua-t-il doucement. Si ce n'est que j'aime être ici avec vous. Tout ceci est très agréable, précisa-t-il en désignant d'un geste l'ensemble de la pièce et la table non desservie.

C'était une constatation simple, mais qui n'avait rien d'anodin. Cela laissait entrevoir une sincérité chez lui, il ne parlait pas seulement pour la séduire.

— Agréable ? répéta-t-elle en haussant les sourcils.

— Je pensais l'adjectif adapté. Dois-je en trouver un autre ?

— Non, répondit-elle sans prendre le temps de réfléchir.

Le souvenir du plaisir intense qu'il lui avait donné l'après-midi même effleura ses pensées. Elle s'était surprise plusieurs fois à le regarder pendant le repas, avec incrédulité. Non seulement elle était là, avec lui, en train de se compromettre comme jamais auparavant, mais cet homme n'était pas du tout celui qu'elle croyait. Une partie de la légende s'avérait, Rothay était un aristocrate libertin, mais ce n'était qu'un aspect superficiel de sa personnalité. En réalité, il n'était ni calculateur ni axé sur son plaisir personnel. En s'apercevant qu'elle était nerveuse, effrayée, il avait décidé de ne se préoccuper que d'elle, faisant preuve d'une sensibilité inattendue.

Il est vrai qu'elle n'avait pas très bien su à quoi s'attendre.

Entre un père indifférent et un mari cruel et dominateur, elle ne pouvait avoir une très haute opinion des hommes. Peut-être allait-elle en apprendre davantage sur eux, au cours de cette semaine ?

— Demain matin, nous pourrions faire une promenade à cheval au bord de la rivière, si vous voulez.

Arrachée à ses pensées, Caroline sentit ses joues rosir.

— Je suis à votre disposition.

— Cette idée me réjouit, madame, répondit-il avec un sourire charmeur.

— Je voulais dire…

Les mots s'éteignirent sur ses lèvres. Nicholas arqua les sourcils, l'air toujours aussi détendu.

— Est-ce que tout pour vous contient une allusion sexuelle, Rothay ? lança-t-elle en recouvrant son sang-froid et sa froideur.

Ils s'étaient promenés dans le jardin et, avec romantisme, il lui avait cueilli des roses, allant jusqu'à en glisser une dans ses cheveux. Ces instants partagés et l'ambiance intime de ce repas lui avaient fait abandonner, sans qu'elle s'en aperçoive, son attitude glaciale habituelle.

— Probablement, surtout quand je suis avec une personne aussi belle que vous, répliqua-t-il en haussant les épaules avec insolence.

— Certaines femmes parviennent-elles à vous résister ?

Elle était curieuse. Certes sa réputation semblait incontestable, mais pouvait-on se fier aux commérages ?

Il fit distraitement tourner son verre entre ses doigts. La lueur des chandelles accentuait la forme parfaite de son visage et faisait briller ses cheveux de jais.

— Je choisis judicieusement mes conquêtes.

— Autrement dit, quand vous sélectionnez une femme dans la foule de vos admiratrices, elle vous appartient ?

Elle n'avait pas pu ignorer les remarques, vu l'effet qu'il produisait chaque fois qu'il entrait dans une salle de bal ou traversait Hyde Park à cheval. Il rit tout bas.

— Vous en parlez comme si je choisissais une jument dans un troupeau.

Elle n'avait pas l'habitude des bavardages de salon, restant comme toujours sur sa réserve.

— Je suis parfois trop directe, reconnut-elle. Ma tante me le reprochait, mais ma gouvernante m'encourageait à m'exprimer librement. Je suppose que c'est la raison pour laquelle j'évite de parler en société. Je risque de dire un mot de trop. Cela vient sans doute du fait que j'étais très seule, étant enfant. On n'a pas besoin de se mentir à soi-même à cet âge.

Nicholas se renversa dans son fauteuil. Son expression devint indéchiffrable.

— Croyez-le ou non, je vous envie, dit-il.

— Que pouvez-vous envier ?

— L'idée qu'on vous laissait seule quand vous étiez enfant, et votre facilité à exprimer vos opinions sans détour. En tant qu'héritier d'un titre, on m'a épié dès le berceau et contraint à garder une certaine retenue alors que j'articulais à peine mes premiers mots.

— Je n'avais jamais envisagé les choses sous cet angle, avoua Caroline en penchant la tête de côté. J'ai du mal à éprouver de la peine pour quelqu'un qui est beau, riche et noble, mais je suppose que toute situation présente des inconvénients.

— Il est également difficile d'en éprouver pour une femme d'une exquise beauté, à la fortune prometteuse et qui aurait pu séduire n'importe quel homme à Londres. Mais peut-être est-elle hantée par des démons ?

Son analyse était trop proche de la vérité. En effet, Edward était un démon, qui par-delà la mort l'empêchait de vivre pleinement.

— Touché, dit-elle sèchement. Je compte sur cette semaine pour en chasser au moins un.

— Je peux dire en toute franchise que j'aurai le plus grand plaisir à vous aider.

— Et la semaine suivante, vous m'aurez oubliée. C'est ainsi que cela fonctionne, n'est-ce pas ? Vous n'êtes pas las de ces liaisons passagères ?

La critique implicite n'ébranla pas une seconde la belle assurance du duc.

— Je croyais que l'engagement ne vous intéressait pas ?

— C'est exact, s'empressa-t-elle de confirmer.

— Alors nous sommes d'accord et pouvons profiter l'un de l'autre sans remords. Je pense que ces sept jours seront très agréables.

Il jeta un coup d'œil à la fenêtre ouverte qui laissait passer la brise nocturne. Le ciel noir comme du velours était piqué d'étoiles scintillantes.

— Ainsi que les nuits, ajouta-t-il.

Caroline n'était pas loin de le croire aussi. Elle croisa les mains sur ses genoux et annonça :

— Je ne pensais pas que je vous aimerais bien.

Nicholas éclata de rire.

— Vous êtes vraiment très directe, ma chère. Ne me dites pas que j'ai la réputation d'être un type détestable ?

— Non, on vous trouve généralement charmant. J'avais simplement des doutes.

— Vous pensiez que ce charme n'était qu'un leurre, destiné à attirer les jeunes filles dans mon lit, c'est cela ?

Dans ses beaux yeux sombres passa une lueur, qu'elle eut du mal à interpréter. De l'agacement, peut-être ?

— Eh bien… oui.

— Cependant, vous avez accepté de passer une semaine en ma compagnie.

— Vous le savez, ma venue est motivée.

Nicholas l'observa d'un air énigmatique.

— Nous sommes très francs l'un envers l'autre. Je trouve cela allégeant, de pouvoir dire la vérité. Il y a d'ordinaire trop de mystères et d'hypocrisie dans les aventures amoureuses. C'est pourquoi je vous avoue que je ne choisis pas habituellement des femmes peu expérimentées, et que je ne couche pas avec de jeunes veuves susceptibles de se remarier, et qui ont été maltraitées autrefois.

Sans doute avait-elle été trop directe. Elle craignit tout à coup qu'il ne décide de rompre leur contrat. Mais à son grand soulagement, il poursuivit :

— Cependant vous êtes très tentante, madame, et maintenant que je comprends les raisons de votre présence ici, je suis extrêmement honoré. Si votre épouvantable époux était encore de ce monde, je le fouetterais à mort, ajouta-t-il sur le ton de la conversation.

Elle tressaillit. L'expression dure de ses yeux démentait son ton badin.

Elle n'avait jamais eu personne pour prendre sa défense. Enfant, elle avait été étouffée par sa vieille tante autoritaire et célibataire, et elle avait tout juste dix-huit ans le jour de son mariage. L'arrangement avait été négocié sans qu'on lui demande une seule fois son avis, mais elle n'avait pris conscience de cet horrible pacte que le soir de ses noces. L'homme qu'elle avait été forcée d'épouser était brutal et sans cœur ; elle s'était tout de suite enfuie pour se réfugier à York. Mais son père l'avait prestement renvoyée chez son mari. Et Dieu sait qu'elle avait payé cher cette erreur. Les hématomes avaient mis des semaines à disparaître.

— Je le haïssais, dit-elle d'une voix contenue. J'aimerais penser que tous les hommes ne se comportent pas comme il l'a fait, mais parfois l'expérience l'emporte sur la raison.

— Donc, ce qu'il vous faut, c'est une très bonne expérience qui vous fasse oublier la mauvaise.

La voix veloutée du duc la fit frissonner.

— Absolument. C'est pour cela que je suis ici.

— Dans ce cas, il est temps d'aller nous coucher.

Nicholas se leva souplement et lui tendit la main.

⁂

Son corps était dévoré de désir, mais s'il y avait une chose que Nicholas avait apprise en collectionnant les plus grandes beautés de la société londonienne, c'était à se contenir. Le désir des femmes était plus long à s'éveiller que celui des hommes. Certaines étaient audacieuses, d'autres sages, et quelques-unes, même, insatiables. Donner du plaisir à ses partenaires n'avait jamais été compliqué, mais avec Caroline c'était différent. Sous cette beauté exquise, elle cachait de profondes blessures, et malgré le début de confiance qui s'était instauré entre eux, elle représentait toujours pour lui un défi à relever.

L'idée le traversa de la prendre dans ses bras pour la transporter dans la chambre, mais il y renonça. En lui faisant prendre conscience de sa taille et de sa force, il risquait de la rebuter. Il l'escorta donc poliment en lui donnant le bras, comme pour la faire entrer dans un salon, ou à l'opéra.

Quand ils arrivèrent sur le palier, il décida de la conduire dans la chambre qui lui avait été attribuée. S'ils retournaient dans celle du maître de maison, elle se sentirait en position de faiblesse.

— Par ici, murmura-t-il en lui ouvrant la porte. Je suis désolé qu'il n'y ait pas de femme de chambre, mais j'ai pensé que vous préféreriez la discrétion au confort.

— La chambre est ravissante, dit-elle en hésitant légèrement sur le seuil. Et vous avez raison, je m'en sortirai très bien sans femme de chambre.

Il jeta un rapide coup d'œil à l'intérieur, auquel il n'avait jamais prêté attention. N'étant pas marié, il ne se souciait pas de savoir comment était meublée la suite adjacente à la sienne.

— Je suis content que la chambre vous plaise. Et je peux aussi vous rendre service. Je vais vous aider à vous déshabiller.

— Tout le monde sait à quel point vous êtes serviable.

Maudite réputation, songea Nicholas un brin agacé.

Il avait vingt-huit ans et il était toujours stupéfait que les gens s'intéressent autant à sa vie privée.

— Je voulais simplement dire que si vous avez besoin de quoi que ce soit, vous devez me le demander, bougonna-t-il, vexé.

— Vous aurais-je offensé ?

Il la prit par les épaules pour la faire pivoter sur elle-même.

— Être précédé de ma réputation est quelque peu désobligeant. J'aimerais que ma vie privée ne fournisse pas autant de grain à moudre aux mauvaises langues.

— Alors, vous ne devriez pas engager de paris concernant vos prouesses sexuelles.

La voix de Caroline s'étrangla un peu, car il repoussa ses cheveux sur le côté pour défaire sa robe de soie verte. Il dégrafa avec habileté les boutons, repoussa le tissu sur ses épaules et retira les épingles de son chignon. La masse soyeuse de ses cheveux tomba en cascade dans son dos, et il inspira son parfum aux senteurs de muguet. Il lui embrassa la nuque, laissant ses lèvres s'attarder dans son cou quand il la sentit frissonner.

— Mais si je n'avais pas relevé le défi de Manderville, belle Caroline, vous ne seriez pas là, n'est-ce pas ? Tout bien réfléchi, ce petit jeu me fait dire que je devrais m'enivrer plus souvent avec lui.

Il lui passa les bras autour de la taille et continua de l'embrasser dans le cou. Elle se renversa contre lui, et il vit ses seins se soulever sous la dentelle de sa chemise, ses mamelons se presser contre le tissu.

— Sentez-vous la force de mon désir ? murmura-t-il en la plaquant contre lui. Savez-vous quel pouvoir une femme détient sur un homme quand il a envie d'elle ?

— Non.

Il comprit qu'elle disait vrai, malheureusement. Cela ne diminua en rien son ardeur, mais en revanche il refréna ses gestes.

Il la souleva avec précaution, comme si elle était aussi fragile que du cristal, et l'emmena sur le lit. Cette fois il lui enleva tout, même sa chemise. Caroline demeura entièrement nue, dans la lueur tamisée des lampes.

Nicholas se déshabilla posément, lui laissa l'opportunité de tout arrêter si elle le souhaitait, ou bien de se couvrir.

Elle ne fit ni l'un ni l'autre.

Heureusement pour lui. Car son corps était embrasé de désir.

Quand il déboutonna son pantalon et le fit glisser sur le sol, ses beaux yeux gris s'élargirent de surprise, et elle le contempla, ébahie.

Le fait qu'elle n'ait jamais vu d'homme en érection était pour le moins déroutant.

Un obstacle de plus à franchir.

Il n'eut aucun mal à deviner que son mari avait dû venir la rejoindre la nuit, dans le noir, pour exercer ses droits de façon brutale et égoïste. On disait couramment qu'un homme ne pouvait violer sa femme, puisqu'elle lui appartenait, mais Nicholas n'était pas d'accord. Si une femme était réticente, si elle n'était pas prête, il était criminel de prendre par la force ce qu'elle ne voulait pas donner.

Il se coucha à côté d'elle sur le lit, et lui caressa les lèvres du bout des doigts.

— Vous ai-je dit que je vous trouvais d'une beauté époustouflante ?

— Vous m'avez fait beaucoup de compliments, Nicholas.

Caroline cilla, mais elle ne s'écarta pas et lui parut moins crispée que dans l'après-midi.

— N'importe quel homme d'Angleterre m'envierait s'il me voyait.

— Et n'importe quelle femme serait jalouse de moi. Surtout celles qui sont déjà passées dans votre lit, et savent ce qu'elles manquent.

Évoquer ses anciennes maîtresses n'était jamais une bonne idée et, sous l'emprise du désir charnel, il avait mieux à faire. Elle était contre lui, offerte, mais il voulait s'assurer qu'ils éprouvaient les mêmes sentiments.

— Embrassez-moi, murmura-t-il, la voix rauque.

Laisse-la prendre l'initiative. Cela valait mieux, s'il ne voulait pas l'effrayer, ou la brusquer.

Elle hésita un moment, puis céda, en effleurant les lèvres du duc. Il dut faire appel à toute sa volonté pour ne pas la serrer contre lui et la dévorer de baisers, mais il parvint à rester immobile tandis qu'elle pressait timidement la bouche contre la sienne, et s'écartait aussitôt.

C'était un tout petit début, mais il contenait une promesse.

— Vous appelez cela un baiser ? fit-il en arquant les sourcils. Cet après-midi je vous ai embrassée, vous souvenez-vous ? J'aimerais voir un petit effort de votre part, lady Wynn.

Elle le défia un instant du regard. Puis elle recommença, lui agrippa les épaules et entrouvrit les lèvres. Nicholas pencha la tête pour approfondir le baiser, et fut satisfait de sentir le contact de sa langue sur la sienne.

Malgré son passé malheureux, il avait le sentiment qu'elle serait une excellente élève.

Ses seins ronds frôlèrent son torse nu et il réprima un grognement. Il posa légèrement les mains sur son dos, dessina la courbe de ses reins, lui laissant le contrôle de l'instant. Ses doigts virils saisirent ses longues boucles et elle soupira en continuant de l'embrasser, de plus en plus sûre d'elle.

Ils étaient tous deux hors d'haleine lorsqu'elle rejeta la tête en arrière.

— C'était mieux ?

— Beaucoup mieux.

Il était impatient de la pénétrer. Elle lui paraissait un peu inquiète, mais une lueur de curiosité dans ses yeux gris l'encouragea. Avec une lenteur délibérée, il lui prit la main et la posa sur son sexe tendu.

— Je ne veux pas constituer un mystère pour vous, expliqua-t-il.

Ses longs doigts fins se refermèrent sur sa virilité et elle se mordit les lèvres.

— Je suis mortifiée d'être aussi ignorante.

Il retint son souffle lorsque ses doigts se resserrèrent légèrement sur lui.

— Vous pouvez me poser toutes les questions que vous voulez, j'y répondrai si je peux. Je n'ai jamais compris pourquoi la société pense que les femmes doivent être maintenues dans l'ignorance en matière de sexe. Les hommes en parlent librement. C'est même un sujet de conversation très répandu.

— Au cas où vous ne vous en seriez pas rendu compte, votre sexe a des droits qui nous sont refusés.

Elle avait raison, mais il devenait ardu de discuter alors que ses doigts exploraient son sexe sur toute sa longueur.

— J'ai remarqué, parvint-il à articuler. Cela s'appelle la possessivité. Partant du principe que nous voulons nos filles chastes et nos épouses fidèles, je pense que moins les femmes en savent sur le plaisir sexuel, mieux nous nous portons.

— Ne nous lançons pas dans un débat intellectuel à ce sujet. Je pense que mes vues sur la question ne vous plairont pas.

Tout en parlant, elle se pencha et prolongea ses caresses sur ses testicules.

Pour quelqu'un qui manquait d'expérience, elle était très douée. Ses caresses innocentes le mettaient au bord du supplice. Néanmoins, il tenait à prendre son temps.

— Votre curiosité me plaît, dit-il en faisant un effort monumental pour paraître détendu. Mais c'est mon tour, à présent.

Caroline le regarda sans comprendre.

— C'est mon tour de vous toucher.

Il la prit dans ses bras, la renversa sur le dos, et se hissa au-dessus d'elle, en appui sur les coudes. Il valait mieux commencer par les choses simples, décida-t-il. Il fit courir sa main sur ses hanches, lui caressa l'intérieur des cuisses, puis s'aventura sur son sexe. Du bout des doigts, il écarta les replis délicats de sa chair. Immédiatement, elle se crispa.

Enfer et damnation.

— Je ne vais pas vous faire de mal, chuchota-t-il en traçant un sillon de baisers sur sa joue. Je veux que vous vous sentiez bien, Caroline. Si votre désir est éveillé, vous aurez du plaisir, je vous en donne ma parole. Détendez-vous, je vais vous le prouver.

Il se remit à la toucher. Partout. Chaque caresse était ponctuée de mots doux et de baisers. Il embrassa un petit creux, dans son cou. Celui de son coude. Son poignet. Ce fut une exploration, un voyage. Nus tous les deux, peau contre peau, il lui fit l'amour sans la pénétrer.

Au premier soupir qu'elle laissa échapper, il comprit que sa patience était récompensée. Encouragé, il glissa une main entre ses cuisses pour lui donner davantage, et elle lui agrippa les épaules avec une ferveur prometteuse.

Elle n'accordait pas facilement sa confiance. Lui non plus. C'était un trait de personnalité qu'ils avaient en commun, certes pour des raisons différentes. Toutefois, la façon dont elle soulevait les hanches pour chercher ses caresses signifiait qu'elle était en train de surmonter ses réticences. Pour sa part, il pensait avoir refermé définitivement la porte sur les fantômes du passé.

Mais peut-être se trompait-il.

Le passé déboula dans le présent, dans ce lit, et il éprouva quelque chose pour cette femme, un sentiment qu'il avait chassé de ses habitudes.

Il fut récompensé de ses efforts lorsque la jouissance la secoua de frémissements. Une fois, puis deux. Au moment où elle commençait à se détendre, il s'enhardit et introduisit les doigts dans la chaleur humide de sa chair. Il sentit la contraction de ses muscles, et elle ferma les yeux en soupirant.

L'exquise étroitesse de son fourreau secret le fit hésiter. Mais son expression lui dit tout ce qu'il avait besoin de savoir. Caroline semblait comblée, étourdie de plaisir. Les lèvres entrouvertes, les yeux agrandis, les joues roses :

— Nicholas, chuchota-t-elle, éperdue.

C'était tout ce qu'il attendait pour faire usage de son nouveau pouvoir, se hisser entre ses jambes et la pénétrer.

Il n'en fit rien.

Une petite voix, qu'il aurait préféré envoyer au diable, lui souffla que ce n'était pas le moment. Pas encore.

Il la prit dans ses bras, s'efforçant de calmer sa propre ardeur. Elle ne dit pas un mot, mais il sentit son cœur qui battait la chamade, la douceur de sa peau, la chaleur de son souffle sur son torse.

— Je... je..., balbutia-t-elle, sans parvenir à aller plus loin.

— Oui ? fit-il en souriant.

— J'ai aimé.

— Je pensais que cela vous plairait, répondit-il en retenant un sourire. Et j'en suis heureux.

Elle rejeta ses cheveux en arrière. Il dut user de tout son sang-froid à la vue de ses formes voluptueuses qui scintillaient à la lueur des bougies.

— Vous n'imaginez pas la profondeur de ce compliment, Nicholas.

— *Au contraire, ma chère*, répondit-il en français. Je crois que je comprends très bien.

— Vous m'aviez promis de ne plus être présomptueux.

Sa remarque le fit rire doucement.

— Vous ne pouvez pas tout avoir. Soit je comprends les femmes, et c'est d'ailleurs pour cela que vous avez voulu de moi, soit je n'y connais rien. Qu'en pensez-vous ?

— Vous ne me connaissez pas, moi.

Ses beaux yeux gris brillèrent, mais elle avait du mal à jouer la hautaine lady Wynn, alors qu'elle était nue dans un lit près de lui.

Il lui agrippa les épaules et la prit contre lui pour l'embrasser. Quand elle s'abandonna, il éprouva une sensation de triomphe. Les lèvres contre sa joue, il murmura d'une voix sourde :

— D'accord, j'avoue que je ne vous connais pas aussi bien que je le voudrais. Nous avons toute la semaine pour nous fréquenter. Cela vous intéresse ?

— Oui, murmura-t-elle dans un soupir.

10

En entendant la voix grave et familière, Annabelle se figea. Consternée, elle demeura un instant derrière la porte du salon.

Personne ne l'avait prévenue que Derek viendrait pour le thé.

Il ne venait jamais prendre le thé. Jamais.

Bonté divine, n'était-ce pas suffisant de l'avoir vu la veille ? Ses mâchoires étaient encore douloureuses de l'effort qu'elle avait fourni pour sourire toute la soirée. Cette réunion familiale était destinée à lui faire plaisir, et Thomas et Margaret souhaitaient seulement lui témoigner leur bonheur de la voir épouser Alfred. Les Drake l'avaient toujours traitée comme si elle faisait partie de la famille, et ce mariage les transportait de bonheur. Malheureusement, Derek serait invité à toutes les réceptions. Il l'était toujours, mais d'ordinaire il évitait les soirées mondaines. Sauf la veille. Il était arrivé à l'improviste, beau comme un dieu et avec l'air de s'ennuyer mortellement. Il était parti tôt, s'éclipsant tout de suite après le dîner. Elle avait réussi à se montrer polie, mais fallait-il qu'elle soit remise aussi vite à la torture ?

— Tu as oublié quelque chose, mon enfant ?

Elle se retourna en entendant la voix de son tuteur. Thomas lui sourit, avec sa bienveillance habituelle.

— Nous sommes tous les deux un peu en retard, semble-t-il. Je meurs de soif, et un scone avec le thé serait le bienvenu. Entrons.

Elle n'avait pas le choix. Elle aurait dû remonter dans sa chambre en prétextant une migraine, au lieu de lambiner devant la porte. Elle n'aurait eu qu'à envoyer sa femme de chambre pour l'excuser. Mais elle n'avait pas réfléchi assez vite.

— Oui, murmura-t-elle, toute retournée.

Ils entrèrent ensemble. Le comte de Manderville se leva poliment, et elle lui adressa un bref signe de tête, les dents serrées. Tout était familier... les fauteuils recouverts de brocart bleu, le vieux pianoforte dans le coin, le tapis persan aux motifs crème et indigo, et même le chariot du thé rangé près de la table. Mais quand il était là, tout semblait différent.

C'était toujours ainsi. S'il était dans une pièce, elle ne voyait rien d'autre. Cela l'agaçait terriblement.

Margaret, jolie, potelée et d'une exquise distinction, sourit tranquillement, sa tasse de thé à la main.

— Derek est passé au bon moment. J'ai insisté pour qu'il reste prendre le thé avec nous.

Annabelle détourna les yeux sans répondre. Il n'était pas possible que Thomas et Margaret n'aient pas remarqué l'animosité qui régnait entre elle et leur neveu. Un jour, Thomas avait essayé de la questionner. Mais il était totalement exclu qu'elle parle à quelqu'un de ce malheureux baiser, ou de la scène qu'elle avait surprise un peu plus tard.

Tous les détails en étaient encore gravés dans sa mémoire. Derek penché sur lady Bellevue... une femme qui avait le toupet d'être à la fois belle et élégante. Son corsage défait, les lèvres de Derek sur...

À ce moment-là, ses yeux s'étaient brouillés de larmes, elle avait quitté la serre en courant de peur d'éclater en sanglots. Plus tard, une fois réfugiée dans sa chambre, elle avait laissé libre cours à son chagrin, jusqu'à ce que toutes les larmes de son corps se soient taries. En l'espace d'une seule journée, ses rêves les plus romantiques s'étaient vus réalisés, puis impitoyablement détruits.

Annabelle était passée en une seconde à l'âge adulte, lorsqu'elle avait compris que, derrière le beau jeune homme au sourire enjôleur et à la nature généreuse, se cachait un être superficiel et indifférent aux sentiments d'autrui. Elle savait à présent que les défauts de Derek excédaient de loin ses vertus. Les rumeurs étaient donc vraies. Tout ce qu'il cherchait, c'était une aventure facile. L'idée la rendit malade. Combien de cœurs avait-il brisés, en plus du sien ? Elle avait été amoureuse d'une illusion, voilà tout.

— Puis-je avoir une tarte ?

La demande la fit sortir de ses tristes réflexions, et l'objet de ses pensées tendit la main vers le plat de gâteaux.

— Je vous en donnerais une volontiers, répondit-elle immédiatement, d'un ton qui trahissait une réelle antipathie.

Mon Dieu, venait-elle d'articuler ces mots à haute voix ?

— Doux Jésus, murmura Margaret.

Derek haussa les sourcils. Nonchalamment installé dans son fauteuil, ses longues jambes allongées devant lui, il semblait amusé par sa remarque. Comme d'habitude il était d'une beauté insupportable, avec sa veste bleu foncé, son pantalon brun et sa cravate nouée à la perfection. La lumière qui entrait à flots par la fenêtre éclairait sa chevelure blonde de reflets dorés et accentuait la ligne pure de son profil.

— J'avoue qu'avec le thé, j'ai une préférence pour les tartes au citron, dit-il, narquois.

Irritée de n'avoir pas su rester indifférente, Annabelle saisit brusquement le plat pour le lui présenter.

Les pâtisseries glissèrent dangereusement sur la porcelaine, mais aucune ne tomba sur le tapis.

Il prit son temps pour faire son choix, l'obligeant à rester le bras tendu, comme une servante.

Sans doute mettait-il aussi les domestiques dans son lit, fulmina-t-elle en son for intérieur, furieuse contre elle-même de s'être laissé emporter.

L'assurance de Derek, ses manières détachées, faisaient toujours ressortir son propre manque de maîtrise. Mais elle faisait des progrès.

Depuis cette horrible soirée, elle déployait des trésors d'imagination pour l'éviter, et elle le soupçonnait de décliner les invitations lorsqu'ils risquaient de se rencontrer. Naturellement, ils étaient obligés de se côtoyer dans les réunions familiales, mais ils s'ignoraient.

Derek ne passait jamais à l'heure du thé. Surtout quand il savait qu'elle se trouvait à la maison.

— Merci.

Il prit un gâteau et le posa dans son assiette. Ses gestes étaient élégants, tout chez lui était élégant.

— Je vous en prie, marmonna-t-elle.

— Je n'ai pas encore eu l'occasion de vous féliciter pour vos fiançailles, Annie. Vous étiez très occupée hier soir, et j'ai dû partir tôt.

Seigneur, je ne veux plus qu'il m'appelle Annie.

Il était le seul à utiliser ce diminutif. Il l'avait toujours appelée ainsi, depuis qu'elle était toute petite. Mais elle n'était plus une enfant. Elle était une femme et la façon dont il prononçait ce nom ramenait trop de souvenirs lointains à sa mémoire.

— Je transmettrai vos vœux à Alfred, dit-elle avec raideur.

— C'est un garçon charmant.

Elle se hérissa. Sa voix contenait juste un soupçon de mépris, comme si « charmant » était synonyme de terne ou de lourdaud. Alfred n'était pas spécialement beau ni excitant, mais on pouvait s'appuyer sur lui.

— C'est un vrai gentleman, fit-elle remarquer.

Le sous-entendu était clair. Derek n'appartenait pas à cette catégorie.

— Je suis d'accord avec Derek, lord Hyatt est très gentil.

Thomas avala une gorgée de thé, les yeux dans le vague, avant d'ajouter :

— C'est un brave garçon, on peut compter sur lui.

— C'est une qualité appréciable pour un époux, renchérit Margaret.

— Ou pour un cheval.

Derek s'enfonça davantage dans son fauteuil. Si la remarque d'Annabelle l'avait offensé, il n'en laissait rien paraître.

— Un cheval ? répéta-t-elle en le foudroyant du regard.

Il prit l'air aussi innocent que possible, pour un vaurien tel que lui.

— Oui, vraiment. Vous n'êtes pas d'accord ? Que préféreriez-vous ? Monter un animal placide et prévisible qui vous emmène tranquillement à bon port, ou bien un pur sang fougueux ?

Elle avait beau manquer totalement d'expérience, elle ne pouvait ignorer l'allusion sexuelle. Mortifiée, elle se sentit rougir.

Derek était le seul homme à sa connaissance à pouvoir dire une chose pareille en société. Avec son allure et ses manières agréables, il se faisait tout pardonner. Et cela fonctionnait avec tout le monde. Sauf avec elle.

Le problème, c'était qu'elle le connaissait. Elle connaissait son humour, l'éclair malicieux qui passait dans ses yeux, et autrefois elle aurait peut-être ri. Néanmoins, ils parlaient de son mariage, et qu'il puisse se moquer... elle en éprouvait du chagrin.

Et puis, non ! décida-t-elle en redressant les épaules. Derek n'avait plus le pouvoir de lui faire de la peine. Il avait perdu cette capacité le jour où il l'avait embrassée et lui avait brisé le cœur par une basse trahison.

— Il est fort appréciable de pouvoir accorder sa confiance à quelqu'un, énonça-t-elle en soutenant son regard.

Le sourire de Derek s'effaça.

— La plus sauvage des créatures peut être apprivoisée par qui sait y faire.

— Elles n'en valent pas toutes la peine, répliqua Annabelle.

— Difficile à dire, quand on n'a même pas essayé.

— J'ai trouvé que la soirée s'était très bien déroulée, lança Margaret, pour changer le cours de la conversation.

Annabelle hocha distraitement la tête.

— Oui, c'était parfait.

— Vous étiez magnifique, murmura Derek, aussi détaché que s'il parlait du temps qu'il faisait.

Le compliment était si naturel, si sincère, qu'Annabelle demeura interdite. Il la regarda d'une façon particulière, et l'espace d'une seconde elle oublia la présence de Thomas et Margaret.

Comme une idiote.

Même s'il était sincère, qu'est-ce que cela changeait pour elle ? Pourquoi se serait-elle souciée de ce qu'un débauché sans moralité pensait d'elle ? Et pourquoi avait-elle choisi sa robe avec tant de soin la veille ? Parce qu'elle savait qu'il assisterait au dîner de fiançailles ?

Elle ne pouvait pas rester à côté de lui une minute de plus. Une bouffée de panique lui serra la gorge. Tout allait bien mieux lorsqu'ils s'évitaient. Du moins pour elle. Pour un libertin comme lui, un baiser n'était rien. C'était elle, qui en faisait toute une histoire.

Et pourtant, ce baiser… Le contact de ses lèvres, de sa langue, ses bras autour d'elle… Son odeur, le goût de sa bouche, le soupir qu'il avait exhalé…

Non, elle ne voulait plus y penser. Elle était furieuse que cet instant d'intimité hante encore sa mémoire.

— Je vous prie de m'excuser.

Annabelle se leva et jeta un coup d'œil à la pendule. Son regard se posa sur les aiguilles métalliques, mais elle n'aurait su dire quelle heure il était.

— J'ai un grand nombre de lettres à écrire et un terrible mal de tête. Je monte dans ma chambre.

⁂

Il faisait si chaud que Caroline avait ôté la veste de son costume de cavalière et l'avait posée sur le pommeau de la selle. Les chevaux avançaient tranquillement sur l'étroit sentier qui longeait la rivière. Le ciel était d'un bleu clair, sans nuages, et la brise transportait le parfum fleuri de la prairie.

Le temps idyllique était assorti à son humeur.

Caroline savait bien qu'elle ne profitait de la compagnie de Rothay qu'à cause de ce pari scandaleux, mais elle acceptait volontiers la situation.

Après une nuit d'abandon et de plaisir, ils s'étaient rendormis sur le matin, avaient pris un petit déjeuner léger, et passé le reste de la journée ensemble, terminant l'après-midi par une promenade à cheval.

Cela la changeait de son existence terne. Elle se sentait merveilleusement à l'aise avec Nicholas, et il ne lui déplaisait pas qu'un homme aussi séduisant l'entoure d'attentions.

Il ne l'avait pas encore totalement possédée, mais elle éprouvait de moins en moins d'appréhension et de plus en plus de curiosité. Jusqu'ici, il lui avait consacré toute son attention, mais n'avait encore rien demandé pour son propre plaisir.

Bien sûr. Uniquement parce qu'il tenait absolument à gagner son pari.

Comme s'il avait lu dans ses pensées, Nicholas déclara tout à coup :

— Je devrais faire cela plus souvent.

Elle lui jeta un regard en coin. Il avait lui aussi retiré sa veste. Son ample chemise de lin entrouverte révélait un torse large et bronzé. Il montait à cheval avec grâce et souplesse. Cavalier émérite, il s'entraînait absolument chaque jour et s'était fait apporter des chevaux de Londres puisqu'il n'avait pas d'écurie en Essex. Il montait un magnifique cheval bai, et avait choisi pour elle une jument grise. La monture la plus souple et la plus docile qu'elle ait jamais eue.

— Quoi donc ? interrogea-t-elle en haussant un sourcil. Une escapade à la campagne avec une inconnue, pour faire son éducation sexuelle ?

— Non, ce n'est pas précisément ce que j'avais en tête, dit-il en riant. Mais puisque vous en parlez, je trouve que cela se passe assez bien.

Elle pouvait difficilement le contredire. Chaque geste, chaque caresse, avait été une révélation. Rothay méritait bien sa réputation, et il était exceptionnellement généreux. Épuisée par toutes ces sensations voluptueuses, elle s'était endormie dans ses bras.

Quand elle leur avait fait sa scandaleuse proposition, c'était ce à quoi elle aspirait : la découverte du plaisir sexuel et ce merveilleux sentiment de liberté. Elle garderait une dette envers Nicholas Manning, qui lui avait montré ce que pouvait être l'amour entre un homme et une femme.

— À quoi pensiez-vous, alors ? demanda-t-elle en l'observant.

C'était la première fois de sa vie qu'elle posait cette question à un homme. Avec Edward elle n'aurait pas osé, et d'ailleurs elle préférait ne pas savoir. Avec

Nicholas, elle avait l'impression de pouvoir le lui demander en toute impunité.

— Je me disais que je passe trop de temps en ville. Dans les fêtes, dans les soirées, à mon club. Ou bien enfermé dans mon bureau, en compagnie de mes confrères.

Il haussa les épaules. Au soleil, ses cheveux d'un noir intense montraient des reflets bleutés, comme les ailes d'un oiseau.

— Quand le moment viendra de mener une vie plus calme, je le saurai.

C'était inévitable, il faudrait qu'il prenne une épouse pour avoir un héritier. À cette pensée, elle éprouva un pincement de cœur inattendu. Mais ce qui se passerait une fois qu'ils se seraient quittés ne la concernait pas.

— Vous êtes encore jeune, cependant je suppose que votre famille attend avec impatience que vous vous mariiez, dit-elle avec une nonchalance étudiée.

Elle ne le voyait que de profil, mais son expression était sombre. L'espace d'un instant, le libertin se changea en aristocrate à l'allure sévère.

— C'est le cas, en effet, déclara-t-il d'une voix glaciale.

— Vous êtes réticent ?

— Prendre une épouse uniquement dans le but d'assurer une descendance ne m'intéresse pas.

Étrange déclaration dans la bouche d'un pair du royaume, à qui on devait expliquer depuis qu'il était en culottes courtes que c'était son devoir.

— Vous êtes romantique ?

— Non.

— Mais si j'ai bien compris, vous voulez trouver l'amour.

Ses lèvres se plissèrent en un sourire cynique.

— Je crains que vous n'ayez mal interprété mes paroles, ma chère. Je ne pense pas tomber amoureux un jour, et je ne le souhaite pas. Je ne crois même pas que ce soit possible.

Le ton était ferme et convaincu. Cependant, cette affirmation semblait un peu incongrue de la part d'un homme capable de tant de tendresse et de générosité.

— Nous avons tous envie d'être aimés, hasarda-t-elle.

— Il y a une grande différence entre être aimé et aimer quelqu'un d'autre.

La jument contourna un buisson, et elle la ramena sur le sentier.

— Je suppose que vous avez raison.

Elle ne connaissait pas bien les hommes, mais elle détecta dans son attitude une dureté inhabituelle. Il faisait référence à quelque chose de personnel, qu'elle ignorait.

Il sourit de nouveau, et son charme irrésistible refit surface.

— Si vous dites à quelqu'un que vous avez parlé avec le Duc Diabolique d'attachements profonds, je nierai, ma chère. Aussi, il vaut mieux que vous gardiez cela pour vous.

Si elle en parlait, il serait assiégé par de jolies jeunes femmes désireuses de mettre la main non seulement sur son titre et sa fortune, mais aussi sur son cœur.

— Je ne suis censée vous connaître que de loin, fit remarquer Caroline. Je ne vois pas comment je pourrais être au fait de vos sentiments personnels sur quelque sujet que ce soit, et encore moins sur le mariage.

Les chevaux passèrent près d'un boqueteau de saules, dont les longues branches balayaient les eaux claires de la rivière. Le soleil leur chauffait le dos.

— Je pense qu'il sera difficile dorénavant de faire comme si nous ne nous connaissions pas. Il paraît qu'une femme n'oublie jamais son premier amant.

C'était la vérité. Après ce qu'il lui avait fait, Edward ne méritait certainement pas d'être qualifié d'amant. Nicholas était tout le contraire de son mari, et même si elle avait perdu sa virginité, c'était bien lui son « premier amant ».

— Je suis sûre que c'est vrai, car... je n'oublierai jamais votre gentillesse.

— Ma gentillesse ? répéta-t-il, amusé. C'est un terme curieux pour signifier le désir, ma chère. La prochaine fois que nous unirons nos deux corps, votre plaisir passera avant le mien. Le meilleur aphrodisiaque pour un homme est de savoir qu'il procure du plaisir à sa compagne.

Malheureusement, elle savait par expérience qu'il se trompait sur ce point.

— Pas pour tous les hommes, Nicholas. Croyez-moi, j'aimerais pouvoir le dire avec moins de certitude.

Un lourd silence s'installa, et pendant quelques instants ils n'entendirent que le bruit des sabots, et le chant d'un oiseau caché dans les feuillages.

— Une fois de plus, je me suis montré présomptueux, finit-il par reconnaître. Je vous prie de m'excuser.

Elle n'avait pas envie de penser à son mariage, alors que la journée était magnifique, qu'elle se trouvait en compagnie du plus bel homme d'Angleterre, et qu'ils avaient toute une semaine devant eux. Elle sourit d'un air malicieux.

— Je pense que vous êtes né présomptueux, milord. Par chance, je trouve que cela fait partie de votre charme.

— Vous me trouvez du charme ? Finalement, j'ai dû vous faire bonne impression hier soir. Vous voulez bien me révéler ce que vous avez préféré ?

— Tout, répondit-elle sans hésitation.

— Ma glaciale lady Wynn, je crois que je vais autant en apprendre avec vous cette semaine, que vous avec moi.

11

Les rayons de soleil filtraient à travers les branchages et éclairaient les hautes herbes de la petite clairière. Le bruit cristallin de la rivière était apaisant. Nicholas mit pied à terre et aida Caroline à descendre de sa monture. Ses mains s'attardèrent sur sa taille fine.

— Cet endroit est charmant, n'est-ce pas ? Et aussi isolé.

— Est-ce important ?

Bien sûr que cela l'était. Car depuis l'instant où ils s'étaient levés ce matin, il n'avait plus pensé qu'à la ramener dans son lit. Toutefois un lit n'était pas une condition absolue, surtout lorsque l'on disposait d'un lieu aussi romantique. Et il ne voulait plus attendre.

La maîtrise de soi était décisive dans ce petit jeu, mais combien de temps encore allait-il devoir se contenir ?

La réponse était simple. Jusqu'à ce qu'elle soit prête. Car hier après-midi, et la nuit dernière, elle avait capitulé, certes. Mais sans réellement éprouver cette envie profonde.

Si les choses se passaient comme il le voulait, elle apprendrait ce qu'était le désir.

Il ne savait pas exactement pourquoi la ravissante, mais inexpérimentée, lady Wynn le fascinait autant.

Sa candeur, sa beauté étaient ensorcelantes. Et aussi cette vulnérabilité qu'il discernait dans ses beaux yeux gris, chaque fois qu'elle les posait sur lui.

En temps normal cela aurait suffi à lui faire passer son chemin. Les jeunes dames vulnérables le faisaient fuir plus vite que l'éclair.

— Nous pourrions nous asseoir un moment à l'ombre, suggéra-t-il en posant les yeux sur sa bouche. Et admirer le paysage. Tout en parlant de littérature, puisque c'est votre passion.

— Je n'imaginais pas que le Duc Diabolique aimait s'asseoir au bord d'un ruisseau pour contempler la nature et analyser la structure d'un poème. La bonne société ne voudrait le croire.

— Vous pourrez leur dire qu'ils se trompent.

— Vraiment ? s'exclama-t-elle en riant. Je voudrais bien savoir ce que vous pensez d'Homère, ou de Rousseau.

Son sourire était rare, et captivant. À la fois plein de réserve et de sensualité.

— Insinuez-vous que je suis un philistin, lady Wynn ?

— Il semblerait que les plaisirs terrestres soient votre domaine, milord.

— Je vous ferai changer d'opinion sur moi.

— Vous pouvez toujours essayer.

Pouvait-il reculer, devant un tel défi ? Nicholas choisit un endroit confortable, surplombant le cours d'eau sinueux. Le sol était plat, l'herbe verte et parfumée. Ils se mirent à bavarder tandis que les chevaux broutaient. Une fois de plus, il fut fasciné par son regard qui s'animait dans la discussion. Sa gouvernante avait dû avoir des centres d'intérêt très variés, constata-t-il, alors qu'ils discutaient avec un élan passionné de toutes sortes de sujets, de l'architecture à la religion. Mlle Dunsworth, expliqua Caroline avec une ombre de nostalgie, n'avait pas voulu limiter son éducation aux matières enseignées traditionnellement aux jeunes filles de la bonne société.

— Elle est morte d'une infection pulmonaire, dit-elle d'une voix étranglée. J'allais avoir seize ans. Elle me manque encore.

Cela offrit à Nicholas l'opportunité d'orienter la conversation sur sa famille.

Tout en la regardant à travers ses épais cils noirs, il fit tourner un brin d'herbe entre ses doigts.

— Vous ne désirez pas retourner à York, à ce que j'ai cru comprendre ?

Elle secoua farouchement la tête. Il la trouva délicieuse, avec sa simple chemisette de cavalière, sa jupe et ses bottines. Assise sagement, les jambes repliées sur le côté, elle était adorable et extrêmement désirable.

— Je n'y retournerai jamais.

— Votre décision est prise.

— Absolument. Mon père ne veut pas me voir, précisa-t-elle, avec une pointe de tristesse.

— Alors, il est idiot.

Nicholas lui prit la main. La réserve de Caroline était en train de fondre, il la sentait de plus en plus à l'aise à ses côtés. Il n'abordait jamais de sujets intellectuels avec une femme, il ne trouvait aucun intérêt dans ces échanges. Mais avec elle, c'était différent.

— Vous avez de la chance d'avoir une sœur, dit-elle.

Il n'y pensait jamais. Mais son regard triste lui fit prendre conscience de sa bonne fortune. Il aurait aimé la consoler, mais ne savait comment s'y prendre.

Le seul apaisement qu'il pouvait lui offrir était physique.

Il se pencha et effleura ses lèvres des siennes. Elle tressaillit de surprise.

— Il y a quelque chose d'exaltant dans le fait de faire l'amour à l'extérieur.

— Ici ? balbutia-t-elle dans un souffle.

Pour toute réponse, elle obtint un baiser. Il défit ses cheveux, pour le plaisir de sentir leur masse satinée entre ses doigts, et l'embrassa passionément. Elle lui passa les bras autour du cou et demeura docilement lovée contre lui.

Docilement, songea-t-il avec une grimace de dépit. Il allait devoir faire quelque chose pour changer cette résignation en désir. Mais très curieusement, le challenge qu'elle représentait l'excitait.

— Déshabillez-vous, chuchota-t-il. Je veux vous regarder. Il n'y a rien de plus excitant que d'admirer le corps d'une femme qui se dénude peu à peu.

Ce n'était pas tout à fait vrai. Voir une femme se pencher pour prodiguer la plus intime des caresses surpassait tout. Mais Caroline n'était pas encore prête pour cela. Cette semaine devait être consacrée à son plaisir à elle, et pas seulement à cause de ce maudit pari. Une femme aussi belle, aussi naturellement sensuelle, ne devait pas redouter l'intimité avec un homme.

Il attendit, un coude posé sur son genou, détendu.

Elle eut une brève seconde d'hésitation avant de se lever pour déboutonner son corsage. Nicholas l'observa, les paupières mi-closes. Elle enleva la chemisette d'un geste souple. Ses bottes, ses bas et sa jupe suivirent. Ses joues rosissaient au fur et à mesure qu'elle se dévêtait. Finalement, elle défit le ruban de sa chemise en levant le menton. Mais elle ne fit pas glisser le vêtement de dentelle sur ses épaules.

— Ne vous arrêtez pas en si bon chemin, protesta-t-il. Le meilleur reste à venir.

— Vous avez toujours vos vêtements, rétorqua-t-elle, les mains serrées sur les pans de sa chemise.

— Voulez-vous que je les enlève ?

Il soutint son regard. Il voulait qu'elle sache qu'avec lui, elle avait toujours le choix. En général il préférait mener le jeu, mais il était prêt à faire des concessions pour qu'elle ne se sente pas dominée.

— Vous êtes considéré comme un très bel homme. Pourquoi ne pourrais-je vous admirer ?

Encore une fois, elle se montrait très directe.

— Comme vous voudrez.

Souriant, sans la quitter des yeux, il tira sur une de ses bottes. Avec un sourire un peu tremblant, elle lâcha sa chemise qui tomba autour de ses chevilles.

Il se figea, sa botte à la main, admirant son corps nu.

Puis, rapide comme l'éclair, il ôta ses propres vêtements.

Les rayons du soleil éclairaient sa peau satinée de reflets dorés, les oiseaux chantaient dans les arbres. Ce décor un peu magique ajouta quelque chose à son désir. Lorsqu'il enleva son pantalon, il se rendit compte que ses doigts tremblaient.

Cela ne lui était jamais arrivé.

Il faudrait qu'il réfléchisse à ce phénomène. Plus tard.

— Venez vous allonger à côté de moi.

Il s'étira dans l'herbe fraîche. La voûte verdoyante formée par les branchages les protégeait du soleil brûlant.

— Je veux bien, chuchota-t-elle en s'avançant.

C'était heureux, car il s'impatientait, fou de désir. Quand elle s'agenouilla, il l'enlaça et l'attira au-dessus de lui pour l'embrasser avec avidité. Cette fois, sa réaction fut moins hésitante que la veille. Elle enfouit les doigts dans ses cheveux noirs, ses mamelons dressés frôlèrent son torse, et il éprouva une sensation de triomphe.

S'il était bon juge en la matière, et il croyait l'être, un homme aurait bientôt la chance d'avoir une partenaire passionnée et aguerrie... une fois la semaine écoulée.

Naturellement, elle passerait ensuite le même laps de temps avec Derek. Il eut un pincement au cœur, et un sentiment de contrariété s'empara de lui en imaginant ce corps pulpeux entre les bras de son ami.

Nicholas réprima aussitôt cet élan. Il n'était pas d'un caractère jaloux. Du moins, il ne l'avait jamais été. Il n'allait tout de même pas se trouver changé à l'occasion de ce pari clandestin.

Il la fit rouler sous lui et sa chevelure se répandit sur l'herbe. Il lui embrassa la joue, traça un sillon de baisers le long de son cou, et s'arrêta au creux de sa gorge. Caroline se cambra, sa respiration s'accéléra.

— Parlez-moi, dit-il en lui caressant la hanche.

Elle leva les yeux et entrouvrit les lèvres, déconcertée.

— Nous avons déjà parlé.

— Oui, mais changeons de sujet.

— J'aurais juré que vous vouliez faire autre chose que la conversation, Rothay, murmura-t-elle en ondoyant des hanches.

— Oh, je vais vous faire l'amour. Mais il y a mille façons de le faire. Vous ne le savez peut-être pas, mais il est très excitant de se dire ce que l'on ressent, et surtout ce dont on a envie.

Elle secoua la tête et posa sur lui son regard lumineux.

— Je ne comprends pas ce que vous voulez dire.

Il s'en doutait. Les jeux de l'amour lui étaient aussi étrangers que les baisers romantiques. Il allait se faire un plaisir de mettre bon ordre à tout cela.

Perché au-dessus d'elle, en appui sur un coude, il caressa un sein, tout en lui murmurant :

— Je commence le premier. J'aime sentir la douceur de votre peau sous mes doigts. Vous avez les plus beaux seins que j'aie jamais vus. Ils sont ronds, fermes, doux, faits pour moi.

Elle frissonna lorsqu'il pressa doucement le globe ferme, tout en taquinant le mamelon rose et dur. Sa réaction emplit Nicholas de joie. Avec quelques leçons, elle apprendrait à flirter et pourrait choisir n'importe quel homme de la haute société. Il espéra que son choix serait judicieux, car non contente d'être belle, elle était aussi fortunée, et risquait d'attirer des canailles.

Il fut étonné lui-même de songer à ce qu'elle deviendrait après cette semaine de plaisir. Peut-être essayait-il simplement de racheter par sa conduite tous les hommes qu'elle avait connus avant lui. Son père ne semblait pas valoir mieux que lord Wynn. Elle ne l'avait pas dit clairement, mais il avait perçu son chagrin.

Oui, ce devait être cela. Il restait en lui quelques vestiges de galanterie, malgré ce qui lui était arrivé avec Helena.

Mais ce n'était pas le moment de penser à cette lamentable erreur.

— À votre tour, souffla-t-il en lui mordillant le lobe de l'oreille. Parlez-moi.

— Je... je..., bredouilla-t-elle. Je commence à penser que vous n'êtes pas seulement un très bon amant, Nicholas. Vous êtes aussi un homme adorable.

Interdit, il se figea, une main sur son sein.

Ce n'était pas une allusion sexuelle, elle n'avait pas cillé, ni même souri. Pourtant Nicholas fut touché par sa sincérité. Sa réputation lui avait valu toutes sortes de qualificatifs, mais il doutait fort que le mot *adorable* ait souvent été associé à sa personne. Les gens se moquaient de savoir s'il avait du cœur. La richesse, la beauté et le charme suffisaient à les captiver. La plupart des femmes ne se souciaient pas de savoir quel homme il était en réalité.

Un peu embarrassé, il ne sut que répondre.

— Merci, finit-il par murmurer.

— Ce n'était pas le genre de compliment que vous attendiez, n'est-ce pas ? dit-elle dans un soupir. Je ne suis pas très douée.

Elle était d'une naïveté charmante, songea-t-il en repoussant une mèche sur son épaule d'un blanc laiteux.

— C'était parfait.

— Vous arrive-t-il d'être désagréable ? demanda-t-elle en faisant une moue ravissante.

— Oui, quand mes chevaux perdent aux courses.

— Ce doit être rare.

— J'ai un excellent entraîneur, et les meilleurs jockeys d'Angleterre. Mais ma chère, nous reparlerons de cela quand vous ne serez plus nue entre mes bras. Pour l'instant, faisons ce que vous avez envie de faire, et rien d'autre.

— Embrassez-moi.

Il ne demandait pas mieux. Il prit possession de ses lèvres et elle répondit sans réserve, les mains dans ses cheveux, pressant son corps contre le sien.

— Touchez-moi, à présent, ordonna-t-elle en soupirant. Comme hier soir.

Un après-midi d'été, sous les arbres, deux amants se roulant dans l'herbe fraîche. C'était un rêve de sybarite. Un brin de dépravation, une expérience sensuelle dont sa compagne tirerait le plus grand bénéfice.

— Tout ce que vous voudrez, répondit-il en l'attirant contre lui.

Ses doigts s'aventurèrent entre ses cuisses, trouvèrent le point délicat qu'ils cherchaient, et elle frissonna.

Quand elle se cambra de nouveau sous lui, il songea avec amusement à tous ces prétendants découragés qui lui reprochaient son indifférence glacée.

Décidément, il y avait un monde entre sa réputation et la réalité.

⁂

Caroline ne put retenir un gémissement sourd. Elle n'arrivait pas à croire elle-même qu'elle se comportait avec tant de légèreté. Elle était nue dans les bras de Nicholas Manning. Quelle femme n'aurait pas souhaité être à sa place ?

Et elle venait de lui demander de la toucher.

Son sexe viril se pressait contre elle. Deux fois déjà il avait renoncé à son propre plaisir, et elle était certaine qu'il recommencerait si elle ne décidait pas enfin de consommer cette union charnelle.

À sa grande surprise, elle en avait envie. Non pas pour savoir si Edward avait raison, non. Mais parce qu'elle éprouvait un manque, et que cet homme, elle le savait, avait le pouvoir de la combler.

Ses caresses étaient magiques. Comment ne pas avoir envie de connaître la suite ?

Elle bougea les hanches presque inconsciemment, lui envoyant un signal clair. Il comprit aussitôt. Retirant ses doigts, il murmura :

— Vous êtes sûre ?

Caroline répondit d'un hochement de tête.

— Je veux que vous…

Rothay lui mordilla délicieusement le cou.

— Oui, dites-le.

— Je vous veux.

— Nos désirs se rejoignent, lady Wynn. Je vous veux aussi.

À ce moment précis, le cauchemar risquait de refaire surface. Il se hissa au-dessus d'elle, écarta davantage ses cuisses, et elle attendit. Mais au lieu de la répulsion et de la résignation qu'elle pensait ressentir, ce fut une douce impatience qui s'empara d'elle.

— Oui, chuchota-t-elle en plongeant le regard dans ses yeux sombres. Oui, je vous en prie.

— Comme si j'allais refuser.

Nicholas la pénétra doucement. Puis davantage. Profondément. Il s'enfonça totalement en elle.

Ses hanches étroites se posèrent entre les cuisses de la jeune femme, et il lui embrassa les lèvres pour la rassurer. Cela n'avait rien à voir avec ce qu'elle avait vécu auparavant. Il se tint immobile et lui caressa le visage.

— Caroline ?

— Je suis bien, murmura-t-elle. Merveilleusement bien.

— J'irai doucement.

— Je ne crois pas que ce soit nécessaire. Je ne suis pas fragile.

— Si vous…

— Nicholas, chuchota-t-elle, haletante, enfonçant les ongles dans ses bras.

Le message était clair. Il se retira lentement, et la pénétra de nouveau avec force.

Comment le même acte pouvait-il être douloureux et humiliant avec un homme, et merveilleux avec un autre ? C'était une révélation. Nicholas la caressait et l'incitait à répondre à sa passion, au lieu de l'utiliser brutalement pour satisfaire un besoin bestial.

C'était incroyablement doux, délicieux, et elle laissa échapper un autre gémissement de plaisir.

Le risque en valait la peine… cela ne faisait pas le moindre doute.

Ses cheveux noirs et soyeux lui caressaient le cou, tandis qu'il augmentait le rythme de ses mouvements.

— Venez avec moi, Caroline.

— Nicholas, répéta-t-elle en soulevant les hanches pour mieux aller à sa rencontre.

C'était impossible, elle devait rêver. Elle n'arrivait pas à croire qu'ils étaient là, au bord d'une rivière, par une journée ensoleillée, et qu'elle était nue, abandonnée dans les bras de son amant.

Il glissa une main entre eux pour la caresser et soudain le monde explosa. Elle poussa un cri, tandis que la semence de son amant se répandait en elle. Pendant un instant le temps sembla s'arrêter. Puis Nicholas roula sur le côté, en la tenant toujours dans ses bras.

Comblée, alanguie, elle posa la tête sur son torse humide de sueur, et se demanda combien de femmes il avait déjà emmenées au septième ciel.

Elles étaient nombreuses, il ne l'avait pas nié.

Mais ils n'avaient pas vraiment fait l'amour, songea-t-elle en écoutant les battements de son cœur. Rothay était l'un des plus grands débauchés de Londres, assez sûr de lui pour parier sur ses prouesses. Et il voulait lui donner le plus de plaisir possible.

C'était un acte délibéré, réfléchi et fomenté, qui n'avait rien à voir avec des sentiments personnels. Elle ne devait surtout pas l'oublier.

Non seulement elle ne représentait pour le duc qu'une aventure facile, mais elle était elle-même venue s'offrir à lui.

— C'est une des meilleures idées que j'ai jamais eues, dit-il, interrompant le fil de ses pensées.

Les yeux mi-clos, il eut un de ses sourires désarmants. Le soleil jouait sur les muscles de son corps, et faisait ressortir ses pommettes saillantes d'aristocrate.

— Nous devrions revenir ici tous les après-midi pendant notre séjour.

— Faites-vous souvent ce genre de choses ?

Caroline trouva la force de soulever la tête pour le regarder. L'odeur de l'herbe écrasée sous leurs corps se mêlait au parfum épicé de sa peau.

— Que voulez-vous dire ?

— Eh bien... aussi spontanément... à l'extérieur, expliqua-t-elle en risquant un sourire.

— L'amour ? Non. Uniquement avec vous. Je n'avais pas envie d'attendre, et je trouvais dommage de laisser perdre cette belle journée, et passer ce décor enchanteresse.

Était-il sincère ? Elle n'aurait pu l'affirmer.

— C'est très joli, admit-elle, blottie au creux de ses bras. J'ai toujours préféré le grand air à la ville, mais notre résidence de campagne faisait partie du domaine, aussi après la mort d'Edward, c'est son cousin Franklin qui en a hérité avec le titre. Par chance, j'ai pu garder la demeure londonienne.

En lui léguant une fortune suffisante pour être indépendante, Edward avait pour une fois bien agi envers sa femme. Elle le soupçonnait d'avoir arrangé les choses ainsi dans le seul but de contrarier Franklin, car les deux cousins ne s'étaient jamais entendus. Elle avait été stupéfaite en apprenant le montant de son héritage, mais le nouveau lord Wynn avait été encore plus surpris qu'elle. Par chance, Edward se montrait aussi impitoyable en affaires que dans les autres domaines. Donc, tout était parfaitement en règle et son cousin aurait perdu son temps en essayant de contester le testament. Après cela, Franklin l'avait traitée avec une condescendance déplaisante. Elle détestait la façon qu'il avait de la toiser. Aussi l'évitait-elle autant que possible.

— On dit que votre mari est décédé des suites d'une fièvre ?

Caroline fixa une branche de saule dont les feuilles caressaient la surface de l'eau. Une brise fraîche lui effleura les épaules.

— Les médecins ne savent pas vraiment ce qu'il a eu. Il s'est plaint de douleurs à l'estomac, si violentes qu'il a dû s'aliter. Il a été emporté en deux jours.

— Je dirais bien que je suis désolé, mais je ne pense pas que sa perte vous ait réellement affligée.

— Je serais hypocrite si je protestais. Je ne souhaitais pas sa mort, mais je n'ai pas eu de chagrin quand c'est arrivé.

— Vous êtes consciente que si vous décidez de vous remarier, c'est vous seule qui choisirez votre époux ?

Il prononça ces mots d'un ton neutre, et elle recula pour mieux voir son expression.

— Je ne vous cache pas que je suis très méfiante. Qui sait comment se comportera un homme, une fois que les vœux seront prononcés ? Edward paraissait charmant, la première fois que je l'ai rencontré. Mais vous avez raison, je ne l'avais pas choisi. Ma tante et mon père avaient arrangé le mariage sans me consulter.

Rothay garda le silence. Il était courant qu'une union soit négociée sans que la jeune mariée ait son mot à dire.

— D'autre part..., reprit Caroline à voix basse. Je n'ai pas eu d'enfants.

Malgré son ton détaché et pragmatique, elle n'avait pas oublié le mépris d'Edward à ce sujet. Elle avait pourtant toujours espéré avoir un enfant. Une véritable relation d'amour, un échange perpétuel de tendresse. Elle espérait aussi que son mari se montrerait moins sadique avec elle une fois qu'elle serait enceinte, ou même qu'il la délaisserait pendant sa grossesse.

Les bras de Nicholas se resserrèrent autour d'elle.

— La stérilité peu être un obstacle, selon la position sociale de votre prétendant, finit-il par concéder. Mais vous êtes si belle que beaucoup d'hommes seraient prêts à fermer les yeux sur cet inconvénient, Caroline.

Quelle façon délicate de laisser entendre qu'un homme comme *lui* ne pouvait prendre un tel risque ! Il était de son devoir d'assurer une descendance à sa famille, et de perpétuer son nom et son titre. Caroline le comprenait très bien. Son mariage lui avait appris comment le monde fonctionnait.

Tout de même, elle éprouva un petit pincement au cœur.

Qui fut instantanément oublié quand Nicholas l'embrassa.

— Nous avons encore des heures devant nous, avant le dîner, murmura-t-il contre ses lèvres.

Caroline passa les bras autour de son cou.

— C'est merveilleux.

— J'adore votre enthousiasme, ma chère, répondit-il avec ce sourire qui la faisait fondre.

Les paroles tendres lui venaient facilement aux lèvres. Il avait l'assurance d'un homme qui comprenait les femmes et savait ce qu'elles avaient envie d'entendre.

Sur une impulsion, Caroline traça du bout de la langue la ligne de sa lèvre inférieure. Une lueur de surprise passa dans ses yeux, et il rit contre sa bouche.

— Madame apprend vite, à ce que je vois.

C'était peut-être la douceur de cet après-midi d'été et le décor champêtre qui la rendaient aussi audacieuse. Peut-être aussi le fait de savoir que dans toutes les paroles méchantes et les railleries que lui lançait Edward, en quittant sa chambre, il n'y avait rien de vrai. Peut-être enfin, le beau et viril duc de Rothay était-il tout simplement irrésistible.

Quoi qu'il en soit, elle savait qu'elle voulait faire l'amour avec lui, encore et encore, éprouver sa passion, sentir ses caresses délicates, savoir qu'elle lui plaisait.

Même si tout n'était qu'une illusion.

12

— Alors, arrives-tu à tes fins ? J'ai l'impression de t'avoir vu plus souvent ces derniers jours, que durant toute ma vie.

Derek darda sur son oncle un regard de reproches.

— Puisque vous avez assisté à presque toutes nos entrevues, vous devez savoir que rien ne va. Ce soir, par exemple. Elle n'a pas prononcé plus d'une douzaine de mots au cours du dîner. Ensuite, elle a encore prétendu avoir la migraine, et elle est montée dans sa chambre.

Enfoncé dans un fauteuil du bureau, un verre de porto posé à portée de main sur une petite table marocaine incrustée de pierres, il demanda avec une indifférence étudiée :

— A-t-elle dit quelque chose ?

— À ta tante Margaret ? s'enquit Thomas en secouant la tête. Pas que je sache. Mais il existe une véritable conspiration du silence entre elles. Étonnant, pour des créatures qui sont plutôt prédisposées au bavardage.

Derek aurait ri, s'il ne s'était pas senti aussi contrarié et abattu.

— Annabelle a certainement dû remarquer que j'étais plus présent qu'auparavant… un peu comme autrefois.

Seigneur, c'était pathétique. Il parlait comme un adolescent amoureux pour la première fois. Agacé, il s'agita dans son fauteuil. Ses relations avec Annabelle n'étaient pas au beau fixe. Ajouté à cela, le stupide pari avec Nicholas devenait pesant, surtout depuis que ce dernier avait quitté Londres. Mystérieusement, pour la société londonienne qui avait remarqué son absence. Les questions pressantes dont on l'accablait devenaient insupportables, et c'en était trop pour lui.

— Je persiste à dire que tu devrais lui parler en tête à tête.

— J'ai essayé à plusieurs reprises. Il est clair que je ne l'intéresse pas, ajouta Derek d'un geste défaitiste. L'affaire de Phoebe Tanner a éclaté exactement au moment où je désirais convaincre Annabelle que je n'étais pas cet homme à la mauvaise réputation. Vous savez pertinemment que si le mari de Phoebe a décidé de divorcer, je n'y suis pour rien, mais les rumeurs m'ont été fatales. Elles ont certainement conforté Annabelle dans l'idée que je n'étais qu'un gredin, un dévoyé de la pire espèce. Il n'y a rien de plus préjudiciable que d'être impliqué dans un divorce. Par bonheur, non seulement je n'ai jamais touché cette dame, mais lord Tanner a fini par retirer ses accusations contre moi. Trop tard, malheureusement, le mal était fait.

Thomas lui lança un regard amusé, mais ne dit mot.

— L'opinion qu'Annabelle a de moi est lamentable.

Derek s'enfonça à nouveau dans son fauteuil avec un soupir à fendre l'âme.

— Ah, fit Thomas d'un ton plat.

Derek avait été impliqué dans le divorce des Tanner alors qu'il était au plus mal. Il admettait enfin qu'il n'arrivait pas à oublier ce qui s'était passé avec Annabelle. Il ne pourrait jamais la faire sortir de sa vie. Le fait que son nom soit traîné dans la boue et qu'il soit accusé d'être à l'origine de l'affaire Tanner n'avait rien arrangé. Phoebe Tanner avait protégé son véritable amant, qui ressemblait vaguement à Derek. L'homme s'était enfui par la fenêtre quand le couple avait été surpris par le mari furieux. D'où la méprise sur l'identité du fugitif. Derek avait un solide alibi pour cette nuit-là, et il avait donc pu prouver son innocence. Mais les gens n'avaient retenu que le scandale auquel son nom était mêlé.

Quelques mois auparavant, peinant pendant des heures comme un écolier devant son bureau, Il avait écrit à Annabelle pour lui expliquer son comportement dans la bibliothèque. À son grand désespoir, il n'avait pas reçu de réponse. Certainement qu'Annabelle n'avait même jamais lu sa missive.

— La conquête d'une femme n'a rien à voir avec... toute cette mise en scène !

Son oncle eut un sourire amusé.

— Tu pourrais essayer le mot magique, suggéra-t-il.

— Quel mot ?

Derek renonça à se servir un autre verre de porto. Boire ne l'aidait pas à résoudre ses problèmes. C'était une méthode qu'il avait testée à maintes reprises et qui échouait invariablement.

— L'amour, dit Thomas d'une voix douce. Je pense que tu devrais t'entraîner à prononcer ce mot.

Derek concentra son attention sur le tableau accroché au-dessus de la cheminée, un chien de chasse devant le cadavre d'un renard. Le fait que certains artistes représentent des animaux morts resterait toujours pour lui un mystère.

L'amour. Non, il n'était pas sûr de pouvoir faire preuve d'éloquence sur le sujet. Sa lettre présentait des excuses, réclamait une nouvelle chance, mais ne contenait aucune déclaration. Il savait courtiser une dame, chuchoter à l'oreille d'une femme après l'avoir mise dans son lit, faire pousser des soupirs de plaisir à une maîtresse, mais il n'avait jamais articulé les trois mots magiques. *Je vous aime.*

— Il faut que tu le lui dises, poursuivit Thomas. Les femmes ont besoin de l'entendre. Elles veulent se savoir aimées et c'est important si tu veux construire des liens solides. Il ne suffit pas d'admettre à contrecœur que tu pourrais l'épouser. Il faut expliquer ce que tu ressens.

— Ce n'est pas à contrecœur, rétorqua Derek.

— Tu as mis un an.

En effet. Il avait juste attendu douze mois de trop.

— Ce que je ressens ? murmura-t-il. C'est simple, je suis malheureux.

Un sourire éclaira le visage de son oncle.

— Je vois bien que tu es sincère, Derek. Mais lancer des regards noirs chaque fois qu'elle prononce le nom de lord Hyatt ne t'avance à rien.

— Je ne lance pas de regards noirs, répliqua-t-il en faisant un effort pour ne pas avoir l'air renfrogné.

Son oncle émit un petit rire.

— Non. Non, pas du tout.

— Mon oncle, vous n'êtes pas très compatissant. Vous semblez vous réjouir de mon chagrin. Je pensais que les homme étaient solidaires entre eux.

Derek se leva et alla à la fenêtre. Il faisait nuit, et il vit son visage se refléter dans la vitre. Ses lèvres pincées formaient une ligne dure.

— Crois-moi, je compatis, Derek. J'aime Annabelle comme ma propre fille. Je suis son père depuis qu'elle a huit ans et son bonheur m'est cher. J'aimerais aussi te voir t'installer avec une femme honorable, au lieu de partager ton temps entre les affaires sinistres de ton domaine et une suite d'aventures sans lendemain. Je ne pense pas que tout cela t'apporte de grandes satisfactions.

Derek fit la grimace en se retournant.

— J'ai passé un an à essayer de me persuader que l'attirance que j'avais pour une femme passerait.

— Je pense qu'Annabelle a fait comme toi.

— Et si vous vous trompiez ? Si ses sentiments pour Hyatt étaient profonds ? Après tout, elle a accepté de… de l'épouser.

Il buta sur le dernier mot. Soudain, il eut l'impression que sa cravate l'étranglait et il tira sur le ruban de soie pour le desserrer.

Thomas croisa les mains et secoua la tête.

— Où est passé le jeune homme plein d'arrogance qui n'a qu'à faire un signe de tête pour que les femmes du monde lui tombent dans les bras ? Tu en sais bien plus que moi sur ces dames, mon garçon. J'ai eu une jeunesse paisible, et mon expérience se limite principalement à mon mariage. Mais je peux te dire sans me tromper qu'Annabelle a une attitude toute différente en ta présence. Quand tu n'es pas là pour contempler son soi-disant bonheur, elle est beaucoup plus discrète et parle de son fiancé avec moins d'entrain.

— Vous pensez qu'elle veut me rendre jaloux ?

— L'autre soir, pendant la réunion familiale, elle s'est montrée plus attentive et plus coquette avec lui qu'en temps normal. Après ton départ, elle m'a paru triste. Pour être franc, je crois que Hyatt s'en est aperçu, et qu'il a fait le lien entre ton départ et le changement d'attitude d'Annabelle. Je ne pense pas qu'elle en ait été consciente elle-même. Mais elle veut te faire croire qu'elle ne ressent plus rien pour toi.

— Elle y réussit très bien. Je suis à la fois jaloux et incertain, et je me déteste.

— Je suis désolé pour toi. Mais très sincèrement, je commençais à me demander si tu t'attacherais un jour à une femme.

Thomas se servit posément un verre de porto.

— Tu semblais tellement déterminé à éviter tout engagement sentimental. Je pense que c'est pour cela que je ne me suis pas inquiété quand j'ai compris qu'Annabelle était amoureuse de toi. Quoi qu'en disent les ragots, je sais que tu as trop le sens de l'honneur pour la compromettre. Je sais qu'il s'est passé quelque chose, mais je ne t'importunerai pas. J'ai confiance en toi.

Si Thomas avait imaginé les fantasmes que sa belle pupille suscitait chez Derek, il n'aurait sans doute pas gardé son sang-froid. Mais dans le fond, il avait raison : son neveu n'aurait jamais profité des sentiments d'Annabelle à son égard.

À l'époque.

Aujourd'hui, les règles du jeu avaient changé.

— Il n'y a eu qu'un baiser, avoua Derek.

— Ah.

— J'ai eu peur.

Il se rappelait très clairement le goût délicieux de ses lèvres, mais aussi la lueur d'espoir qui avait illuminé les beaux yeux d'Annabelle. Il avait eu la sensation de basculer dans un précipice.

Ce n'était pas seulement la crainte de s'enchaîner à une femme qui l'avait fait fuir. Au fond de lui, il craignait de ne pas mériter une telle confiance et des sentiments aussi profonds.

Thomas se mit à rire de bon cœur.

— Personne ne voudra croire que le comte de Manderville, ce libertin à la vie scandaleuse, a pris peur en embrassant une jeune fille innocente !

— Eh bien, ils ont tort. C'est la façon dont elle m'a regardé, après, expliqua-t-il. J'ai compris que j'étais à un tournant de ma vie. Je pouvais partir en courant et prétendre qu'il ne s'était rien passé. Ou bien, faire ce que je n'avais encore jamais fait de ma vie, c'est-à-dire envisager le mariage. J'ai choisi la première solution, mais ça n'a pas fonctionné. Il ne me reste plus que la seconde.

Comment pouvait-il demander sa main à une jeune fille déjà fiancée, qui d'apparence le détestait ?

Il n'en avait strictement aucune idée et en était malheureux.

⁂

Nicholas sourit en voyant l'expression enchantée de sa compagne.

— J'ai pensé que ce serait plus agréable que de dîner à l'intérieur. La soirée est magnifique, n'est-ce pas ?

Caroline s'installa avec grâce dans le fauteuil qu'il lui offrit, et lissa les plis de sa jupe de soie d'un geste élégant. Quelque peu impressionnée, elle contempla les immenses bouquets disposés dans des vases tout autour de la terrasse. L'air était chargé du parfum des fleurs fraîches. Une nappe d'un blanc immaculé recouvrait la table, sur laquelle étaient disposés les couverts en argent et la vaisselle de porcelaine. La pleine lune dépassait à peine de la cime des arbres, une brise tiède et agréable leur effleurait le visage. Des chandeliers placés tout autour d'eux illuminaient la terrasse.

Mme Sims, qui avait tout arrangé mis à part la brise et la pleine lune, méritait une large gratification, décida Nicholas en prenant une bouteille de vin pour remplir leurs verres. Il ne venait pas souvent en Essex, mais après avoir goûté à cet intermède, il était décidé à revenir plus régulièrement. Il était étonné de découvrir que le calme de la campagne lui plaisait tant. Dans sa jeunesse, la solitude lui déplaisait, mais il approchait de la trentaine et sa vision semblait avoir changé.

— C'est magnifique. Quelle merveilleuse idée. Vous avez eu une très bonne inspiration, dit Caroline, en le regardant par-dessus la table.

C'était lui le plus impressionné des deux. D'ordinaire, Caroline s'habillait de gris ou de vert. Mais ce soir, elle était éblouissante dans sa robe bleu indigo. La couleur sombre mettait en valeur la pâleur de son teint. Ses cheveux auburn étaient coiffés avec une simplicité qui faisait ressortir sa beauté. Elle ne portait pour tout bijou qu'un saphir d'un ovale parfait, accroché à une chaîne en or. La pierre reposait entre ses seins rebondis.

En proie à un sentiment nouveau pour lui, Nicholas se demanda si ce collier était un cadeau de son mari. Il éprouva soudain le désir de lui offrir quelque chose de plus éblouissant. Peut-être des pendants d'oreilles en rubis, dont la couleur mettrait en valeur ses boucles auburn ? Dès leur retour à Londres, il se mettrait en quête d'un présent.

— Vous êtes magnifique, dit-il. Cette couleur vous va à ravir.

— Merci. Vous êtes très beau aussi, ajouta-t-elle avec un sourire malicieux. Lord Manderville aura du mal à rivaliser avec un tel dîner au clair de lune.

Si l'origine du collier l'avait tourmenté, l'évocation de son ami fit resurgir la bouffée de contrariété qui l'avait déjà saisi dans l'après-midi.

— J'ai commandé cette superbe soirée et ce ciel dégagé tout spécialement pour vous, répondit-il avec galanterie.

— Et si quelqu'un peut faire plier les éléments selon son bon plaisir, c'est bien vous, Rothay.

Caroline se mit à rire et prit le verre de vin qu'il lui tendait.

— Vous me gâtez, je crois.

— C'est normal. Une dame aussi belle que vous ne doit rien avoir à faire d'autre que d'embellir le monde qui l'entoure.

— Vous êtes très galant.

— Avec vous, cela m'est si naturel.

Nicholas leva son verre et avala une gorgée de vin.

— J'aimerais…

Caroline s'interrompit, et détourna les yeux. Son expression redevint soudain distante. Nicholas attendit la suite, curieux. Comme le silence se prolongeait, il l'interrogea :

— Vous aimeriez quoi ?

— J'allais dire quelque chose qui va sûrement vous paraître naïf et inquiétant. Aussi pour une fois, je crois que je vais tenir ma langue.

Il reposa son verre avec lenteur.

— Dites-moi à quoi vous pensez. Votre franchise me plaît.

— J'allais dire que j'aurais aimé que tout ceci soit vrai.

Elle avait raison, c'était inquiétant. Il fut parcouru d'un frisson d'appréhension mais sa propre réaction le troubla plus encore. Une petite partie de lui, tout au fond de son cœur, enfouie si profondément qu'il la croyait morte depuis sa désastreuse expérience avec Helena, avait le même désir.

Caroline baissa légèrement les yeux, et poursuivit :

— Si l'illusion est tellement agréable, imaginez ce que ce serait, si nous étions vraiment...

L'arrivée de la gouvernante l'empêcha d'aller plus loin, et dispensa Nicholas de faire une remarque. Il comprenait parfaitement ce qu'elle voulait dire.

C'était lui qui avait arrangé cette soirée romantique. Il se croyait insensible à ce genre d'atmosphère, mais finalement le charme avait agi sur lui aussi.

Ils mangèrent en bavardant tranquillement et en buvant du vin. Le ciel s'obscurcit encore, piqué de millions d'étoiles. Le bourdonnement des insectes dans les arbres formait un fond sonore apaisant. Le repas était simple mais délicieux. Au dessert, Rothay se retrouva à discuter de ses opinions politiques, de sa famille, de ses chevaux. Caroline avait une telle façon d'orienter la conversation qu'ils évitaient les commérages et les sujets futiles.

L'intelligence était aussi séduisante que le physique, décida-t-il en contemplant la jeune femme dont la chevelure scintillait sous les rayons argentés de la lune.

Elle plairait à sa mère.

Seigneur... qu'allait-il donc imaginer là ?

— Êtes-vous réellement allé à Rome ? demanda-t-elle, le ramenant au moment présent. Vous avez vu le Colisée, les aqueducs, les églises ?

— J'ai préféré Florence.

Il observa son joli visage, encore embelli par la lueur d'intérêt qui brillait dans ses yeux gris.

— Il faudra vous y rendre un jour. La Grèce est aussi un pays fascinant, et étonnamment primitif quand on pense à son histoire et à sa culture. La Crète est particulièrement sauvage, malgré une civilisation ancienne et complexe qui, dit-on, a été entièrement détruite. Elle aurait servi de modèle à Platon pour son Atlantide.

Caroline posa les coudes sur la table et le regarda, captivée.

— Vous pensez que c'est vraisemblable ? Un article présenté récemment à la Royal Society soutient cette théorie. Une immense vague suscitée par une éruption volcanique à des kilomètres de là, aurait englouti la ville qui a totalement disparu.

— Je ne suis pas archéologue, mais c'est une hypothèse intéressante, n'est-ce pas ? répondit-il, séduit par l'intérêt qu'elle témoignait.

— Je suis jalouse de vos expériences ! déclara-t-elle en secouant tristement la tête. Je n'ai pas souvent l'occasion d'avoir ce genre de discussions. Mlle Dunsworth me parlait pendant des heures des voyages de son père et de ses théories. Je crois qu'elle ne lui en voulait même pas de l'avoir laissée sans le sou. En échange, il lui avait rapporté toutes sortes de récits et d'objets anciens. Elle m'a donné envie de connaître le monde. Mais je crains de vous avoir assailli de questions, comme un enfant trop curieux.

Elle n'avait rien d'une enfant, songea-t-il en laissant son regard s'attarder sur ses formes pulpeuses.

— Je vous ai promis que je répondrais à toutes vos questions, répondit-il.

Il lui avait dit cela au lit, quand il avait perçu son ignorance et ses hésitations. Elle s'en souvint aussi, car son visage s'enflamma.

— Y a-t-il autre chose que vous aimeriez savoir ? s'enquit-il en haussant les sourcils d'un air suggestif.

L'allusion était évidente. Elle fit la moue et répondit avec effronterie :

— S'il y avait quelque chose, vous seriez sûrement la personne toute désignée à qui poser la question.

— Vous me reprochez mon expérience ? demanda-t-il d'un ton léger.

Une expression indéchiffrable passa dans le regard de la jeune femme.

— Non.

— Venez, proposa-t-il en lui tendant la main. Dansez avec moi.

— Il n'y a pas de musique, protesta-t-elle.

Elle se leva néanmoins, et sa jupe de soie effleura les jambes du duc.

— Nous n'en avons pas besoin.

Il l'enlaça et l'attira contre lui. Dans une salle de bal londonienne, ils auraient été trop proches l'un de l'autre. Mais sur la terrasse illuminée par les bougies, la lune et les étoiles, dans ce cadre bucolique, c'était parfait.

Elle s'abandonna et ses seins frôlèrent la veste de son cavalier.

— Ne me demandez pas de chanter, dit-elle d'un ton moqueur. Je n'ai aucun talent dans ce domaine.

— Pour une si jolie femme, vous êtes remarquablement dénuée de prétention.

— Je n'ai pas eu l'occasion de me montrer vaniteuse, murmura-t-elle d'une voix hésitante.

C'était bien ce qu'il pensait. Nicholas tournoyait lentement, à pas mesurés, savourant le contact de son corps épanoui sur le sien.

La valse se prolongea. Le moment était idyllique, d'une douceur qu'il n'avait pas souvent l'occasion d'éprouver dans sa vie de tous les jours. Quel homme n'aurait pas apprécié une telle soirée ? Il tenait dans ses bras une femme ravissante et savait que leur valse silencieuse n'était que le prélude à une nuit de plaisir.

— J'ai envie de vous, murmura-t-il.

— Je sais, répondit-elle en riant. Vous me serrez trop, milord, et vous ne me laissez rien ignorer de votre *enthousiasme*.

— J'aimerais être encore plus proche. Je dois sûrement pouvoir faire quelque chose.

Il la souleva dans ses bras et remarqua son trouble. En quelques enjambées, il franchit les portes-fenêtres. Mme Sims se tenait dans le hall et parut stupéfaite en les voyant. Son regard soucieux se posa sur Caroline.

— Votre Grâce… est-ce que tout va bien ?

— Tout va bien, madame Sims, répondit-il, d'un ton rassurant. Le dîner était délicieux. Transmettez mes compliments au cuisinier.

— Bien entendu, murmura Mme Sims en se ressaisissant.

— Madame est fatiguée, je lui ai suggéré de se retirer.

C'était la pure vérité. Elle pourrait dormir et se reposer, *après*.

⁂

Cette intrusion dans leur intimité fut vite dépassée quand son amant la transporta dans l'escalier. Elle eut l'impression que du miel chaud coulait dans ses veines.

Son amant.

Le beau Nicholas Manning était bel et bien son amant, même si cela ne devait durer qu'une semaine. Elle vivait un rêve. Le geste spontané de Nicholas quand il l'avait soulevée de terre participait à l'instant romantique qu'ils venaient de vivre sur la terrasse.

— Elle n'a pas cru une seconde que j'étais fatiguée, murmura-t-elle en posant la tête sur l'épaule de Nicholas.

Caroline savait que ses joues étaient roses, mais elle s'en moquait. Elle adorait le parfum viril de Nicholas. Ses mamelons étaient tendus de désir et elle sentit une chaleur envahir son entrejambe.

— Ce que pense ma gouvernante m'est complètement égal. Néanmoins, j'ai l'intention de la récompenser pour ses efforts et pour sa discrétion.

Elle était si légère dans ses bras, qu'il gravit toutes les marches sans ralentir. Il n'était même pas essoufflé.

Comme lui, Caroline aurait voulu faire fi de l'opinion des autres, mais elle n'y arrivait pas. Il avait l'habitude que tous ses gestes soient suivis, épiés, depuis l'enfance. Avec son physique étourdissant, son immense fortune et son titre, tous les regards étaient fixés sur lui. Si la bonne société découvrait quel rôle elle avait joué dans ce pari osé, sa renommée serait détruite. Et sa réputation descendrait plus bas que celle du duc, puisqu'elle n'était qu'une femme.

Non, se répéta-t-elle pour se rassurer, alors qu'il refermait la porte de la chambre de la pointe de sa botte. Personne ne le saurait jamais.

Nicholas la déposa sur le lit et desserra sa cravate.

— Je veux vous voir nue, déclara-t-il d'une voix pressante.

— Est-ce un souhait, ou un ordre ?

Si Edward avait prononcé ces mêmes mots, elle aurait voulu s'enfuir. Mais c'était le Duc Diabolique qui le lui demandait. Elle s'assit donc sur le lit, retira ses mules, et n'hésita pas à relever sa jupe pour enlever ses bas. Il ne la quitta pas des yeux, tout en se déshabillant lui-même.

— Vite, dit-il à mi-voix.

Ce seul mot suffit à l'exciter. Caroline ferma brièvement les yeux, puis rassembla ses jupes, les noua autour de sa taille et écarta les jambes.

— Est-ce assez rapide pour vous ?

Nicholas marmonna un juron et dégrafa son pantalon d'un geste brusque.

— C'est parfait.

Curieusement, elle n'avait pas peur.

Elle savait qu'il ne lui ferait pas mal. Il fit glisser son pantalon sur ses hanches et se hissa au-dessus d'elle. Il ne la forcerait pas à faire quelque chose qu'elle ne voulait pas. Elle le désirait de toutes ses forces.

— J'ai besoin de vous, chuchota-t-elle lorsqu'il la pénétra.

Elle perçut à travers la chemise la chaleur de son corps. Ses doigts se plaquèrent sur son torse musclé. Il entra complètement en elle.

C'était cela, être une femme.

Oh, Seigneur…

Ses hanches se soulevèrent sans qu'elle en eut conscience. Des sensations délicieuses l'emportèrent, et elle s'abandonna au rythme de ses mouvements, enivrée des sensations qu'il lui procurait.

La première fois, elle avait été un peu craintive. Puis, dans la clairière elle s'était libérée. Moins inhibée par son passé, mais encore prudente, elle s'était laissée aller à la curiosité.

Aujourd'hui, elle était… impatiente. Passionnée.

Elle avait besoin de lui, du plaisir qu'il lui donnait avec tant de générosité. Chaque mouvement lui arrachait un grognement de plaisir, elle le suivait en rythme et se cambrait pour mieux le recevoir en elle.

Elle se sentait libre. C'était merveilleux.

C'était Nicholas qu'il l'avait ainsi transformée.

Le rythme des mouvements s'accéléra et elle se cramponna à lui, laissant sa tête retomber en arrière. Il marmonna quelque chose qu'elle ne comprit pas.

Puis il laissa la jouissance déferler en lui. Il se figea, puis donna libre cours au plaisir qui l'emportait.

Un instant plus tard, elle sentit son souffle brûlant contre sa joue, et il eut un rire bref.

— Désolé. Donnez-moi une minute ou deux, et je m'occuperai de vous. Apparemment, les soirées au clair de lune avec les belles dames me font beaucoup d'effet. Je ne me souviens pas d'avoir déjà éprouvé du plaisir aussi vite.

L'idée qu'elle avait fait perdre la tête au duc de Rothay était grisante et bouleversante. Caroline ferma les yeux pour qu'il ne voie pas les larmes perler dans ses yeux. Des larmes de joie. Un geste tendre, un sourire, un baiser avaient suffit à Nicholas pour faire oublier à la jeune femme toutes les railleries méprisantes dont l'avait accablée son mari.

Elle aurait voulu que cette semaine ne finisse jamais.

Nicholas se retira et elle étouffa un soupir de déception qu'il n'eut aucun mal à interpréter. Il eut un sourire éblouissant. Allongé à côté d'elle, avec son pantalon défait et ses cheveux emmêlés, il était l'image même d'une promesse sensuelle, d'un érotisme bouleversant.

— Ne vous inquiétez pas, dit-il en lui caressant la joue du bout des doigts. Je suis décidé à me rattraper. Laissez-moi vous déshabiller et reprenons tout depuis le début, ma Caroline chérie.

L'idée d'être sa Caroline chérie lui plaisait bien.

Un petit sourire flotta sur ses lèvres roses.

— Je ne suis pas déçue. Pas encore.

— J'apprécie votre confiance, marmonna-t-il en dégrafant sa robe d'une main experte. Je vous ai dit qu'une femme détenait un grand pouvoir sur un homme quand il la désire comme je vous désire.

— Dommage que ce soit uniquement pour rivaliser avec Manderville.

Il se figea et demeura parfaitement immobile.

Elle fit de même, consternée.

Pour la deuxième fois de la soirée, elle avait dit tout haut ce qu'elle pensait tout bas. Qu'espérait-elle donc ? Une déclaration d'amour, de la part d'un homme qui la connaissait à peine ? Quelques jours passés ensemble ne suffisaient pas à construire une relation. Il fallait aussi prendre en compte les circonstances très spéciales de leur rencontre...

Ses joues s'empourprèrent. Elle avait l'art de dire ce qu'il ne fallait pas, au moment le moins bien choisi. C'est pourquoi elle se taisait le plus souvent, évitant toute conversation en public, de peur de laisser échapper des paroles déplacées. Comme maintenant.

Mais Nicholas se contenta de hausser les épaules, ignorant les implications profondes de sa remarque. Libérant le dernier bouton de sa robe, il sourit.

— Je ne regrette pas ce pari infernal, puisqu'il nous a rapprochés. En ce moment, vous êtes là. Et disponible, ajouta-t-il en écartant les pans de la chemise et exposant ses seins gonflés.

Il l'embrassa tout en continuant de lui ôter ses vêtements. Dans les heures qui suivirent, il compensa largement son empressement premier, en l'amenant plusieurs fois à la jouissance, prouvant que sa vigueur légendaire n'était pas un mythe.

Plus tard, comblée, sommeillant contre lui, elle songea à ce que lui réservait l'avenir. Délivrée de ses craintes, ne risquait-elle pas de tomber dans un autre enfer ? Elle avait pensé naïvement qu'elle pourrait rester indifférente au climat d'intimité entre Nicholas et elle. Après tout, lui et Derek Drake avaient la réputation de savoir séduire et d'abandonner ensuite facilement leurs conquêtes. Le plaisir passager était leur seul but.

Saurait-elle faire preuve d'autant de détachement ?

Nicholas s'était endormi. Sa poitrine se soulevait régulièrement au rythme de sa respiration. C'était lui le problème, songea-t-elle en regardant distraitement les rideaux onduler sous la brise nocturne. Tout cela était si nouveau, si merveilleux, qu'elle avait du mal à faire la différence entre ce rêve et sa réalité.

Nicholas aimait parler avec elle. Ce qui la séduisait encore plus que son indéniable talent d'amant. S'il avait fait ce à quoi elle s'attendait au début, l'entraîner dans la chambre et la garder au lit toute la semaine, elle n'aurait pas été aussi troublée. Mais Nicholas s'était montré doux, attentionné, à son écoute.

À présent, elle craignait de ne pas pouvoir repartir le cœur léger.

À ce moment, il changea de position et l'attira vers lui dans son sommeil, comme il l'avait déjà fait mille fois avec d'autres maîtresses. *Probablement* mille fois.

Elle n'aurait même pas dû y penser.

Pourtant, cette idée la tourmentait.

13

Annabelle tourna docilement sur elle-même. Le tissu de sa robe de mariée retombait en plis compliqués, retenus par des dizaines d'épingles. Agenouillée sur le sol, la couturière égalisait l'ourlet. Margaret surveillait la scène et faisait une remarque de temps à autre.

Son indifférence à un événement aussi marquant de sa vie était-elle visible ? se demanda Annabelle. Elle espérait que non, mais redoutait cependant que son visage reflète ses sentiments.

Cette crainte se vit confirmée une heure plus tard, quand elles quittèrent l'atelier de la couturière pour rentrer à la maison. Margaret Drake était encore une très jolie femme, avec ses cheveux bruns qui commençaient à peine à grisonner. De très fines rides apparaissaient aux coins de ses yeux, sans pour autant nuire à la beauté de ses traits, ni enlever de charme à son regard pétillant. Elle s'installa face à sa pupille dans le carrosse, et demanda sans détour :

— Quelque chose ne va pas ?

Est-ce que quelque chose n'allait pas ?

— Je ne vois pas ce que vous voulez dire, ma tante, répondit Annabelle avec une indifférence étudiée.

— Tu as l'air fatiguée, presque indolente, et tu n'as pas d'appétit, mon enfant. C'est à peine si tu as donné ton avis sur ta robe de mariée.

Tout cela était vrai. Margaret était comme une mère pour elle, et Annabelle aurait aimé lui confier ce qui la tourmentait. Mais elle ne pouvait pas. Si elle prononçait les mots à haute voix, cela l'obligerait à réfléchir à la situation. C'était hors de question.

— Je n'imaginais pas que la préparation d'un mariage était aussi... prenante, expliqua-t-elle avec un pincement de culpabilité.

Ce n'était pas totalement faux, les détails à régler lui pesaient. Mais ce n'était pas non plus la vraie raison de sa distraction.

Margaret l'examina en penchant la tête de côté.

— Lord Hyatt t'a laissé carte blanche. Si tu préfères une cérémonie plus simple, il n'y verra pas d'inconvénient.

Ceci faisait aussi partie du problème : Alfred était un homme gentil et accommodant.

Contrairement à un certain comte, qui en surface semblait charmant et bien élevé, mais n'était en réalité qu'un égoïste sans cœur.

— Je tiens absolument à une grande cérémonie, répondit-elle d'un ton crispé. Ce que je veux dire, c'est que... le mariage est une étape importante. Je tiens à partager mon bonheur avec ma famille et mes amis.

— Très bien, mais dans ce cas, tu devrais t'intéresser davantage aux détails. Dont fait partie ta robe de mariée.

— Je suis désolée, je ne suis pas très en train cet après-midi, dit Annabelle en se mordant les lèvres.

— Ma chère enfant, ce n'est pas une réprimande. Je suis juste inquiète. Si tu regrettes ces fiançailles, c'est le moment de...

— Non. Je ne regrette rien.

C'était un terrible mensonge, adressé à une personne qu'elle aimait.

Il y eut un long silence, rompu uniquement par le cliquetis des roues et les cris des marchands ambulants dans la rue. Tout à coup Margaret hocha la tête, d'un air grave.

— Si tu es certaine de vouloir aller jusqu'au bout, je m'efforcerai de faire de cette journée un moment merveilleux que tu n'oublieras jamais.

Annabelle ne doutait pas de sa sincérité, et elle se sentit doublement coupable.

— Alfred est quelqu'un de bon et de généreux. Toutes les femmes aimeraient avoir un mari comme lui. Pourquoi ne voudrais-je pas l'épouser ?

— Est-ce que tu me poses la question ? Dans ce cas, fais attention. Je pourrais y répondre.

— Que voulez-vous dire ? interrogea Annabelle, déconcertée.

— Je veux dire que je m'inquiète pour toi. Pour une raison quelconque, que j'ignore, tu n'es pas aussi heureuse que tu voudrais le faire croire. Thomas lui-même m'en a fait la remarque, ma chère. Et quand un homme devine les sentiments d'une femme, c'est qu'ils sont évidents. Ces créatures n'ont pas un sens de l'observation très développé.

Annabelle n'aurait pas été aussi malheureuse si Derek ne s'était pas soudain trouvé partout où elle posait les yeux. En un an, elle ne l'avait pratiquement pas vu. Mais au cours de ces cinq derniers jours, il était venu trois fois pour le dîner, deux fois pour le thé, et il avait même assisté à un petit concert de piano, donné par la fille d'une amie de Margaret. Il y avait eu des haussements de sourcils dans l'assistance et la pauvre jeune fille avait été si troublée d'avoir le célèbre comte comme spectateur, qu'elle avait trébuché sur toutes les difficultés de ses partitions. Annabelle avait tout enduré, les mâchoires serrées. Les femmes lançaient à Derek des œillades éloquentes. Vêtu d'un élégant costume de soirée, il était resté assis et attentif, avec une expression indéchiffrable, visiblement inconscient des remous causés par sa présence.

Personne parmi les spectateurs n'avait été aussi étonné et mal à l'aise qu'Annabelle. Elle craignait que même Alfred ne s'en soit aperçu.

La brusque réapparition de Derek avait fait basculer le monde paisible dans lequel elle évoluait.

Toutes ses bonnes résolutions s'en trouvaient ébranlées, et elle le détestait pour les doutes qu'il lui faisait éprouver.

Il y avait aussi cette maudite lettre qu'il lui avait écrite, enfermée à clé dans un tiroir de son armoire. Elle ne l'avait même pas ouverte, pour bien affirmer son indifférence.

Mais chaque jour elle se demandait ce qu'elle contenait, et elle était de plus en plus tentée de la lire.

— J'ai bien le droit d'être un peu nerveuse avant mon mariage, dit-elle en arrangeant les plis de sa jupe avec nonchalance. Je suis sûre que toutes les fiancées ont des doutes de temps à autre.

— Je te l'accorde. À condition qu'il n'y ait rien d'autre. Nous voulons tellement que tu sois heureuse.

Heureuse ? Quand s'était-elle sentie heureuse pour la dernière fois ?

Le carrosse tourna à l'angle d'une rue, et Annabelle se cramponna à la poignée de cuir. Une vision lui traversa l'esprit. Elle se revit par un bel après-midi d'été dans la bibliothèque de Manderville Hall, son refuge préféré. Un baiser magique. Derek, les cheveux blonds, décoiffé, les yeux d'un bleu pur, tellement séduisant, et une expression qu'elle n'avait encore jamais vue dans son regard. Il avait penché la tête et elle n'avait pas pu se méprendre sur ses intentions...

Ses lèvres avaient touché les siennes. Douces, tendres, elles ne lui avaient laissé aucun doute sur...

Puis soudain, un autre souvenir refit surface, le même homme embrassant une autre femme.

Annabelle chassa les deux images de son esprit.

— Je suis heureuse, déclara-t-elle.

Sa mère adoptive l'observa un moment, et murmura :
— Si tu le dis, je te crois.

⁂

La rue était bondée en cette fin d'après-midi. Derek sortit de son magasin de tabac préféré dans Bond Street, et se cogna à l'un des passants.

— Je vous demande pardon, murmura-t-il.

— Manderville ! Quel heureux hasard.

Seigneur ! Pourquoi fallait-il qu'il tombe précisément sur l'homme qu'il avait le moins envie de voir ces derniers temps ?

— En effet.

Alfred Hyatt avait aussi un paquet à la main.

— Je sors juste de chez le gantier. Toutes ces courses sont un peu ennuyeuses, mais on ne peut toujours y échapper.

— Eh bien, fit poliment Derek, je suppose que…

— Vous voulez bien prendre un verre ? Il y a une petite taverne au bout de la rue, ils ont un excellent whisky.

Les gens déambulaient autour d'eux, des carrosses passaient dans un grand fracas de roues. Peut-être étourdi par le bruit, ou déconcerté à l'idée de prendre un verre avec son rival, Derek n'eut pas la présence d'esprit de refuser.

Mais bon sang, Hyatt ne savait sans doute même pas qu'ils étaient rivaux !

— Un whisky me fera du bien, marmonna-t-il.

Ce n'était pas faux. Il se sentait d'humeur à vider une bouteille entière.

La taverne était pleine. Il y avait des gentlemen élégants comme eux, des commerçants du quartier, et des artisans. Ils trouvèrent un coin tranquille pour s'asseoir, et une serveuse à l'accent irlandais prononcé prit leur commande.

Hyatt sourit avec son amabilité habituelle. Tout chez cet homme était plaisant. Qu'il aille au diable ! Il était beau mais discret, vêtu élégamment mais sans ostentation. Il ne jouait pas les dandys. Les hommes l'aimaient bien, et apparemment, puisque Annabelle avait accepté de l'épouser, il ne déplaisait pas aux femmes.

Enfer et damnation.

— Cette rencontre tombe très bien, dit Hyatt en croisant les mains sur la table. Je voulais vous demander conseil.

Derek ne s'attendait pas du tout à cela. Il haussa un sourcil, étonné.

— Oh ?

— Dans un domaine où vous êtes un peu plus calé que moi, ajouta Hyatt avec un petit rire. Je suis sûr que vous saurez m'aider à résoudre ce problème.

— Quel problème ?

— Eh bien... cela concerne les femmes, bien entendu. Je suppose qu'à l'occasion des... relations que vous avez eues dans le passé, vous avez appris ce qu'elles aiment recevoir comme cadeau. Et comme vous connaissez bien Annabelle, je me suis dit que vous pourriez m'aider à lui acheter un cadeau de mariage.

Derek le contempla, les yeux ronds. Quel acte impardonnable avait-il commis pour mériter une telle punition ? Revenant rapidement sur les pires moments de sa vie, il décida que rien ne justifiait qu'il soit soumis à cette torture.

— Je suis dans l'embarras, poursuivit Hyatt, mais comme vous vous en doutez, je ne voudrais pas me tromper.

Vont-ils se décider à nous servir ce whisky, oui ou non ?

Derek se racla la gorge.

— Un homme n'achète pas le même présent pour une maîtresse ou pour son épouse. Je doute de pouvoir vous aider. Annabelle n'est pas assez coquette pour aimer les bijoux et les parfums.

— Vous voyez, vous la connaissez bien, fit remarquer Hyatt avec à-propos. Vos remarques me sont utiles. Continuez.

La serveuse arriva avec leurs verres, et Derek eut l'impression de voir un ange descendre du ciel. Sa peau était marquée par la petite vérole, et elle avait au moins vingt ans de plus que lui, malgré cela il l'aurait volontiers embrassée. Il prit son verre et avala une grande gorgée d'alcool qui lui brûla la gorge.

Plus vite il finissait son verre, plus vite il pourrait trouver une excuse pour s'échapper.

— Je la connaissais mieux quand elle était enfant.

Ce n'était pas l'entière vérité, mais ce n'était pas faux non plus. S'il avait mieux compris la transformation de la jeune fille, il n'aurait peut-être pas tout gâché.

— Nous ne nous parlons pas très souvent.

— Oui, j'ai remarqué, répondit Hyatt en avalant lui aussi une gorgée de whisky.

Pour la première fois, Derek remarqua son regard vigilant. D'après son oncle Thomas, le comportement d'Annabelle lors de la réunion de fiançailles n'avait pas échappé à lord Hyatt. L'homme était donc perspicace. Si Thomas avait vu clair en Derek, Hyatt le considérait peut-être lui aussi comme un rival.

— Nous ne nous voyons pas souvent, reprit Derek d'un ton aussi plat que possible.

— Elle me l'a dit.

Hyatt se carra dans son fauteuil. Son expression était ferme sans être ouvertement hostile.

— Je dois admettre qu'elle est très tendue lorsque votre nom vient dans la conversation.

Merveilleux. Ils avaient donc parlé de lui. Annabelle n'avait sûrement pas fait allusion au baiser de la bibliothèque, mais elle ne devait rien avoir de flatteur à dire sur lui.

— Quand elle a été assez grande pour comprendre les commérages, elle a sans doute décidé que j'étais moins héroïque qu'elle ne le croyait dans son enfance. Elle a entièrement raison, bien sûr, ajouta-t-il en avalant une nouvelle gorgée de whisky.

— Bien sûr, acquiesça Hyatt d'une voix sans expression. On ne sait jamais comment une femme va réagir.

Derek finit son verre et le reposa sur la table.

— Désolé de ne pas pouvoir vous aider pour votre cadeau.

— Ce n'est pas grave. Je suis content tout de même d'avoir parlé avec vous. Après tout, nous ferons bientôt partie de la même famille, et nous aurons souvent l'occasion de nous voir.

Et comment diable allait-il supporter cela ? se demanda Derek. Il imagina la jeune femme au lit avec Hyatt, et pire encore, enceinte de ses œuvres.

— Je pense l'emmener faire un petit voyage après le mariage, poursuivit Hyatt sur le ton de la conversation. En Italie, sans doute. Vous croyez que cela lui plaira ?

Non. Il refusait de parler de leur voyage de noces. Derek se leva, plaquant un sourire artificiel sur ses lèvres.

— J'en suis sûr. Annabelle a toujours eu un esprit d'aventure. Si vous voulez bien m'excuser…

— A-t-elle déjà exercé son sens de l'aventure avec vous, Manderville ?

Derek se figea. Ses yeux s'étrécirent.

— Je vous demande pardon ?

— N'importe quel homme se poserait la question à ma place. À moins d'être aveugle. Or, je ne le suis pas. Vous lui faites de l'effet. Comme vous en faites à toutes les femmes, je suppose que ce n'est pas étonnant. Mais cela veut peut-être dire quelque chose.

C'était le moment où Derek aurait dû dire qu'il ne l'avait jamais touchée. Mais il l'avait touchée, justement. Il avait goûté à ses lèvres. Un baiser ne suffisait pas à la compromettre, cependant cela faisait de lui un coupable.

Soutenant le regard de Hyatt, il déclara d'un ton sec :

— Soyez tranquille, son honneur est intact. Merci pour le verre.

Sur ce, il tourna les talons et sortit en se frayant rapidement un chemin dans la foule. Son front était humide de sueur.

Une fois dehors, il s'éloigna d'un pas si ferme que les gens s'écartèrent pour le laisser passer.

Lord Hyatt avait donc des doutes ?

Était-ce bon signe, ou non ? Annabelle le haïrait s'il était la cause d'une dispute entre son fiancé et elle.

Il fallait absolument qu'il lui parle.

14

Nicholas trouvait cela étonnant, mais il aimait la douceur de l'aube. Il n'avait pas une nature paresseuse et ses journées étaient bien remplies... néanmoins, il se levait tard et avait rarement l'occasion de voir le soleil s'élever au-dessus de l'horizon. Après avoir assisté quelques jours d'affilée à cet événement, il se rendit compte que le spectacle lui plaisait.

Naturellement, le fait d'avoir une femme fascinante près de soi ne gâchait rien. C'était d'ailleurs peut-être la raison pour laquelle il s'intéressait soudain au lever du soleil, après l'avoir ignoré pendant vingt-huit ans.

Caroline dormait comme une enfant, couchée sur le côté, une main sous la joue. Sa respiration était lente et régulière. Son corps nu et voluptueux n'avait cependant rien d'enfantin. Elle n'était qu'à moitié couverte par les draps de soie, et ses seins ronds aux pointes roses et dures étaient exposés à la tentation. Ses beaux cheveux retombaient en cascade sur ses épaules, et étalaient leurs boucles désordonnées sur l'oreiller. Endormie, elle était la peinture de la femme idéale, toute en grâce et en sensualité.

Il y avait en elle un mélange de vulnérabilité et de force innée qui le troublait et l'émouvait.

Nicholas s'adossa aux oreillers et la contempla en fronçant les sourcils. Cette relation était sexuelle, rien de plus. Il avait toujours été pragmatique dans l'âme et tenait à le rester.

Mais elle se réveillait tôt le matin, et il avait découvert qu'il aimait se réveiller avec elle.

Dès que la chambre s'éclairait et que la lumière du matin se reflétait sur les couleurs chaudes du tapis persan, elle se tournait et bougeait. Elle soupirait, battait des paupières, s'étirait, et ouvrait les yeux.

— Bonjour.

Caroline roula sur le côté et lui sourit dans un demi-sommeil. Avec une pudeur un peu inutile, elle remonta le drap sur ses seins.

— Bonjour.

— La journée est toujours bonne quand je m'éveille avec vous.

— Il est trop tôt pour faire des compliments faciles, Rothay, s'exclama-t-elle en riant.

— Et si j'étais sincère ?

— Nous ne nous connaissons pas depuis assez longtemps pour que vous le soyez.

— C'est tout de même une possibilité.

Caroline était l'image même d'une féminité délectable. Il dut faire un effort pour ne pas tendre la main vers elle.

Il avait envie de lui expliquer. En temps normal, il ne restait pas toute la nuit. S'il avait bu plus que de raison, ou s'il faisait un froid mordant, il lui arrivait de dormir dans le lit de sa partenaire, mais c'était pour des raisons pratiques. Pas parce qu'il voulait s'éveiller à côté d'une femme.

Mais il ne dit rien. Exprimer ses sentiments était plus dur qu'il ne l'aurait cru. Il manquait d'expérience dans ce domaine. D'habitude, il n'éprouvait aucun mal à partir.

Sa liaison avec Helena lui avait appris une chose. Le moins d'attachements possible, car cela ne pouvait vous apporter que du chagrin. La confiance était une chose fragile, qui se brisait facilement.

Caroline se dressa et rejeta ses cheveux en arrière. Elle fit mine de se lever, mais Nicholas lui agrippa fermement le poignet.

— Ne vous levez pas encore, ma douce.

Elle se dégagea en riant.

— Désolée, mais il faut que je…

Il sourit lorsqu'elle lui désigna le cabinet de toilette.

— Bien sûr. Quel manque de galanterie de ma part. Revenez vite. Au moment où vous vous éveillez, une certaine partie de mon anatomie s'éveille aussi.

Il la regarda traverser la chambre, une silhouette pâle aux courbes parfaites. Quand elle revint quelques secondes plus tard, il contempla le balancement de ses seins et les rondeurs sensuelles de ses hanches.

Elle se glissa dans le lit, et il sentit le parfum caractéristique de son savon à la violette. Les paupières mi-closes, il s'enfonça dans les oreillers.

La timidité de Caroline s'évaporait chaque jour davantage, et sa nature passionnée s'exprimait de plus en plus. Son évolution était fascinante. Elle était venue vers lui quasiment vierge, et chaque fois qu'ils faisaient l'amour elle s'enhardissait.

Il se demanda si à la fin de ce séjour elle changerait d'avis sur le mariage. Il pensait qu'elle prendrait au moins un amant.

À cette idée son front se plissa, et un élan de possessivité tempéra son désir. Caroline se mordit les lèvres et l'observa.

— Quelque chose ne va pas ?

Il ne pouvait pas la garder. Ce n'était qu'une aventure passagère, rien de plus. Son désir avait passé, pour chaque femme qu'il avait connue. Cela lui passerait encore cette fois. D'ailleurs, elle était trop jeune et trop susceptible de vouloir se marier pour devenir sa maîtresse. Quant à envisager un autre arrangement, il en était hors de question, car il ne pouvait courir le risque qu'elle soit stérile.

Et pourtant, cette idée lui avait traversé l'esprit. Il n'arrivait pas à y croire.

Quelques secondes s'égrenèrent. Nicholas sourit. Quelques jours à la campagne avaient suffi à détruire son bel équilibre de dévoyé. Il avait dû respirer trop de grand air et ingurgiter trop de beurre frais. La semaine prochaine, le Parlement reprenait ses sessions ordinaires et il retournerait à sa routine. Pour le moment, il ne devait pas s'inquiéter et vivre l'instant présent.

— Tout va bien, rassurez-vous. La journée s'annonce splendide, et vous êtes nue dans mon lit. Qu'est-ce qui pourrait me contrarier, ma chère ?

— Je ne sais pas. Pendant quelques secondes, vous avez eu l'air... féroce.

— Tout ce qu'il y a de féroce en moi, c'est le désir que je ressens pour vous.

Il se pencha pour l'embrasser. Elle répondit comme toujours à son baiser après ce bref instant d'hésitation qui trahissait encore son manque d'expérience. Elle n'était encore qu'au début du voyage sensuel et érotique qui devait éveiller son désir charnel.

Il ne demandait pas mieux que de lui servir de guide. L'idée de passer la matinée au lit éclaira ses pensées et chassa les doutes qu'il éprouvait un instant auparavant.

⁂

— Comme cela.

Les mots, murmurés contre sa bouche, furent accompagnés d'un geste doux mais pressant.

Caroline obéit. C'était effrayant, mais elle était prête à faire tout ce qu'il lui demandait. Surtout après le baiser enivrant qu'ils venaient d'échanger. Elle était vaguement consciente du pépiement des oiseaux au-dehors, du parfum de la brise fraîche qui entrait par la fenêtre ouverte, des élégantes tentures de soie qui encadraient le lit, et de la lumière jaune qui se répandait dans la chambre avec le lever du jour…

Mais à cet instant, toute sa vie tournait autour de *lui*.

Et ce qu'il voulait, c'était qu'elle se place à califourchon sur lui.

Avec ses cheveux noirs répandus sur l'oreiller blanc et ses traits purs, il ressemblait à un prince du Moyen Âge. Sa poitrine se soulevait à un rythme légèrement accéléré.

— Prends-moi dans ta main et guide-moi, ordonna-t-il dans un souffle.

Caroline le regarda sans comprendre.

— En toi, précisa-t-il avec un sourire tendre et amusé. L'homme n'est pas obligé d'être toujours dessus.

L'idée qu'il n'existait pas qu'une seule position pour faire l'amour la troubla. Jusqu'ici tout se déroulait comme avec Edward, bien que le résultat fût entièrement différent, grâce au ciel !

— Certaines femmes apprécient beaucoup, reprit Nicholas. Nous allons voir si c'est ton cas.

Sa voix était un peu rauque, comme chaque fois qu'ils faisaient l'amour et qu'il la tutoyait.

Certaines femmes. Naturellement, il devait le savoir, songea-t-elle avec une pointe d'amertume. Le Duc Diabolique aurait pu écrire des pages et des pages sur les préférences sexuelles des dames de la bonne société.

Guidée par ses mains viriles, Caroline posa les doigts sur son sexe tendu et l'orienta vers les replis de sa féminité.

Il poussa un cri inarticulé et se cramponna à ses hanches lorsqu'elle le prit en elle. Une fois de plus, elle ne savait exactement comment procéder, mais Nicholas l'aida en lui chuchotant des petits mots d'encouragement. Le plaisir la posséda peu à peu, si divin qu'elle se mit à trembler. Nicholas glissa alors une main entre eux, caressant de son pouce son bouton de rose.

— Je crois que c'est le moment, ma douce..., murmura-t-il, les mâchoires serrées.

Le monde s'effondra autour de Caroline. Avec un petit cri, elle agrippa les épaules de Nicholas et enfouit son visage au creux de son cou. La jouissance déferla en vagues puissantes, la laissant étourdie et merveilleusement alanguie dans les bras de son compagnon, qui s'immobilisa lui aussi dans un grognement sourd.

Ils demeurèrent un long moment allongés, haletants et silencieux. Nicholas laissa fuser un petit rire.

— Il y a encore beaucoup de choses à découvrir, tu sais. Et il nous reste trois jours.

Les mots pénétrèrent son esprit embrumé. *Seulement trois jours ?*

— Je suis sûre que vous savez tout ce qu'il y a à m'enseigner, Rothay.

Elle leva la tête, affichant une expression neutre. Elle voulait paraître détachée, indifférente, comme les femmes auxquelles il était habitué. Prendre l'attitude d'une de ces beautés de la haute société et son allure blasée. Cependant, elle ne put résister à l'envie de poser la question qui lui brûlait les lèvres depuis le premier instant où elle l'avait vu.

— Parmi toutes ces femmes, il n'y en a jamais eu une de spéciale ?

Ce n'était pas une question très judicieuse, et en dépit de l'intimité qu'ils partageaient, cela ne la regardait pas. Mais elle voulait savoir.

— Elles l'étaient toutes, répondit-il d'un ton malicieux.

Un nerf de sa mâchoire tressaillit, démentant son air amusé. Une expression fugitive passa dans ses yeux, et elle ne sut comment l'interpréter.

Elle lui lança un regard sceptique.

— Ce n'est pas mon sujet de conversation préféré, admit-il un instant plus tard.

Caroline s'efforça d'ignorer un pincement douloureux, à l'idée qu'elle faisait partie d'une foule innombrable d'anciennes maîtresses. Cela n'avait aucune importance, se dit-elle avec une logique imparable. Elle avait voulu participer à un jeu, et Nicholas tenait son rôle à merveille.

Il était à la fois doux et ardent. Habile. Généreux.

Cette semaine était la plus agréable qu'elle ait connue dans sa vie. Mais Nicholas allait l'oublier, et elle fut envahie d'une profonde tristesse à cette pensée. C'était ainsi. Il n'était pas son amant dans la vie, il ne lui avait rien promis, et elle n'avait pas le droit d'attendre quoi que ce soit.

Elle essuya du doigt une goutte de sueur qui perlait sur sa tempe brune, déterminée à chasser toute pensée qui l'empêchait de jouir de l'instant présent.

— Êtes-vous conscient, milord, que vous allez devoir faire mieux qu'hier soir ? demanda-t-elle d'un ton taquin.

Elle n'oublierait jamais la terrasse au clair de lune et les bras virils qui l'enlaçaient alors qu'ils valsaient silencieusement.

— Est-ce un challenge, lady Wynn ?

— Vous pouvez l'interpréter de cette façon.

Il laissa glisser ses mains le long de son dos, et lui caressa les hanches.

— Je vais devoir faire preuve d'imagination, n'est-ce pas ?

— Pour surpasser Manderville ? Vous le connaissez mieux que moi, mais je crois qu'il mettra toutes les chances de son côté pour gagner le pari.

Une fois de plus, elle vit ses prunelles s'assombrir. De fait, il n'avait fait allusion au comte qu'une fois ou deux. Le pari lui-même n'était pas un sujet de conversation qu'il abordait volontiers.

— C'est bien ce qui m'inquiète.

— Sans vouloir renforcer votre arrogance, dit-elle avec un petit rire, je pense que vous n'avez pas à vous inquiéter.

— Vous aurais-je impressionnée ? demanda-t-il en lui soulevant le menton du bout du doigt.

Elle aurait aimé savoir mentir, mais elle ne put que chuchoter un « oui » étouffé. Nicholas la fit rouler sous lui et l'impressionna de nouveau.

15

Le désespoir développait l'imagination, décida Derek en se hissant sur l'appui de la fenêtre. Ce qu'il faisait était indigne et téméraire, mais ce serait une preuve de sa détermination et de la profondeur de ses sentiments.

Tout ce qu'il voulait, c'était avoir une petite conversation respectueuse avec Annabelle.

Enfin, ce n'était pas *tout*, mais il se contenterait de cette occasion pour se déclarer.

Comme il s'y attendait, la fenêtre était entrouverte pour laisser entrer la fraîcheur de la nuit. Perché sur la corniche, il entendit des murmures à l'intérieur et attendit que la femme de chambre soit sortie. Enfin, la porte se ferma avec un petit clic et il prit une inspiration, en espérant que la jeune fille n'alerterait pas toute la maison par ses cris.

Par chance, elle tournait le dos à la fenêtre. Il poussa les rideaux et entra. Annabelle aperçut son reflet dans le miroir de la coiffeuse et écarquilla les yeux.

— Ne criez pas. Sinon, tout le monde saura que je suis entré dans votre chambre.

Annabelle se retourna si vivement qu'elle et le tabouret manquèrent tomber. Elle reprit son équilibre et le foudroya du regard, les joues enflammées de colère.

— Sortez d'ici !

Derek ne s'attendait pas à être reçu à bras ouverts, aussi demeura-t-il imperturbable.

— Non. Je sortirai quand nous aurons parlé.

— Vous êtes fou ? Si vous voulez me parler, rendez-moi visite normalement, au lieu de passer par la fenêtre. *Monsieur*, ajouta-t-elle avec raideur.

Il faillit éclater de rire. Depuis toute petite, Annabelle l'avait toujours appelé par son prénom. Mais il n'avait plus le cœur à rire, et il se contenta de la toiser avec une apparente indifférence.

— J'ai essayé. Au cas où vous ne l'auriez pas remarqué, j'ai ingurgité plus de thé cette semaine que toute l'année dernière. J'ai assisté à des réceptions sans intérêt, et dîné ici plusieurs soirs de suite. Il est impossible de se trouver en tête à tête avec vous, ne fut-ce qu'une minute. Il ne me restait plus que cette solution. À moins de vouloir provoquer un scandale, vous ne pouvez pas appeler les valets.

Elle le considéra comme s'il avait complètement perdu la tête. Après tout, peut-être était-ce le cas. Bon sang, cette maison était celle de son oncle, et il pouvait en franchir le seuil quand bon lui semblait. Néanmoins, même Thomas, avec toute son indulgence naturelle, ne tolérerait pas sa présence dans la chambre d'Annabelle.

— Avez-vous oublié ma lettre ? Ne me dites pas que vous ne l'avez pas reçue, Annie.

— Je l'ai jetée sans la lire.

Cette affirmation ne diminua en rien la belle assurance de Derek.

— Je vois. Dans ce cas, je suis content d'avoir pris la peine de venir.

— Pourquoi faites-vous cela ?

Se rappelant soudain qu'elle ne portait que sa chemise de nuit, elle plaqua les mains sur sa poitrine.

— Alfred n'apprécierait pas de vous voir ici.

— Je ne lui ai pas demandé la permission, figurez-vous.

— Une fois de plus, je vous prie de sortir.

Diable ! Elle était délicieuse dans sa chemise en dentelle, avec ses cheveux tombant en cascade sur ses épaules. Son profil était parfait, et ses longs cils projetaient une ombre sur ses joues.

— Pas avant de vous avoir dit quelques petites choses.

Derek s'adossa à l'encadrement de la fenêtre. S'il s'approchait d'elle, il n'était pas sûr de pouvoir se conduire en gentleman.

— Puis-je parler ?

— Comment pourrais-je vous en empêcher ? Vous faites irruption dans ma chambre et me menacez. Je n'ai pas le choix.

— J'ai escaladé le mur de la maison de mon oncle, au risque de me rompre le cou. Ce que j'ai à vous dire est important, vous comprenez ? ajouta-t-il en croisant les bras.

Annabelle leva fièrement le menton. Elle gardait les mains crispées sur le col de sa chemise, comme si elle se trouvait face à une fripouille prête à lui sauter dessus.

— Je ne vois pas ce que nous avons à nous dire. Je suis fiancée et vous êtes… *vous*.

Le ton était méprisant, et Derek fut piqué au vif.

— Oui. Je suis un homme. Avec tous les défauts d'un homme normal.

— *Normal ?* Les autres hommes ne forniquent pas avec toutes les femmes qui croisent leur chemin.

Elle se leva, alla à l'autre bout de la chambre et fit brusquement volte-face en dardant sur lui un regard à la fois accusateur et outragé.

— Quoi que vous soyez venu chercher ici, vous ne le trouverez pas. J'ai perdu toute confiance en vous il y a un an, et je me rends compte que cette confiance était bien mal placée. Je ne suis plus une pauvre innocente, entichée de vous.

Elle n'était plus innocente ? Le cœur de Derek se serra douloureusement à cette idée. Il fit malgré lui un pas vers elle.

— Il vous a compromise ?

— Bien sûr que non, rétorqua-t-elle en s'empourprant. Alfred ne ferait jamais cela. Tous les hommes ne sont pas comme *vous*.

Encore ce mot, qu'elle lui lançait à la figure comme une flèche. Il éprouva tout de même un immense soulagement. Non, Hyatt ne l'avait pas touchée. D'où la rancœur et la suspicion qu'il avait perçues à la taverne.

— Je ne suis pas un saint, dit-il, irrité par le mépris d'Annabelle. Je n'ai jamais prétendu l'être. Mais je ne suis pas non plus dépourvu de conscience. C'est pourquoi je suis là ce soir. Je n'ai jamais eu l'occasion de vous demander pardon pour ce qui s'était passé. Excepté par écrit, mais apparemment cela ne vous suffit pas.

— Ce qui s'est passé ? répéta-t-elle en haussant ses sourcils blonds.

— Dans la bibliothèque.

— Oh, fit-elle, glaciale.

— Je vous ai embrassée. Vous rappelez-vous ?

Il savait qu'elle se rappelait. Les yeux d'Annabelle lancèrent des éclairs.

— En fait, je me rappelle très bien cette journée. Et même *tout* ce qui s'est passé ce jour-là.

— Je vous ai fait souffrir.

— Vous vous flattez, monsieur.

Elle mentait. Il avait gardé gravé en mémoire son regard horrifié, quand elle était sortie en trébuchant de la serre où elle l'avait surpris avec Isabella. Ensuite, il s'était contenté de dire à Isabella qu'il regrettait, avant de sortir à son tour. Mais c'était trop tard, le mal était fait. Ce n'avait pas été une très bonne soirée. Isabella n'avait pas hésité à exprimer sa déception à haute voix, tandis qu'Annabelle s'était enfuie dans le couloir. Il avait eu l'impression d'être le pire des mufles. Finalement, il était parti se coucher seul avec une bouteille de brandy.

— Il faut que nous discutions de tout cela, Annie. De ce baiser et de ce qui s'est passé ensuite. Les deux événements sont liés.

— Je ne vois pas comment c'est possible.

— Je sais que je vous ai déçue, mais ce n'était pas intentionnel. D'autre part, le baiser que nous avons échangé n'était pas un baiser ordinaire.

Les lèvres de la jeune femme tremblèrent un instant.

— Pour vous, c'était un baiser parmi des milliers. N'essayez pas de me persuader qu'il avait une quelconque importance à vos yeux. Je vous ai vu avec cette femme, Derek. Et depuis, vous n'avez pas vécu comme un moine, que je sache. Nombreux sont les maris qui pourraient le confirmer, sans citer lord Tanner. Quand cette affaire a éclaté, j'avoue ne pas avoir été surprise.

— Je n'ai jamais aspiré à la sainteté. Tout ce que je peux dire, c'est que je ne suis pas impliqué dans l'affaire Tanner. Je ne l'ai jamais été. J'ignore ce que vous avez entendu d'autre, mais croyez-moi. J'ai passé la plus grande partie de l'année à penser à vous.

— Pour un baiser ? Pardonnez-moi si je suis sceptique.

— Ce baiser a changé ma vie.

⁂

Comment pouvait-il lui faire cela ? Toute cette semaine, elle avait été à la torture. Derek était partout ; impossible de l'ignorer. Et maintenant, cette scène ? Il avait raison, elle avait tout fait pour l'éviter. La dernière chose à laquelle elle voulait penser, c'était le faible qu'elle avait eu pour l'horrible, l'inconstant comte de Manderville.

Mais il se tenait dans sa chambre à présent. Son visage grave éclairé par les flammes des bougies, ses épais cheveux blonds caressant le col d'une chemise blanche qui accentuait la largeur de ses épaules. Un pantalon noir et des bottes mettaient en valeur la longueur de ses jambes. Mais il ne portait ni veste ni cravate.

Il avait grimpé à sa fenêtre. Qu'il ait pris le risque de tomber et surtout de se faire voir était stupéfiant. Et sa déclaration la laissa sans voix.

— Ce baiser a changé ma vie, Annie, répéta-t-il d'une voix étouffée. Je vous jure sur mon honneur que c'est la vérité.

Son honneur ? La blessure d'Annabelle n'était toujours pas guérie, aussi répondit-elle avec rancœur :

— Je suis sûre que vous pouvez prononcer toutes sortes de mensonges en offrant votre honneur comme garantie. Vous n'avez pas d'honneur.

Derek pinça les lèvres.

— Je ne suis pas étonné que vous ayez une si piètre opinion de moi, vous avez toujours été claire sur ce point. Mais nous nous connaissons depuis longtemps. Aussi, pourriez-vous avoir la courtoisie de m'écouter ? Vous devez bien être curieuse de savoir ce que j'ai à dire de si important, au point de prendre le risque de me rompre le cou ?

Elle était curieuse en effet, mais l'avouer aurait été une faiblesse.

Et puis elle n'était pas sûre de pouvoir lui résister. Sans avoir l'expérience de Derek, elle savait qu'il aurait été imprudent de baisser sa garde un seul instant. Derek Drake était dangereux.

— Non, dit-elle, mentant effrontément. Je ne suis pas curieuse.

— Ma famille a veillé sur vous pendant toutes ces années. Cela devrait compter ?

— Ce n'est pas juste ! protesta-t-elle. Est-ce ma faute, si j'étais orpheline ?

— Non, bien sûr que non. Mais vous devriez au moins me laisser une chance de m'expliquer. Pouvons-nous parler ?

Elle avait le comte en face d'elle. De par son titre, il était responsable du domaine où elle vivait, et sa famille avait été extrêmement généreuse avec elle. Elle lui était redevable, ainsi qu'à Thomas et Margaret. Elle inclina donc la tête à contrecœur.

— Très bien.

L'ombre d'un sourire flotta sur les lèvres de Derek.

— D'abord je dois mendier, et ensuite avoir recours au chantage.

— Dites-moi donc ce qui est si important, et partez. Si quelqu'un vous trouvait dans ma chambre, même entièrement habillé, ma réputation serait perdue.

C'était malheureusement vrai. Si accommodant que soit Alfred, elle doutait fort qu'il se montre compréhensif.

Derek parut hésiter. Puis il dit simplement :

— Rien ce jour-là ne s'est passé comme je le voulais. Je n'avais pas l'intention de vous embrasser, ni de toucher lady Isabella. D'ailleurs, cela n'est pas allé plus loin. Je l'ai évitée pendant des jours.

Annabelle se rappelait fort bien la comtesse. Celle-ci avait poursuivi Derek d'une façon si voyante, que son manège ne pouvait même pas échapper à une ingénue de dix-sept ans.

— Vous ne l'avez pas évitée ce soir-là dans la serre, répliqua-t-elle, acerbe.

— C'était parce que je vous avais embrassée.

— Je n'ai jamais rien entendu d'aussi invraisemblable.

— Non ? Écoutez-moi. Cet après-midi-là, quand je vous ai prise dans mes bras, j'ai compris qu'un choix s'imposait à moi. Je devais soit m'éclipser soit continuer de vous voir, mais dans une intention honorable. Je ne vous cache pas que cette idée m'a secoué. Quand Isabella m'a sollicité un peu plus tard, j'essayais encore de repousser cette décision. L'idée que ma vie allait changer totalement n'était pas facile à admettre. Je ne suis pas le premier homme à avoir eu peur de l'amour et du mariage.

Annabelle revit son expression quand il avait brusquement quitté la bibliothèque. Peut-être disait-il la vérité.

— J'ai pensé qu'un intermède avec une femme délurée me guérirait de ma folie, ajouta-t-il.

Elle se rendit compte avec un peu d'irritation que son cœur battait plus vite et que ses paumes de mains étaient moites.

— Et cela vous a-t-il guéri ? demanda-t-elle sèchement.

Il avait une expression qu'elle ne lui avait jamais vue. Une sorte de vulnérabilité, chez un homme qu'elle avait toujours cru invincible.

— Non, répondit-il doucement. Je vous l'ai dit, il ne s'est rien passé d'autre. J'ai quitté la pièce juste après vous. Isabella était folle de rage, croyez-moi.

— Pardonnez-moi si je n'éprouve pas de compassion pour elle. Et vous ne pouvez pas dire qu'il ne s'est rien passé. Elle était en partie déshabillée, et vous…

Elle s'interrompit, un peu gênée. Il avait sans doute touché les seins de tellement de femmes, que cela ne signifiait pas grand-chose pour lui.

— Vous êtes si innocente, voilà l'origine de notre problème. Faites-moi confiance…

— Vous faire confiance ? Je vous en prie. Et nous n'avons pas de problème commun, nous ne partageons rien.

— Annie, ce n'est pas vrai. Vous m'évitez. Dieu m'est témoin que j'ai essayé de rester à l'écart. Rien n'y fait.

Les autres s'en sont aperçus aussi. Votre fiancé a remarqué quelque chose.

— Laissez Alfred en dehors de tout cela. Je ne sais pas pourquoi j'ai accepté d'avoir cette discussion avec vous.

Elle serra les poings. Son estomac se contracta et elle éprouva un léger malaise.

— Comment pourriez-vous savoir ce qu'il pense ?

— Les hommes sont plus directs que les femmes, expliqua-t-il avec un sourire ironique. Si nous avons un problème, nous faisons en sorte de le régler. Si la réponse de notre adversaire ne nous plaît pas, nous nous servons parfois de notre pistolet, le matin à l'aube. C'est barbare, je sais, mais nous avons tendance à aller droit au but.

— Il vous a posé des questions sur moi ? Sur…

— Sur nous, oui.

— Que lui avez-vous dit ?

— Rien. Malgré ce que vous croyez, je suis un gentleman.

— Vous espérez que je vais vous croire ?

— C'est l'exacte vérité. Et c'est la raison de ma présence ici.

Il la regarda d'un air franc, ouvert, qui n'avait rien à voir avec les allures nonchalantes qu'il se donnait en public. Annabelle sentit ses genoux se mettre à trembler. Elle s'efforça de se maîtriser, mais la tête lui tournait.

— Ai-je bien compris ce que vous avez pris tant de peine à m'exposer ? Après m'avoir embrassée ce jour-là, craignant que ce badinage ne vous entraîne jusqu'au mariage, vous vous êtes servi d'une autre femme pour assouvir vos désirs. C'est bien cela ?

Derek soupira en se passant la main dans les cheveux. Par un effet extraordinaire, il parut encore plus séduisant une fois décoiffé.

— Exposées de cette façon, les choses ne sont pas très glorieuses pour moi. Vous ne comptez pas me rendre la tâche facile, n'est-ce pas ? Comme je vous le disais, je n'ai rien assouvi du tout.

— Avez-vous une bonne raison pour que je vous rende les choses faciles ?

— Je me suis conduit de façon abominable, aussi je suppose que non.

— Voilà un point au moins sur lequel nous sommes d'accord, déclara-t-elle en resserrant les bras sur sa poitrine, comme pour se protéger de ses regards.

— Annie, je vous aime.

Qu'avait-il dit ?

Elle en eut le souffle coupé.

— Je vous aime, répéta-t-il doucement. Je ne pense qu'à vous, et c'est en train de me rendre fou. Il m'a fallu un an, et vos satanées fiançailles, pour que j'en prenne conscience. C'est la pure vérité.

Elle regagna d'un pas chancelant sa table de toilette et se laissa tomber sur le tabouret.

— C'est pour cela que vous avez parié devant la bonne société que vous étiez l'amant le plus doué de toute l'Angleterre ? Un homme capable d'être fidèle toute sa vie à une femme ne se livre pas à ce genre de fanfaronnades !

— Au contraire. C'est exactement le genre de comportement idiot qui résulte du sentiment que je viens de vous avouer, ma chère. J'ai fait ce pari grotesque juste après avoir lu l'annonce de vos fiançailles dans le journal. Ajoutez à cela quelques bouteilles de bordeaux, et il y a de quoi pousser un homme aux extrêmes les plus ridicules.

Il ne pouvait pas parler sérieusement, c'était impossible. *Mon Dieu, ne me laissez pas le croire.*

— C'était stupide, dit-elle à haute voix.

— Aussi stupide que d'escalader un mur dans l'obscurité et d'entrer par la fenêtre, comme un héros de roman.

Elle ne voulait pas qu'il la touche... et en même temps, tout au fond d'elle-même, elle en mourait d'envie. Trois pas de plus... peut-être quatre, et il pourrait la prendre dans ses bras, et...

Elle se raidit en pensant à sa terrible trahison de l'année dernière, et au chagrin qu'elle avait éprouvé.

— Ne vous approchez pas. Je vous en prie... partez.

Il s'immobilisa, les bras ballants.

— Annie.

Ignorer la supplication contenue dans sa voix fut la chose la plus difficile qu'elle se fut imposée dans sa vie.

— Je vous en prie.

S'il la touchait une seule fois, elle était perdue.

Une larme roula le long de sa joue et tomba sur ses mains. Ses doigts étaient si crispés que ses phalanges étaient douloureuses.

Elle s'était pourtant juré de ne plus jamais verser une larme pour lui.

Pendant un moment il resta immobile, silencieux. Puis tout à coup, il hocha la tête et, sans ajouter un mot, fit ce qu'elle lui demandait. Il enjamba la fenêtre et disparut dans la nuit.

Annabelle demeura seule.

⁂

S'il était tombé et s'était rompu les os, le problème aurait été réglé, songea Derek en retournant chez lui. Mais il ne lui était rien arrivé. Pire encore, tout son plan s'était effondré, à cause d'une malheureuse petite larme.

Il ne supportait pas de la voir pleurer à cause de lui.

Il avait beaucoup de défauts. Trop pour les compter, sans doute. Mais il n'était pas cruel. S'il avait insisté et l'avait séduite, il se serait détesté ensuite.

Pire encore, elle l'aurait sans doute détesté aussi.

À la façon dont elle l'avait regardé, à sa panique quand il avait fait un pas vers elle, à la tension qu'il avait décelée dans son corps adorable, il savait qu'il aurait pu la conquérir. C'était une maigre consolation, songea-t-il en entrant dans son bureau.

Donc, tout n'était pas perdu. Il fallait seulement qu'il revoie sa stratégie.

Il se servit un verre de cognac, s'assit dans son fauteuil et contempla l'âtre vide d'un air morne.

Pour commencer, il renoncerait à ce pari ridicule. Il n'irait pas passer une semaine avec la délicieuse lady Wynn. Il fallait voir les choses en face. S'il avait la plus petite chance de faire changer Annabelle d'avis, allait-il la gâcher en noircissant encore un peu plus sa lamentable réputation ? Il espérait qu'en attendant Nicholas prenait du bon temps. Mais il doutait de pouvoir en faire autant.

C'était son avenir qui était en jeu.

Annabelle était la seule femme qu'il désirait. Avec ou sans elle, il semblait que sa vie de débauche touchait à son terme.

16

Nicholas ne se réjouit pas de l'arrivée de la missive. Désappointé, il lut le courrier une seconde fois, et le posa de côté en réfléchissant. Cela ne lui laissait pas vraiment le choix.

— Mauvaises nouvelles ? s'enquit Caroline, inquiète.

Il avait prévu une promenade le long de la rivière, et peut-être même un plongeon dans les eaux tièdes. Elle lui avait avoué avoir toujours eu envie d'apprendre à nager. Caroline nue dans l'onde claire, cela laissait envisager toutes sortes de possibilités…

— Il faut que je retourne à Londres.

— Oh, je vois.

Elle détourna les yeux, comme absorbée par un spectacle au-dehors, puis revint vers lui, l'air résigné.

— Rien de grave, j'espère ?

Nicholas ne donnait jamais d'explication, encore moins à une maîtresse de passage. Mais il fut troublé par la distance qui apparut soudain dans les yeux de Caroline.

— Le Premier ministre requiert ma présence pour discuter de certains points avant la première session de la semaine prochaine.

Le sourire de la jeune femme était un peu triste.

— Pour un homme de votre importance, il semblait un peu ambitieux d'accorder une semaine entière à une femme. Je me demandais si vous y parviendriez.

Avait-elle vraiment le sentiment qu'il lui avait *accordé* quelque chose ? Il prit conscience du plaisir qu'il éprouvait à prendre ce déjeuner froid simplement parce qu'il se trouvait en sa compagnie. Elle était exceptionnelle. Non seulement par sa beauté, mais aussi parce qu'elle ne jouait pas aux mêmes petits jeux que les autres femmes. Après avoir partagé ces cinq jours avec elle, il pouvait dire que Caroline Wynn était une personne parfaitement sincère. Sa fortune et son titre ne l'impressionnaient pas et, pour une fois, une femme ne lui demandait rien de plus que ce qu'ils avaient partagé dans un lit.

— Rentrez avec moi, suggéra-t-il en lui prenant la main. Cette affaire est urgente, mais je l'aurai réglée en deux heures. Vous me devez encore deux jours.

— Et comment pourrons-nous nous retrouver discrètement, Nicholas ? J'aimerais pouvoir dire oui, mais cela me paraît imprudent.

Une fois encore, elle parlait avec franchise, et cela lui plaisait.

— Nous trouverons un moyen. Rien n'est impossible.

— Vous parlez avec l'assurance d'un duc, fit-elle observer. Je suis désolée, mais certaines choses sont bel et bien impossibles. Que comptez-vous faire ? Me cacher dans votre poche pour me faire entrer dans votre chambre ?

Elle avait raison, bien entendu. Les domestiques parlaient toujours trop. Il était hors de question d'aller chez lui.

— Nous pourrions nous donner rendez-vous quelque part.

— Pas à Londres. Vous n'avez rien à perdre si notre aventure venait à se savoir. Moi si. Je crains de devoir refuser.

Le soleil entrait par la fenêtre et faisait briller ses cheveux. Elle portait une robe de mousseline jaune qui lui donnait une allure d'écolière. Mais Nicholas savait qu'une femme passionnée se cachait sous cette sage apparence. Les hommes allaient s'en apercevoir. Le maintien froid avait été remplacé par une assurance toute féminine. S'ils lui tournaient autour alors qu'elle avait la réputation d'être hautaine et glaciale, ils allaient maintenant assiéger sa maison.

N'importe quel homme pourrait l'approcher. Mais à cause de ce pari idiot et des quelques jours qu'ils avaient passés ensemble, lui seul devrait garder ses distances.

Enfer et damnation !

D'autant plus qu'elle était censée passer le même laps de temps avec Derek. Et bon sang, cette idée le déprimait !

Finalement, elle avait raison, cette séparation était préférable. Il était déçu, mais cette interruption brutale de leur relation allait chasser ces accès de jalousie totalement irrationnels. Il n'avait aucun droit sur elle, et elle venait de refuser poliment de continuer à le voir.

Dans le monde où il vivait, une femme n'avait qu'une liberté très étroite. Et elle préférait naturellement maintenir son image de reine des neiges. Il était tout à fait capable de mettre fin à une liaison sans en souffrir.

Relâchant sa main, Nicholas tira sa montre de son gousset.

— Je m'en irai dès que mon cocher aura préparé la voiture. Si vous désirez rester quelques jours de plus, vous êtes mon invitée.

Elle acquiesça, avec une expression indéchiffrable.

— J'ai passé des moments très agréables. Je suppose que vous devez me trouver trop libre…

— Absolument pas. Vous êtes une femme belle et sensuelle, il n'y a rien de mal à cela. Au contraire.

— Nous menons des vies très différentes, n'est-ce pas ?

Elle était en dessous de la réalité. Avec son titre et sa fortune, il disposait d'une totale liberté. Bien que Caroline appartînt au même milieu, leurs situations étaient entièrement différentes.

— En effet, reconnut-il.

Il allait être triste de la quitter.

Cette fascination inattendue qu'il éprouvait pour elle allait rester ancrée en lui.

C'était d'autant plus désolant, qu'elle refusait de poursuivre une relation clandestine lorsqu'ils seraient de retour à Londres. Il la comprenait. Il fallait absolument qu'elle préserve sa réputation, surtout si elle envisageait de se remarier.

Il se leva brusquement, et s'inclina devant elle. Il valait mieux qu'il s'en aille tout de suite.

— Je vous prie de m'excuser, dit-il simplement.

⁂

Caroline contempla pensivement le vaste parc verdoyant qui entourait la maison. Ses bagages étaient prêts et, dès que Huw approcherait avec la voiture, elle partirait. C'était une bonne décision. À la minute même où la maison avait été privée de la présence de Nicholas, un vide insupportable s'y était installé. Une promenade dans le jardin avait suffi à lui faire comprendre qu'elle ne pourrait pas rester seule plus longtemps. Peut-être était-il un peu maladroit de retourner à Londres juste après lui, cela risquait d'attirer l'attention sur leur absence. Mais elle ne pouvait tout simplement pas rester un jour de plus.

D'un côté la prudence, de l'autre la mélancolie. Elle avait déjà trop connue cette dernière au cours de sa vie.

De l'endroit où elle se tenait, elle voyait la terrasse, où ils avaient pris le thé le premier jour. Puis où ils avaient dîné et valsé en silence.

Elle aurait sans doute dû accepter de le revoir. Si elle l'avait fait, peut-être ne se sentirait-elle pas aussi... abandonnée ?

Ses doigts se crispèrent sur le rideau. Elle n'avait pas vu venir le danger. Elle n'était pas la première femme à tomber amoureuse de lui, et elle ne serait pas la dernière, mais elle aurait du mal à l'oublier.

Rien chez lui ne correspondait à ce qu'elle attendait, en dehors de ses talents d'amant. Sur ce plan, il avait été à la hauteur de sa réputation. En revanche, elle n'avait pas prévu son regard pensif quand il lui racontait ses voyages, son indulgence face à ses questions, son attitude chaleureuse, ses attentions.

Malgré sa fortune et son sang bleu, il n'était pas hautain. Elle l'avait même vu un jour près des écuries, en pleine discussion avec Huw, son cocher. Assis sur une balle de foin, sa chemise déboutonnée, il venait d'aider à nettoyer le box de son étalon. Le valet et lui s'étaient mis à rire ensemble et Caroline avait éprouvé une bouffée de tendresse.

Elle devait avouer qu'elle ne connaissait pas grand-chose à l'amour. Son père, avec son indifférence, n'avait suscité aucun élan d'affection. Sa tante n'était ni douce ni maternelle, et avec Edward elle avait vécu un cauchemar. Pour la première fois de sa vie, quelqu'un la traitait avec tendresse et courtoisie, comme une personne à part entière, écoutait ses idées et respectait ses sentiments. Ils avaient abordé tous les sujets, de l'histoire à la politique, et quand elle n'était pas d'accord avec lui, il essayait de comprendre pourquoi. Nicholas n'était pas du tout le personnage égoïste qu'elle avait cru. Mais le jeu qu'il connaissait sur le bout des doigts s'avérait nouveau pour elle et, comme une novice, elle était tombée amoureuse. En quelques jours.

Et cela la tiraillait. Elle savait qu'il cherchait délibérément à la fasciner pour gagner son pari.

Elle se sentait idiote, maladroite, inexpérimentée. Même s'il désirait poursuivre cette relation, elle ne serait qu'une maîtresse parmi tant d'autres, et elle avait encore assez de bon sens pour le savoir.

— Madame, je pense que tout est prêt.

Caroline tressaillit et se retourna.

— Merci, madame Sims.

La gouvernante hocha la tête.

Elle était bien mise, comme toujours, avec un tablier blanc amidonné sur sa robe noire et ses cheveux tirés en un chignon sévère.

— Nous avons été heureux d'avoir monsieur le duc quelques jours.

— Oui, c'est un homme charmant, répondit Caroline avec spontanéité.

— En effet. Toujours si poli et si agréable avec nous. J'espère que votre séjour vous a plu, madame.

Mme Sims régnait sur la maisonnée, et elle savait certainement que Caroline avait dormi toutes les nuits avec Nicholas, puisque un seul lit avait été utilisé.

— Oui, je vous remercie.

— J'ai toujours espéré que Sa Grâce finirait par aimer cette vieille maison. Je le revois quand il était petit, il a toujours été précoce. Il soutirait des friandises à la cuisinière et échappait à son tuteur, au moment des leçons. Sa mère prenait des crises de nerfs. Mais il est devenu quelqu'un de bien, quoi que les gens disent.

— Vous l'avez connu enfant ? ne put s'empêcher de demander Caroline, surprise de voir la vieille femme s'attarder avec elle.

Elle imagina un petit garçon brun, exubérant et espiègle, et son cœur fondit de tendresse.

— Oh, oui. J'ai travaillé des années à Rothay Hall, répondit la gouvernante en lissant son tablier impeccable. Quand je me suis sentie vieillir, il m'a offert cette place. Mes jambes me font souffrir, et je suis plus tranquille ici.

Caroline la comprenait. Il se dégageait de cette maison une grande sérénité. Elle avait plus d'une fois envisagé de vendre sa maison de Londres pour acheter un domaine de campagne comme celui-ci.

— Sa Grâce m'a demandé de vous dire que si vous souhaitiez séjourner de nouveau à Tenterden, vous seriez toujours la bienvenue.

Interdite, Caroline ne sut que répondre.

— Il m'a dit que la campagne vous manquait, madame. J'espère que vous reviendrez souvent, si vous vous lassez de la ville.

Émue, Caroline sentit des larmes lui monter aux yeux. Elle avait lancé cette remarque sans y faire attention, mais il s'en était souvenu. Il se souciait de ses sentiments et c'était ce qui l'avait séduite.

Caroline battit des cils et s'éclaircit la gorge.

— Merci, madame Sims. Le duc est très généreux. J'adorerais revenir.

⁂

Il avait fait le voyage jusqu'à Londres dans un état de nervosité indéniable. La réunion à laquelle il devait assister avait lieu à la première heure le lendemain matin, et apprendre que sa mère se trouvait dans leur résidence londonienne était la dernière chose dont il avait besoin. Nicholas l'adorait, mais elle se mêlait de sa vie sans aucune retenue. Fatigué par le voyage, de mauvaise humeur, il entra en coup de vent dans le salon et esquissa un sourire.

— Bonsoir, mère.

— Nicholas.

Sa mère se leva et traversa le salon pour l'embrasser. La pièce était richement meublée, de tapis persans, d'un assortiment de fauteuils de style Louis XIV, et de quelques tableaux qui auraient fait honneur à un musée. Avec son allure majestueuse, sa mère se fondait dans le décor à la perfection. Sa beauté et son maintien suscitaient l'admiration. Elle avait aussi l'esprit aiguisé, et sa perspicacité le surprenait comme elle le mettait mal à l'aise. Il avait passé l'âge d'être guidé dans certains domaines de la vie. Malheureusement, ces domaines-là étaient ceux qui intéressaient le plus sa mère.

Elle voulait le voir marié. Ils ne se querellaient jamais à ce sujet, néanmoins la question resurgissait régulièrement, ce qui l'exaspérait.

— Quelle agréable surprise, dit-il en l'embrassant.

— Je suis arrivée cet après-midi, avec Althea. Les enfants sont restés dans le Kent avec leur gouvernante. Ta sœur se change pour le dîner, et Charles ne va pas tarder à nous rejoindre. Cela fait trois semaines qu'il est à Londres et il lui manquait. C'est pourquoi nous sommes venues.

Sa mère, sa sœur aînée et son beau-frère. Il jeta un coup d'œil à l'horloge en cachant tant bien que mal son agacement. Il n'était plus question de dîner tranquillement à son club, comme il l'avait prévu.

— J'en suis enchanté.

— En effet, tu as l'air, mon chéri.

La duchesse douairière pencha la tête de côté et le fixa avec un air de reproche amusé.

— Je suppose que nous dérangeons tes projets. Tu n'es pas obligé de dîner avec nous.

Il n'avait pas de projets précis, en revanche, une ravissante jeune femme avait occupé ses pensées pendant tout le voyage. Avait-elle décidé de rester au manoir ? Il l'imagina endormie dans le lit qu'ils avaient partagé, et sa nervosité augmenta.

Pourquoi ? Il n'aurait su le dire. D'ordinaire, il ne regardait jamais en arrière.

— Je viens juste d'arriver, moi aussi. Je n'étais pas en ville, expliqua-t-il.

— Je vois. Qui est-ce ? demanda-t-elle en rivant sur lui un regard inquisiteur.

— Pourquoi pensez-vous qu'il y a une femme ? J'ai des dizaines de bonnes raisons pour quitter la ville, et je le fais souvent.

Elle l'observa avec attention. Bon sang, toutes les femmes étaient-elles aussi perspicaces ? Ou bien étaient-ce juste les mères avec leurs fils ?

— Je ne dirai rien, ajouta-t-il en secouant la tête. Vous avez fait bon voyage ?

— Excellent.

Il eut le sentiment que la discussion n'en resterait pas là. Ils échangèrent encore quelques mots, puis il s'excusa.

— Je vais me changer. Je suis un peu poussiéreux. Le carrosse ne me disait rien, j'ai préféré voyager à cheval.

Il s'inclina poliment et monta. Sa chambre lui apparut comme un havre de paix. Son valet l'attendait.

— Bonsoir, Votre Grâce. J'ai fait monter de l'eau pour votre bain.

— Merci, Patrick.

Fidèle et efficace, le jeune homme aux cheveux roux se précipita pour ramasser les vêtements qu'il jetait sur le sol au fur et à mesure qu'il se déshabillait.

— J'espère que votre séjour a été agréable, monsieur.

— Il a été… satisfaisant.

Le mot *satisfaisant* était bien choisi. La question était : est-ce qu'il serait satisfait longtemps ? Caroline avait clairement refusé de continuer à le voir. Il n'avait donc pas le choix.

Il n'avait pas l'habitude d'être rejeté, et c'était irritant. Et surtout, il était conscient d'être envoûté par cette femme. Il s'en était rendu compte au cours du voyage, en revenant sans cesse sur la façon dont elle l'avait embrassé, les bras noués autour de son cou, sa bouche douce sur la sienne.

Diable. Avait-il rêvé, ou s'était-elle réellement accrochée à lui une seconde de trop avant qu'ils ne se séparent ?

Chassant cette idée, il prit son bain, s'habilla et descendit. Son beau-frère était déjà arrivé. Charles Peyton avait dix ans de plus que lui, une nature affable et l'esprit vif. Nicholas ne savait pas exactement quel poste il occupait au ministère de la Guerre, mais il était respecté et s'entourait de mystère.

— Nicholas… ravi de vous voir ! lança-t-il en s'avançant, son verre de bordeaux à la main. Vous étiez parti à la campagne ?

— Juste quelques jours, confirma-t-il. Pas assez longtemps, ajouta-t-il comme l'image de Caroline resurgissait dans sa tête.

— Votre petite compétition avec Manderville, sans doute ?

— Les gens parlent encore de cette plaisanterie idiote ?

Charles laissa fuser un petit rire.

— Absolument. Votre absence inexpliquée n'a rien fait pour apaiser les rumeurs.

— Je ne suis parti que cinq jours, et je ne dois d'explications à personne, bon sang !

Pourquoi diable aurait-il dû tenir les gens au courant de ses déplacements ? Il consacrait suffisamment de son énergie au bien de l'Angleterre, pour ne pas avoir à se justifier de ses allées et venues.

— Je n'ai pas dit cela. Mais les gens attendent avec impatience que le gagnant soit nommé !

— Je suis ravi que cela vous amuse.

— Jusqu'à un certain point, admit son beau-frère en faisant la moue. Permettez aux hommes mariés de vivre à travers vos exploits ! En fait, les gens s'interrogent plus sur la personne qui va vous départager que sur les résultats. Une belle somme d'argent a déjà été engagée dans ce pari.

— Diable, marmonna Nicholas.

L'arrivée d'Althea, dans un nuage de parfum et un froufrou de soie mauve agrémentée de perles, mit brusquement fin à la conversation.

Nicholas adressa au ciel une petite prière de remerciements, et espéra que personne n'avait remarqué que l'absence de Caroline coïncidait avec la sienne. Non, personne ne pouvait soupçonner la vérité, se dit-il pour se rassurer. La froide et dédaigneuse lady Wynn n'avait rien à craindre.

17

Annabelle regarda par la fenêtre. La pluie tombait sans discontinuer et, de temps en temps, un véhicule passait en projetant de grandes gerbes d'eau sur la chaussée. Le ciel menaçant pesait sur les toits.

— Il a fait tellement beau jusqu'ici, que j'avais oublié que nous pouvions avoir du mauvais temps, dit-elle, morose.

— Je vous trouve plus silencieuse que d'habitude, ma chère, dit aimablement Alfred. Je suis content de savoir que c'est seulement à cause du temps, et qu'il n'y a rien de plus grave.

S'il avait su. Tout allait de travers. Tout.

D'après Derek, Alfred avait remarqué sa nervosité. Pire, il lui en avait parlé !

Elle posa les yeux sur son fiancé, et se demanda pourquoi elle s'inquiétait. Comme à son habitude, il était vêtu élégamment, à la dernière mode. Ses cheveux plaqués en arrière dégageaient un visage très agréable. Mais au lieu d'être rassurée, Annabelle se sentait mal à l'aise en sa présence. Elle n'était plus convaincue que ce mariage correspondait à ce qu'elle voulait.

C'était la faute de Derek, songea-t-elle, furieuse.

Comment avait-il osé escalader la façade pour entrer dans sa chambre ?

Comment pouvait-il détruire son bonheur ?

Il l'aimait.

Inutile de dire qu'elle ne le croyait pas. Il n'était pas le genre d'homme à être fidèle, et elle n'était pas le genre de femme à épouser un coureur de jupons. Point final.

De toute façon, il n'avait pas parlé de mariage. Derek Drake n'était pas le genre d'homme à s'unir à une femme. Il ne recherchait que les relations physiques, futiles et passagères.

Elle ne serait jamais assez folle pour croire à sa sincérité.

— ... et c'est alors qu'il s'est affalé de tout son long à ses pieds. Que dites-vous de cela ? s'enquit Alfred en riant.

Annabelle battit des paupières et se rendit compte qu'elle n'avait pas écouté.

— C'est très amusant.

Alfred reposa sa tasse de thé et posa sur elle un regard pénétrant qui la troubla.

— Je vois bien que vous n'êtes pas d'humeur à rire. Il vaudrait mieux que je revienne un autre jour.

— Non ! Peut-être, admit-elle en soupirant. Je vous prie de m'excuser, je ne suis pas de très bonne compagnie.

— Ce n'est pas grave, ma chère. Nous allons passer de longues années ensemble, et nous ne serons pas toujours d'humeur égale.

De longues années. Cette idée ne l'aidait pas beaucoup. Avant même d'être mariée, elle pensait à un autre homme.

Alfred se leva.

— Je repasserai demain matin. S'il fait beau, nous irons faire une promenade au parc.

Annabelle acquiesça et son fiancé lui prit la main pour l'effleurer de ses lèvres.

— À demain, ma chère. J'espère que la question qui vous tourmente sera réglée. Vous savez que vous pouvez faire appel à moi, si vous avez besoin d'aide.

Annabelle eut une soudaine inspiration.

— Embrassez-moi, dit-elle en se levant.

Alfred parut tomber des nues.

— Annabelle, nous sommes dans le salon. Je ne crois pas que…

La jeune femme leva les yeux et dit d'un ton persuasif :

— Vous n'en avez pas envie ?

— Oui. Oui, bien sûr. Mais Thomas a confiance en moi, c'est la raison pour laquelle il nous autorise ces rencontres.

Alfred avait raison. La porte était ouverte et les domestiques pouvaient les voir en passant dans le couloir. Margaret risquait d'entrer d'une minute à l'autre. Mais Annabelle s'en moquait. Si elle pouvait faire quelque chose pour effacer le souvenir qui la hantait, elle était prête à prendre ce risque. De plus, ils seraient mariés dans quelques mois. Personne ne serait scandalisé s'ils s'embrassaient.

— Un baiser n'est pas un crime. Surtout avec une femme que vous allez épouser.

Elle lui lança un regard provocant à travers ses longs cils. Les yeux fixés sur ses lèvres, il lui prit la taille.

— Vous avez raison.

Il pencha la tête et elle attendit, les yeux fermés, la gorge serrée.

Tout alla trop vite. Il pressa ses lèvres contre les siennes pendant deux ou trois secondes, et recula.

Elle n'eut pas l'impression que le monde basculait. Avec cet homme, qu'elle s'apprêtait à épouser, le baiser n'avait rien d'une expérience enivrante. Alfred sourit, de son air franc et sincère, dans une attitude vaguement triomphante. Annabelle cacha de son mieux une terrible déception. Alfred était un jeune homme convenable, aussi ce n'est pas lui qui aurait dévoré ses lèvres ni exploré sa bouche de sa langue, la laissant étourdie et pantelante. Où avait-elle eu la tête ?

— À demain matin, monsieur, dit-elle avec autant de légèreté que possible.

Après son départ, elle se laissa tomber dans un fauteuil et contempla tristement un bouquet de roses dans son vase de cristal, posé sur une table en marqueterie, de l'autre côté du salon. Alfred le lui avait apporté quelques jours auparavant, et les fleurs commençaient à se faner.

Alfred était un jeune homme très attentionné. Poli, attentif, un excellent parti. Il ferait un bon mari, la traiterait avec respect et affection.

Était-il amoureux d'elle ? Il ne le lui avait jamais dit. Elle doutait que sa demande en mariage cache des sentiments passionnés. Elle était de bonne famille, avait une dot appréciable, et il la trouvait belle. Bref, une fille convenable, et c'était tout ce qu'il cherchait.

Convenable ! Seigneur. Elle détestait ce mot.

⁂

Derek entendit le brouhaha familier des voix masculines, ponctué de rires graves.

— Le duc est-il là, Frederick ? demanda-t-il au majordome.

Aussi impeccablement vêtu que les membres du club, le jeune homme inclina la tête.

— Bonsoir, monsieur. Oui, monsieur. À la table habituelle.

— Merci.

Une agréable odeur de tabac et de brandy flottait dans la salle. Derek dut s'arrêter plusieurs fois pour saluer des connaissances. Quand il atteignit enfin le coin éloigné de la salle où Nicholas était affalé dans son fauteuil préféré, il vit que son ami avait l'air sombre. Ses longs doigts serraient un verre d'alcool.

Derek prit place face à lui et saisit le verre de whisky que le personnel du club, avec sa diligence coutumière, lui avait déjà servi.

— J'ai reçu ton message. Tu es rentré tôt.

— À la demande du Premier ministre.

— Ah. Difficile de refuser. Lord Liverpool appelle et nous répondons présent.

— C'est cela.

La missive de Nicholas était brève, et Derek était extrêmement curieux de savoir comment s'était déroulée sa semaine à la campagne, dans les bras de lady Wynn.

— Tu étais pressé de partir ? Tu as passé... quoi ? Cinq jours là-bas. Je trouve que ça fait un bon laps de temps, avec la même femme.

— Cela dépend de la femme.

Réponse étonnante, de la part d'un libertin avéré.

Nicholas souleva son verre et avala une gorgée.

— En fait, j'ai été déçu de devoir abréger mon séjour.

— Je suis surpris. Notre Caroline est très séduisante, bien sûr. Mais je ne m'attendais pas à ce qu'elle soit époustouflante au lit.

— Si tu espères que je te donne des détails, tu seras déçu.

Déconcerté par le ton agressif de Nicholas, Derek se carra dans son fauteuil.

— Je ne t'ai rien demandé, Nick. Tu deviens susceptible.

Nicholas répondit par un grognement sourd. Derek comprit qu'il se passait quelque chose d'inhabituel. Il avait d'abord été surpris par l'impatience de son ami, qui avait quasiment enlevé la dame pour l'emmener à la campagne. Et maintenant, Nicholas semblait dépité d'être de retour.

Ils avaient toujours été très francs l'un envers l'autre, aussi Derek déclara-t-il sans détour :

— Tu es d'une humeur exécrable.

— Comment peux-tu me dire cela ? Si j'avais eu une pièce d'or chaque fois que tu as été de mauvaise humeur ces derniers mois, ma fortune s'en serait trouvée sensiblement augmentée.

Derek aurait eu du mal à nier. Il avala une gorgée de whisky. Il ne voulait pas raconter le désastre qu'il avait provoqué l'année dernière. Thomas était au courant, c'était déjà bien suffisant.

— Son mari aurait mérité d'être fouetté à mort, dit Nicholas de but en blanc.

Derek cligna les paupières.

— Lord Wynn ? Que t'a-t-elle dit ?

— Elle n'a pas eu besoin de parler. Disons qu'il lui a fallu du courage pour venir nous faire cette proposition. C'est une femme admirable.

Quelqu'un rit au fond de la salle, et cette jovialité domina un instant le bruit des conversations.

— Au risque de paraître obtus, marmonna Derek, pourrais-tu t'expliquer ?

— C'était un sale type, un pervers.

— Oh, je vois.

Le ton de la lettre de lady Wynn prenait un sens.

Quoi qu'il se soit passé en Essex, cela avait dépassé la simple aventure sexuelle. Derek finit son verre. Tout en réfléchissant à ce nouvel aspect de la situation, il fit signe au maître d'hôtel de le resservir.

— Maintenant qu'elle est rentrée à Londres, je suppose que… que tu… que tu vas prendre tes dispositions ? ajouta Nicholas, en se frottant le menton d'un air irrité.

Il ne comptait certainement pas dormir cette nuit ; il avait déjà revêtu son costume d'apparat pour son entretien avec le Premier ministre. Une veste de velours vert et un gilet orné de broderies vert émeraude. Ses cheveux de jais contrastaient avec le blanc immaculé de sa cravate en dentelle. Seule son expression renfrognée l'empêchait de ressembler au parfait courtisan.

Bonté divine, Rothay était jaloux ! Derek en fut décontenancé.

Pour sa part, il n'avait plus l'intention de toucher à la dame en question. Toutefois, il ne put s'empêcher de tâter le terrain pour savoir s'il était tombé juste.

— Je suis mort d'impatience, déclara-t-il en se renversant dans son fauteuil. Je m'ennuie ces temps-ci, une bonne partie de jambes en l'air me fera du bien.

Il avait utilisé à dessein des termes crus, et un éclair de fureur passa dans les yeux de Nicholas.

— Si tu répètes ce genre de choses, je...

Derek se contenta d'arquer les sourcils. Oui. Nicholas éprouvait un fort sentiment de possession vis-à-vis de la froide lady Wynn.

— Je t'ai donné rendez-vous ici pour te dire de faire attention avec elle. C'est tout, grommela son ami d'une voix sourde.

— Attention ?

— Oui, sois doux. Ne la brusque pas.

— Tu comptes me donner des instructions ? s'exclama Derek, mi-amusé, mi-incrédule.

— Je voulais juste dire... sacrebleu ! ajouta Nicholas d'un ton féroce, en crispant les doigts sur son verre.

Il se leva brusquement, et sortit sans même prononcer un mot d'adieu.

Derek le suivit des yeux en poussant un petit sifflement inaudible.

Tenter de résister à ses sentiments pouvait empoisonner la vie d'un homme, Derek était bien placé pour le savoir. Mais il savait aussi que les vieilles habitudes avaient la vie dure. Nicholas n'était pas encore prêt à admettre qu'il était amoureux.

Une idée germa dans son esprit et il réfléchit, les yeux fixés sur son verre, ne songeant même plus à boire.

Les femmes tombaient en pamoison devant Nicholas. Comment la belle veuve, maltraitée par son mari, avait-elle réagi entre ses bras ? À en juger par le comportement du duc de Rothay, il avait dû se passer quelque chose de très fort entre eux.

Voilà qui était intéressant.

Peut-être devrait-il avoir un entretien avec lady Wynn.

Mais pas du tout dans le but que pensait Nicholas.

18

Il était tard, elle était fatiguée, et son visiteur ne voulait pas donner son nom au majordome. Caroline se rembrunit en déchiffrant les lettres griffonnées sur un carton blanc, et comprit avec embarras de qui il s'agissait.

— Oui, Norman, je vais recevoir ce monsieur. Faites-le entrer dans le bureau d'Edward.

Le vieil homme inclina la tête. Il ne manifesta aucune curiosité, mais elle savait qu'il réfléchissait. Les visites tardives étaient rares dans cette maison. Et Caroline s'était absentée quelques jours, ce qui n'arrivait jamais.

CdeM. Cela devait signifier comte de Manderville. Elle avait demandé de la discrétion, ce qui ne cadrait pas avec une visite le soir, chez elle. Nicholas avait dû l'avertir de leur retour.

Le comte ne perdait pas de temps. Elle ne savait pas si elle devait en être flattée ou agacée. Par chance elle était encore habillée, car elle s'était endormie en lisant dans son petit salon. Elle y dînait souvent depuis qu'elle était seule.

Caroline jeta un coup d'œil au miroir, lissa ses cheveux, et descendit voir ce que Derek Drake avait à lui dire de si pressé.

Elle eut un mouvement de surprise en entrant dans le bureau. Puis, amusée, elle referma doucement la porte derrière elle.

— Bonsoir, monsieur le comte.

Il se retourna et remarqua aussitôt le sourire qui flottait sur ses lèvres.

— Bonsoir. Vous voyez, je ne manque pas d'imagination, moi non plus, madame. Je suis aussi venu à pied, pour ne pas attirer l'attention avec mon attelage.

Il était habillé comme un artisan, avec un grand manteau, un pantalon usé et de vieilles bottes. Un chapeau bosselé était posé sur une chaise. Il se tenait près de la fenêtre, grand et imposant malgré ses habits, avec la même assurance que Nicholas.

— Je suis contente que vous ayez pris autant de peine pour ne pas être reconnu, mais votre présence ici, à cette heure, m'intrigue beaucoup.

Elle appréhendait de devoir expliquer à Derek Drake qu'elle avait changé d'avis. Il voudrait sans doute savoir pourquoi, et il serait très amusé si elle lui avouait la vérité. D'autre part, si Derek et Nicholas décidaient de maintenir le pari, cela signifiait que Nicholas dispenserait son charme et ses talents à une autre femme.

Elle souffrait à cette idée, ce qui faisait d'elle une parfaite idiote.

Qu'espérait-elle ? Qu'après cet intermède, il resterait célibataire ? Il avait demandé à la revoir, elle avait refusé. Il n'y avait rien à ajouter.

— J'aurais pu attendre demain, concéda Derek. Mais je courais moins le risque d'être reconnu en venant de nuit, et il fallait que je vous parle de vive voix. J'ai trop attendu pour faire quelque chose, et jusqu'ici tout ce que j'ai essayé n'a pas marché.

Caroline s'assit et croisa les mains sur ses genoux, un peu perdue.

— Je sais que nous devons... préparer notre... semaine, mais...

— Pardonnez-moi de vous interrompre, mais il ne s'agit pas de cela. Que s'est-il passé entre Nick et vous ?

Quelle question ! Elle le considéra en rougissant.

— Je vous demande pardon ?

Derek se mit à rire.

— Je ne vous demande pas de détails sur ce qui s'est passé au lit ! Mais le reste ? Je l'ai vu dans la soirée, et il n'est plus lui-même. Je crois qu'il a cherché à m'éloigner de vous. À annuler le pari.

Caroline eut l'impression que les contours des meubles s'effaçaient. La tête lui tourna. Elle regarda le comte et éprouva un soupçon de... de quoi ? D'espoir ? De joie ?

— De toute façon, je ne peux pas continuer, avoua-t-elle dans un filet de voix. J'allais vous écrire. Je suis désolée de revenir sur ma parole, mais... je le dois.

À son grand étonnement, elle vit le visage de Derek s'éclairer.

— Pourquoi devez-vous renoncer ?

Non, elle ne pouvait pas prononcer les mots à haute voix. Cela donnerait une réalité à la situation. Et Manderville risquait de répéter à Nicholas qu'elle était tombée amoureuse de lui.

Non.

— Pour des raisons personnelles, dit-elle d'un ton bref. Je suis désolée.

— Ces raisons concernent-elles un certain duc particulièrement têtu ?

Manderville la transperça du regard. Pendant des années, Caroline avait réussi à faire croire qu'elle était froide et indifférente. Apparemment, elle avait perdu cette capacité.

— Ne me posez pas cette question, je vous en prie.

— Ce qui signifie oui, ou je n'y connais rien ! Excellent.

Quelle étrange remarque. Caroline était plus perplexe que jamais. Avait-elle mal compris, ou Derek Drake était-il vraiment content qu'elle ait un penchant pour le duc ?

— Ne vous excusez pas d'annuler notre escapade, lady Wynn. Elle n'aurait pas eu lieu de toute façon. J'ai renoncé aux liaisons passagères et à l'unique recherche du plaisir. Je vais être d'une franchise brutale. J'ai fait ce pari dans un moment de désespoir, en apprenant que la femme que j'aime de toute mon âme allait en épouser un autre.

Caroline n'avait jamais remarqué que le tic-tac de la pendule était aussi sonore. Ce fut le seul bruit qui rompit le silence pendant les secondes qui suivirent la déclaration du comte. Elle fixa son visiteur, sans dissimuler sa surprise.

Lord Manderville était amoureux ?

Elle laissa fuser un rire cristallin, qui brisa le moment de stupeur. Toute la tension nerveuse qu'elle avait accumulée ces derniers jours fut libérée d'un seul coup.

— Cela vous fait rire ? J'en suis heureux pour vous. En ce qui me concerne, je suis l'homme le plus malheureux de Londres, dit le comte en haussant les sourcils.

Elle parvint à se ressaisir, plaquant une main sur sa poitrine.

— Non, monsieur, ce n'est pas cela qui me fait rire. Mais admettez que la situation ne manque pas de comique. Nicholas m'a dit, pendant que nous étions en Essex, qu'il souhaitait faire un mariage d'amour. Et maintenant, vous me dites vous, que vous avez le cœur brisé. Personne dans la bonne société ne voudrait croire une chose pareille.

Le comte parut déconcerté, mais il sourit tout de même.

— Vous avez raison.

— Qui est la femme que vous aimez ?

— Annabelle Reid, la pupille de mon oncle.

Caroline demeura interdite. Mlle Reid était très jeune, le portrait même de l'ingénue. C'était donc elle, qui s'était emparée du cœur de l'Ange déchu ? Une jeune écolière, et pupille de son oncle de surcroît ! La jeune fille était en effet très jolie, mais tout le monde savait que le comte évitait comme la peste les filles en âge de se marier.

— Vous êtes étonnée. Eh bien moi aussi, mais c'est pourtant la vérité. La réaction de Nicholas envers vous me surprend tout autant. Il faut croire que tout ceci était écrit. J'espère à présent que nous allons pouvoir unir nos forces. À condition que vous soyez éprise de Nicholas comme il semble l'être de vous.

Caroline essaya de contourner la question.

— Je ne pense pas connaître le duc depuis assez longtemps pour pouvoir évaluer la profondeur de nos sentiments.

— Il s'est montré jaloux cet après-midi, quand je l'ai vu, répondit le comte en ricanant. J'ai tout de suite compris. Il s'inquiète pour vous, il est nerveux, irritable, il n'a pas les idées claires...

Caroline étouffa un rire.

— À vous entendre, on croirait qu'il a contracté une maladie grave, monsieur !

— C'est une maladie, croyez-moi. Écoutez madame, je connais Nick depuis longtemps. Dès l'instant où vous vous êtes rencontrés à l'auberge, il y a eu quelque chose entre vous. Je m'en suis rendu compte sur le moment, mais j'ai pensé que les circonstances exceptionnelles l'avaient attiré vers vous. À présent, je me demande si ce n'est pas plus profond.

Manderville avait-il vu juste ? Un tel espoir était irrationnel.

— Comment pouvons-nous nous aider mutuellement ? demanda-t-elle, intriguée.

— Mon oncle est persuadé que mon amour pour Annabelle n'est pas à sens unique, et j'espère qu'il ne se trompe pas. Cependant elle est fiancée à lord Hyatt et la dernière fois que j'ai essayé de m'expliquer avec elle, j'ai provoqué un désastre. Je me demandais si en lui exposant votre propre expérience, vous ne pourriez pas la convaincre qu'un mariage sans amour est la voie vers le malheur ?

Était-ce possible ? Caroline n'était pas loin d'éprouver de la pitié pour un des hommes les plus beaux, les plus riches et les plus charmants d'Angleterre.

Manderville paraissait désespérément sincère. Il était allé jusqu'à revêtir ce costume ridicule pour lui rendre visite au milieu de la nuit. Sans compter qu'il déclarait ne pas vouloir poursuivre ce pari absurde.

— Je connais lord Hyatt, dit-elle, et je doute qu'il se révèle être un mari cruel. Mais vous avez raison. Un mariage sans amour est un désastre, et c'est encore plus injuste si l'un des deux est épris de quelqu'un d'autre. Je veux bien essayer de vous aider.

— Merveilleux.

Il eut un sourire éblouissant, qui avait dû faire fondre plus d'une femme.

— De mon côté, je m'arrangerai pour que Nicholas reconnaisse enfin que son cœur appartient à une femme. Je ne veux pas qu'il commette la même erreur que moi. Si un simple discours suffisait, j'essaierais. Mais les hommes sont plus obtus que les femmes.

— Je ne vous contredirai pas sur ce point, lord Manderville.

— Je m'en doutais. Ce que je veux dire, c'est qu'avec lui un grand coup sur la tête sera plus efficace que la subtilité. J'ai un plan.

Caroline commençait à comprendre pourquoi Nicholas et Derek Drake s'entendaient aussi bien.

— Je suppose que votre projet est très intéressant, mais il y a cependant un problème. Si vous n'aviez pas été aussi franc, je ne vous en aurais même pas parlé, mais…

Les mots moururent sur ses lèvres, et elle déglutit, les yeux baissés sur ses mains sagement croisées sur ses genoux. Puis elle redressa les épaules et se confia :

— En dépit des quelques jours que j'ai accepté de passer avec le duc, je ne suis pas intéressée par une liaison passagère. Et comme il y a de grands risques pour que je sois stérile, rien d'autre n'est envisageable entre le duc et moi. D'autre part, nous nous connaissons depuis peu. Nous avons passé moins d'une semaine ensemble, ce qui n'est pas suffisant pour juger de ses sentiments.

Manderville s'adossa à la cloison en croisant les bras.

— Vous vous trompez, lady Wynn. Je connais Annabelle depuis plus de dix ans, et pourtant je n'ai pas su voir ce qui se passait entre nous. Le temps n'est pas un critère pour prendre la mesure de l'amour. Certaines personnes tombent amoureuses à l'instant où leurs regards se croisent pour la première fois. D'autres mettent des années. Tous les scénarios sont possibles. Quant au fait que vous ne puissiez concevoir d'enfant, je reconnais qu'un héritier est important quand on a un titre à léguer. Mais si Nicholas devait épouser une jeune vierge, il prendrait le même risque.

C'était exact. Avant de se marier, l'idée qu'elle ne pouvait peut-être pas avoir d'enfant ne l'avait pas effleurée.

— Mais avec moi, il a la preuve de mon échec précédent.

— Alors d'après vous, il ferait mieux d'épouser une jeune fille insipide ? Vous venez de me dire qu'il souhaitait faire un mariage d'amour.

Comment se pouvait-il qu'elle ait une telle discussion sur l'amour et le mariage avec un débauché de son espèce ? Décidément, Derek et Nicholas n'étaient pas les hommes que l'on croyait.

— Nous ne savons pas ce qu'il éprouve pour moi, en dehors d'une certaine attirance physique, fit-elle observer.

— Vous ne l'avez pas vu cet après-midi ! Dites-moi, madame, demanda Derek en s'avançant, si vous n'aviez qu'un mot pour décrire votre séjour avec lui en Essex, quel serait-il ?

Un mot ? Impossible de résumer en un seul mot les clairières inondées de soleil, le plaisir indescriptible, les sourires, la valse silencieuse.

Mais elle pouvait essayer.

— Magique, prononça-t-elle d'une voix presque inaudible.

Derek hocha la tête d'un air entendu.

— Bon. Alors, vous voulez bien m'écouter ?

19

Deux jours. Les deux mots tourbillonnaient dans sa tête comme un refrain, à tout moment, même lorsqu'il tartinait son pain de marmelade. La salle à manger n'avait rien à voir avec celle où il avait dîné avec Caroline, dans son manoir de l'Essex. De hauts plafonds, une immense table sombre et luisante, une armée de domestiques allant et venant discrètement derrière lui, remplissant les plats d'œufs et de viande. Tout était fait à grande échelle dans sa résidence londonienne. Nicholas en avait l'habitude, il n'y prêtait même plus attention. Mais tout cet apparat lui sautait maintenant aux yeux, en comparaison avec tous ces bons moments passés dans la simplicité de Tenterden.

Caroline préférait les toasts sans confiture. Elle prenait du lait avec son thé, mais pas de sucre. Quand le soleil caressait ses cheveux, ils avaient des reflets uniques, comme…

— Tu es dans la lune, mon chéri. Que t'arrive-t-il, ce matin ?

Nicholas tressaillit et leva les yeux, sa tasse à la main. Seigneur, il rêvait tout éveillé, comme un idiot.

Que devait-il faire ? Expliquer à sa mère qu'il était obsédé par l'idée que lady Wynn lui devait encore deux jours de plaisirs charnels ? Il se doutait que sa mère avait dû entendre parler du pari, mais jusqu'ici elle n'y avait pas fait allusion. Il était soulagé qu'elle n'oriente pas la conversation sur un sujet aussi inconvenant, car elle devait très certainement désapprouver sa conduite. Et elle aurait raison, d'ailleurs. Cependant, on ne pouvait rien changer à ce qui s'était passé. On ne pouvait effacer le pari dûment enregistré dans les livres du White, ni les cinq jours qu'il avait passés avec Caroline.

Cependant, Caroline lui devait encore deux jours. Elle avait refusé de les lui accorder, mais il pourrait peut-être la faire changer d'avis. Cette pensée l'obsédait.

— J'ai eu une semaine très chargée, dit-il en posant sa tasse avec précaution près de son assiette. Je suis désolé, si je vous oublie. Pardonnez-moi.

— Je te pardonne, mon chéri. Mais j'aimerais savoir ce qui te donne cette expression.

Sa mère fronça les sourcils en faisant tourner lentement sa cuillère dans son chocolat.

— Quelle expression ?

Nicholas soupira intérieurement. C'était sa faute, il n'était pas obligé de rester assis là, à penser à Caroline. Si un interrogatoire se préparait, il ne pouvait s'en prendre qu'à lui-même.

D'un geste gracieux, sa mère souleva la chocolatière pour se resservir, mais toute son attention demeura concentrée sur lui.

— Tu avais l'air de penser à quelque chose d'agréable. Tu souriais.

La duchesse douairière avait toujours été fine mouche. Mais Nicholas n'était pas d'humeur à répondre à ses questions, et de toute façon les réponses n'auraient pas plu à sa mère. Peut-être même ne l'aurait-elle pas cru. Il n'avait jamais passé beaucoup de temps à penser à une femme.

Du moins, jusqu'à maintenant.

— Tu sembles avoir la tête ailleurs. Tu n'as pas desserré les dents de la semaine, et tu ne nous as accompagnés nulle part.

C'était exact. Il avait renoncé à assister aux soirées et aux réceptions, principalement pour éviter de rencontrer Caroline. En même temps, il avait envie de la revoir. En temps normal, il savait ce qu'il voulait. L'état de nervosité où il se trouvait lui rappelait ce qu'il avait éprouvé avec Helena, une dizaine d'années plus tôt.

— Je suis très occupé en ce moment, dit-il d'un ton neutre.

Sa mère ne fut pas dupe. Son visage exprima un scepticisme exagéré.

— Tu as toujours été terriblement occupé, Nicholas. Ce n'est pas cela. Althea l'a remarqué aussi. Tu as l'air… comment dirais-je ? Distant.

Il ne lui manquait plus que cela ! Toutes les femmes de la maison allaient se mettre à analyser son comportement.

— C'est à cause des conflits politiques qui secouent le pays. Nous passons tous les points en revue, depuis les demandes en soldats de Wellington, jusqu'aux sanctions en matière d'agriculture.

— C'est cela qui te pousse à te coucher tôt, et à te lever à l'aube ?

Sous le regard perçant de sa mère, il eut l'impression de redevenir un petit garçon de cinq ans pris en flagrant délit de mensonge.

— Ce ne sont pas tes horaires habituels. Tu es délibérément évasif, et je me demande pourquoi.

Depuis son retour d'Essex, il ne dormait pas très bien. Il n'avait pas fermé l'œil la première nuit, seul, à Londres. Après cela, il s'était rapidement adapté à sa nouvelle prédilection pour le lever du jour, mais ce n'était pas aussi plaisant que lorsque Caroline se blottissait contre lui et qu'il pouvait célébrer la nouvelle journée de la façon la plus agréable qui fût.

— Tu comptes bien assister au bal des Harrison ce soir, n'est-ce pas ? Je crois que Charles et Althea ont décliné l'invitation pour se rendre à l'opéra. J'aimerais que tu m'y accompagnes.

Comment aurait-il pu refuser cela à sa mère ?

— J'en serai honoré, mère. Et je vous en prie, ne vous inquiétez plus pour moi.

Il se leva, embrassa affectueusement la duchesse sur la joue, et sortit.

Il n'avait pas menti. Pas vraiment. Il n'y avait rien de grave. Juste quelque chose qui n'allait pas comme il le voulait. La nuit précédente il avait rêvé d'une peau crémeuse et satinée contre la sienne, de longs cheveux auburn répandus sur son torse, et d'un plaisir intense. Un parfum de muguet flottait dans l'air. Il s'était réveillé en sueur, le corps embrasé de désir, ce qui ne lui était plus arrivé depuis l'adolescence. Pourtant à présent, les femmes prêtes à le satisfaire ne manquaient pas. Il faudrait qu'il se concentre là-dessus.

En attendant, il devait aller voir ses chevaux ; il ne s'était pas rendu à l'écurie depuis quelques jours. La semaine surchargée qui s'annonçait lui laisserait peu de temps pour penser à ce que faisait l'incomparable lady Wynn.

Avec Derek.

Non, pas avec Derek. Il éprouva une satisfaction déplacée en se rappelant que Derek ne pouvait pas s'absenter tout de suite. Il était retenu, comme lui, par les affaires politiques. Il faudrait donc qu'il reporte son rendez-vous avec Caroline.

Nicholas ordonna qu'on lui amène son cheval et songea, les dents serrées, à ce qui allait se passer entre Caroline et Derek. Le refus qu'elle lui avait opposé lui avait fait l'effet d'une gifle. D'un autre côté il ne pouvait lui reprocher de vouloir éviter un scandale. Donc, la question était réglée. Pas forcément à sa manière, mais réglée malgré tout.

Les rues trempées par la pluie de ces derniers jours rendaient le trajet malaisé, mais l'air du dehors lui fit du bien. Son maître d'écuries l'accueillit avec un grand sourire et une claque familière sur l'épaule. Dans son écurie, O'Brien était le roi. Nul n'aurait songé à contester une de ses décisions et Nicholas lui accordait une confiance absolue.

Les lieux étaient méticuleusement entretenus, il flottait dans les stalles une bonne odeur de foin et d'avoine. Les chevaux qu'elles abritaient comptaient parmi les plus beaux d'Angleterre et Nicholas se sentait toujours apaisé au contact de ses animaux.

— Comment va la patte de Satan ? s'enquit-il.

— Il est en pleine forme. Allons le voir, monsieur.

Ils passèrent une heure à faire le tour du bâtiment, stalle par stalle. Immergé dans son univers privilégié, Nicholas éprouva un immense plaisir à oublier le monde extérieur.

Pendant un court moment il parvint presque à oublier ce qui l'obsédait. Mais Caroline lui revint en mémoire tout à coup, quand une petite boule de fourrure d'une maladresse attendrissante surgit devant lui, manquant le faire trébucher.

— Désolé, Votre Grâce.

Un jeune valet attrapa la petite créature et la cala sous son bras.

— C'est le plus remuant de la portée.

Nicholas contempla le chiot qui gigotait et essayait de lécher le visage du garçon d'écurie. Son esprit s'évada, il revit une clairière verdoyante et une belle femme nue au creux de ses bras. Encore alangui par le plaisir, il s'efforçait de la faire parler d'elle, de son enfance.

Mon père ne supportait pas d'être dérangé par quoi que ce soit. Quand j'étais enfant, je mourais d'envie d'avoir un chien, mais il refusait obstinément. Ma tante ne voulait pas en entendre parler... Cela n'a plus d'importance aujourd'hui...

Mais il avait compris, au ton de sa voix, que cela en avait. Il avait aussi compris autre chose. Sa présence dérangeait son père. L'idée de se rendre à York sur-le-champ pour tordre le cou du vieil homme égoïste lui parut soudain très attrayante.

Mais faute de mieux, il pouvait peut-être réaliser ce rêve d'enfant. Après tout, elle l'avait mis au défi d'être encore plus romantique, après la soirée sur la terrasse.

— Il y a eu une portée de chiots ?

— Oui monsieur, nous en avons six.

— En âge d'être sevrés ?

— Tout juste, monsieur le duc.

— J'aimerais les voir. Un de mes amis a envie d'avoir un chien.

Finalement, il choisit le petit diable qui avait croisé son chemin, une boule de poils affectueuse et enthousiaste. Il dut le ramener à Londres, ce qui ne fut pas chose facile, et quand la maudite petite créature fit pipi sur son pantalon neuf, il finit par se dire qu'il n'était qu'un idiot sentimental.

Il aurait aimé être là pour voir la tête de Caroline lorsqu'on lui remettrait l'animal. Mais c'était impossible, et il se traita intérieurement de crétin pour l'avoir envisagé une seconde.

L'infortuné valet qui vint lui ouvrir la porte eut le mérite de ne pas ciller quand il lui déposa le chien dans les bras.

— Faites-le manger et lavez-le. Je vous dirai à quelle adresse vous devez l'apporter.

— Très bien, Votre Grâce.

Nicholas marqua une pause. Lady Wynn lui avait recommandé la discrétion. Il était hors de question d'aller chez elle avec le carrosse qui portait ses armoiries.

— Vous irez en fiacre, et surtout ne prononcez pas mon nom. La dame saura que cela vient de moi.

— Bien sûr, monsieur.

Souriant, il monta prendre un bain et se changer. Il avait beau sentir les chevaux et le pipi de chien, il avait passé un excellent après-midi.

⁂

Il l'avait attendue, c'était certain.

Non, pire que cela, il l'espionnait.

Caroline n'avait pas le choix, elle donna le bras à Franklin pour monter les marches du perron. Il avait surgi tout à coup de nulle part, comme un spectre. L'idée était ridicule, mais elle était sûre qu'il rôdait dans la ruelle près de la maison, en attendant son retour.

— Quel heureux hasard, que nous soyons arrivés en même temps, murmura-t-il en l'escortant jusqu'à la porte. Je suis passé à plusieurs reprises, mais j'ai cru comprendre que vous étiez partie à la campagne, pour rendre visite à une amie.

Une vision de son « amie » lui vint à l'esprit. Des cheveux noirs, un sourire malicieux, éblouissant et fascinant, un corps souple et viril. Nicholas était-il un ami ? En fait oui, c'était ainsi qu'elle le considérait. Elle lui avait probablement plus parlé en cinq jours qu'à toute autre personne au cours de sa vie. C'était sa faute, car il semblait s'intéresser à ce qu'elle disait.

— Oui, j'étais chez une amie.

Si son ton bref contraria le vicomte, il n'en laissa rien paraître. Ses traits secs et anguleux ne révélaient rien. Franklin avait la même expression distante et fermée que son cousin. D'ailleurs, une fois que Caroline avait compris qui était réellement Edward, son apparence physique n'avait plus comporté aucun attrait pour elle. Un monstre était un monstre, quel que soit son visage.

— Voulez-vous entrer ? proposa-t-elle à contrecœur.

— Je ne serais pas venu, si tel n'avait pas été mon but.

Le ton narquois l'irrita, mais plusieurs années de mariage lui avaient appris à se maîtriser. Elle lui adressa un sourire froid.

— Bien sûr. Par ici, monsieur.

— Je connais le chemin. Cette maison a failli être la mienne, répondit-il avec une tentative d'humour déplacée.

Caroline ne se faisait aucune illusion. Cet homme n'était pas son ami, mais au moins son hostilité était plus retenue que chez Edward. Elle demanda des rafraîchissements, et attendit qu'il lui expose l'objet de sa visite.

Franklin posa sur elle ses yeux pâles sans expression.

— Vous êtes ravissante, Caroline. Votre séjour au grand air vous a réussi.

— Merci.

— J'ai toujours apprécié votre beauté.

Le compliment la hérissa. Elle avait appris auprès d'Edward qu'un homme pouvait désirer une femme et n'avoir ni affection ni tendresse pour elle.

Elle ne répondit pas, et un fin sourire se dessina sur les lèvres de Franklin. Il se tenait debout, avec nonchalance. Il portait avec l'élégance d'un dandy une veste bleue, une cravate blanche ornée d'une épingle en diamants, et un pantalon fauve rentré dans des bottes de cuir.

— Soyons francs, Caroline. Vous vous méfiez de moi depuis notre désaccord concernant le testament d'Edward. Je pense avoir fait clairement comprendre que je voulais régler cette question une fois pour toutes.

— Nous n'avons plus besoin d'en discuter.

Franklin étendit les mains devant lui, dans un geste suppliant.

— Au contraire il le faut, puisque c'est un sujet de discorde entre nous. J'ai une responsabilité envers vous, je ne cherche pas à me dérober. Comme je vous l'ai déjà fait remarquer, je suis votre parent le plus proche, et j'ai mon mot à dire dans vos affaires.

— Nous sommes cousins par alliance. Ce n'est pas vraiment un lien de parenté. D'autre part, j'ai encore mon père.

— J'ai parlé avec lui.

— Quoi ? s'exclama-t-elle, choquée.

— Naturellement. Sa position est claire. En épousant Edward vous êtes entrée dans la famille Wynn, il n'a donc plus d'obligations envers vous.

D'obligations. Le mot la fit frémir, mais elle imaginait très bien son père l'employant. Ses poings se crispèrent malgré elle sur la soie fragile de sa robe. Elle dut faire un effort pour se détendre.

— Je suis adulte, et veuve. Je n'ai pas besoin d'aide financière, ni de protection.

Une lueur d'amusement apparut dans les yeux froids de Franklin.

— Toutes les femmes ont besoin de protection. Depuis que votre deuil est terminé, nombreux sont les hommes qui m'ont contacté dans le but de demander votre main.

— Vous êtes trop bon de sélectionner mes prétendants à ma place, rétorqua-t-elle, sarcastique.

Franklin ne broncha pas.

— Votre avenir est un souci pour moi. Vous êtes trop jeune pour ne pas vous remarier, énonça-t-il, doucereux.

— C'est votre opinion, monsieur. Mon âge me donne la liberté d'attendre avant de prendre une décision.

— Ma chère, vous…

— Madame ?

Ils se tournèrent en même temps vers la porte. Norman, toujours pointilleux et d'une propreté méticuleuse, semblait consterné. Il tenait dans les mains une boule de poils bruns qui se débattait de toutes ses forces.

— Pardonnez-moi, mais on vient juste de déposer ceci pour vous. L'homme qui l'a apporté a dit qu'il n'y avait pas de message mais que vous sauriez de qui vient ce… euh… cadeau. Que dois-je en faire ?

Caroline demeura sans voix, les yeux fixés sur le chiot qui se tortillait en laissant des touffes de poils accrochées au gilet impeccable du majordome. Qui pouvait bien lui envoyer un cadeau aussi extravagant ? La réponse lui apparut en un éclair.

Nicholas. Un jour, pendant un de ces moments divins, alors qu'ils étaient allongés dans l'herbe odorante et qu'elle avait posé la tête au creux de son épaule, elle lui avait confié qu'enfant elle avait toujours eu envie d'un chien, et qu'on le lui avait refusé. Il s'était arrangé pour lui soutirer toutes sortes de détails sur son enfance, qu'elle n'avait jamais racontés à personne.

Elle eut envie de rire de plaisir.

Et en même temps de pleurer, tant son geste la touchait.

Elle se leva et alla prendre la petite créature des bras de Norman. Le majordome eut l'air soulagé. Deux grands yeux bruns se posèrent sur elle et une petite queue s'agita frénétiquement. Une minuscule langue rose lui lécha la main.

Caroline tomba amoureuse pour la deuxième fois de sa vie.

— Oh, mon Dieu ! Il est adorable.

Norman, qui aimait que l'ordre règne dans la maison et que tout soit strictement organisé, n'eut pas l'air convaincu.

— Si vous le dites, madame.

— Qui diable a bien pu avoir l'idée de vous envoyer ce bâtard ? ajouta Franklin, maussade.

Ne pouvant guère lui révéler la vérité, elle choisit de se taire. Elle posa son nouvel ami sur le sol, et celui-ci disparut aussitôt sous un canapé, pour en émerger trois secondes plus tard et revenir vers elle en courant. Fier de cet exploit, il aboya pour réclamer l'attention de sa maîtresse. Caroline se pencha pour le caresser.

— Je n'ai jamais eu de chien.

Le geste de Rothay la touchait profondément. S'il lui avait envoyé des diamants, elle l'aurait trouvé généreux et romantique, mais ce cadeau était inespéré. Il prouvait qu'il l'avait écoutée et avait compris son chagrin d'enfant.

Derek avait raison. S'il existait un moyen de persuader Nicholas que leur relation était faite pour durer, elle voulait essayer. Au risque d'avoir le cœur brisé si elle échouait.

— Si j'avais su que cela pouvait vous faire sourire ainsi, ma chère, je serais moi-même allé chercher un chien dans le ruisseau pour vous l'offrir. Je n'imagine pas une femme s'abaisser à cela, et je me demande qui a bien pu avoir cette idée saugrenue.

Le ton était doux, et vaguement menaçant. Caroline se redressa, l'estomac noué par une soudaine angoisse. Nicholas ne pouvait pas savoir que lord Wynn serait là quand on lui apporterait le chiot. Mais cela tombait très mal. Franklin l'observa d'un air méfiant, les lèvres pincées.

— Je suis sûre que c'est Melinda, lança-t-elle en rougissant un peu. Elle m'a dit que l'une des chiennes épagneuls de son mari allait avoir des petits.

— Ce cabot n'est sûrement pas le rejeton d'un chien de chasse de pure race.

Elle pouvait difficilement le contredire.

— Puisque vous êtes occupée, ajouta Franklin en se levant, je vous laisse. Pensez à ce que je vous ai dit.

La joie de Caroline fut aussitôt noyée par le ressentiment.

— Si vous faites allusion au mariage, je suis désolée mais cela ne fait pas partie de mes projets.

Franklin rajusta avec une lenteur délibérée les poignets de sa veste.

— Cela peut changer.

Elle garda les yeux fixés sur la porte après qu'il soit sorti. Que signifiait cette remarque ? Un vague malaise l'envahit. Elle se répéta qu'il ne pouvait pas l'obliger à faire quoi que ce soit. Néanmoins, il se comportait comme s'il était sûr du contraire.

Le chiot attrapa le bord de sa robe et tira énergiquement sur le tissu. Elle prit le petit animal dans ses bras et le serra contre elle. Cela lui ferait du bien d'avoir un amour inconditionnel dans sa vie, songea-t-elle en chassant lord Wynn de ses pensées.

20

Malgré les fenêtres ouvertes, la salle de jeu était comme toujours noyée sous un nuage de fumée imprégné des effluves de brandy et de bordeaux. Les conversations étaient ponctuées de rires rauques. Mais à leur table, l'atmosphère était tendue. Derek regarda en silence l'homme assis face à lui abattre ses cartes et rafler la mise une nouvelle fois.

Le duc de Rothay était en veine.

Mais pour un homme à qui la chance souriait, il ne paraissait pas spécialement transporté de joie. Sa moue caractéristique trahissait une profonde irritation. Derek croyait connaître la raison de cette mauvaise humeur.

— Franchement, Rothay ! grommela lord Renquist. Vous ne voudriez pas vous retirer du jeu pour une manche ou deux, afin de laisser une chance aux autres ?

Les pupilles de Rothay brillaient d'une lueur spéciale, sans doute due à un état d'ébriété assez avancé.

— Que voulez-vous insinuer ? Ce n'est pas moi qui distribue les cartes, marmonna-t-il d'un ton peu amène.

Le jeune Renquist était lui-même un peu éméché, mais pas assez pour ne pas saisir la menace dans la voix de Nicholas.

— Je n'insinuais rien. C'était juste une blague.

— Ah, oui ?

— Une mauvaise blague, rectifia Renquist en pâlissant légèrement.

L'air renfrogné, Nicholas ramassa ses cartes et les déploya habilement en éventail entre ses doigts.

Derek vit les deux autres joueurs échanger un coup d'œil entendu. Ce n'était pas le moment de provoquer le duc de Rothay. Si une remarque aussi innocente l'agaçait, il valait mieux garder le silence.

Après deux parties encore plus désastreuses, Renquist se retira en s'excusant poliment, et alla s'essayer aux dés. Derek ne voyait pas d'inconvénient à perdre un peu, il était décidé à jouer le chien de garde toute la soirée. Dans des circonstances normales il aurait laissé Nicholas seul, mais la situation n'avait rien d'habituel.

Pendant qu'ils jouaient aux cartes, Caroline se trouvait dans la salle de bal. Suivant les conseils de Derek, elle avait même accepté de danser, ce qu'elle ne faisait jamais. Elle était plus belle que jamais avec sa robe de dentelle jaune et ivoire, ses cheveux brillants et son teint de pêche. Son allure était toujours aussi sereine, mais quelque chose d'indéfinissable avait changé chez elle depuis son séjour avec Nicholas. Son apparence glaciale s'était adoucie.

Les hommes l'avaient remarqué.

Ce qui était sans doute la cause de la mauvaise humeur du duc. Derek comprenait mieux que personne la torture que représentait le fait d'être à côté de la femme aimée sans pouvoir l'approcher. Caroline était là, Nicholas le savait, et il devait rester à l'écart alors que d'autres hommes valsaient et flirtaient avec elle.

Derek n'était pas mieux loti. Annabelle était également présente, adorable dans une robe de tulle rose. Ses cheveux relevés en chignon révélaient la courbe gracieuse de son cou et ses épaules satinées. Il pouvait l'inviter à danser, naturellement. Personne ne trouverait cela étrange, étant donné les liens qui les unissaient. Mais elle était capable de refuser tout net. Ce qui déchaînerait les ragots, dont elle serait inévitablement la cible. Naturellement, elle le rendrait responsable.

Donc, tout comme Nicholas, il n'avait plus qu'à garder ses distances.

Un de leurs amis prit la place de Renquist et demanda des cartes.

— Je te préviens, George, énonça Derek d'un ton neutre. Nick a une chance de tous les diables, ce soir.

— Merci pour l'avertissement. J'éviterai de miser gros, déclara George Winston d'un ton jovial. En parlant de chance, où en est votre concours ? Quand les résultats seront-ils proclamés ?

Un muscle tressauta sur la joue de Nicholas, mais il répondit assez aimablement.

— La question n'est pas encore réglée.

— Cela devrait l'être d'ici peu, enchaîna Derek avec un sourire détaché. Nous ne voulons rien précipiter.

C'était peut-être une erreur d'attiser la jalousie de Nicholas, mais cela faisait partie du plan.

Winston fit un clin d'œil.

— Vous ne voulez pas bousculer la dame, je suppose. Il faut que vous sachiez que tout le monde se creuse la tête pour deviner qui c'est ! Allons, donnez-nous un indice !

Nicholas contempla fixement son jeu, comme si les cartes le fascinaient.

— Non.

— Est-elle belle ? insista George, qui ne se laissait pas décourager facilement.

Tous les hommes qui les entouraient tendirent l'oreille, à la fois curieux et amusés. George avait une fâcheuse tendance à trop parler, et il le prouva, à la grande joie du groupe qui se pressait autour d'eux.

— Je suppose qu'elle a de gros seins ?

Nicholas leva la tête, comme un loup flairant sa proie.

S'il avait eu un moyen de mettre discrètement George en garde, Derek l'aurait fait.

— Nous sommes des gentlemen, par conséquent nous ne révélerons rien, annonça sèchement Nicholas.

L'avertissement était clair. Pour lui, le sujet était clos.

— Excusez-moi, messieurs, je me retire du jeu, ajouta-t-il en jetant ses cartes sur la table.

Il y eut un bref silence. Nicholas quitta la salle d'un pas ferme, comme s'il avait un but bien précis.

— Il n'est pas dans son assiette, ce soir, n'est-ce pas ? murmura un des joueurs.

Pour Derek, c'était un très bon signe.

— Il a eu des rendez-vous avec le Premier ministre tous les jours cette semaine, et sa famille est actuellement en ville. C'est sans doute la fatigue.

George eut un ricanement incrédule.

— Le Duc Diabolique ? Fatigué ? Je l'ai vu rester debout jusqu'à l'aube pour boire verre après verre, rentrer se changer, repartir assister à une course de chevaux, et recommencer le soir suivant. Nick n'est jamais fatigué.

Derek aurait parié tous les jetons empilés devant lui, et plus encore, que George se trompait. Le célèbre duc de Rothay était fatigué de ne pas pouvoir s'approcher de lady Wynn, ne serait-ce que pour lui toucher la main.

⁂

La portière du carrosse s'ouvrit et Nicholas demeura assis, en se demandant s'il ne commettait pas la plus grande erreur de sa vie. Caroline mit le pied sur la première marche et se figea, bouche bée, en le voyant.

— Montez, dit-il doucement. Je vous expliquerai.

— Nicholas, que faites-vous ? chuchota-t-elle, furieuse.

— J'ai parlé à votre cocher. Il va nous ramener chez vous sans se presser. Je vous en prie, montez avant d'attirer l'attention.

Cette remarque finit par la décider, et le jeune Gallois rabattit la portière. Elle s'assit dans un bruissement de soie, et la voiture s'ébranla.

— J'espère que personne ne vous a vu parler à Huw, ni monter dans ma voiture.

— J'ai fait attention.

Il était diablement content d'avoir pris le temps de parler avec le jeune cocher pendant le séjour de Caroline en Essex. Leur amour des chevaux avait gommé les barrières entre le domestique et l'aristocrate. D'autre part, Huw savait visiblement où sa maîtresse avait passé ses nuits, aussi n'avait-il même pas battu un cil quand Nicholas lui avait demandé de le laisser monter dans le carrosse.

— Je ne suis pas sûre que vous sachiez être discret, Rothay.

— Pour vous, je fais de mon mieux.

Il se détendit en voyant un doux sourire se dessiner sur les lèvres de Caroline.

— Il me semble que j'avais dit non, poursuivit-elle néanmoins sur le ton de la réprimande. Je ne veux pas prendre de risques en ayant une liaison secrète avec vous. Il y a déjà suffisamment de gens qui savent que j'ai séjourné dans votre domaine. En dehors de Huw, il y a Mme Sims et les domestiques, sans parler de lord Manderville.

— Derek ne dira rien. Personne n'a prononcé votre nom au manoir, et votre cocher me semble loyal. Notre secret ne sera pas divulgué.

Caroline baissa un instant les cils.

— Il doit être agréable de traverser la vie avec toujours autant d'assurance.

Sa naissance et sa fortune lui donnaient probablement une certaine confiance en lui, mais ce n'était pas le sujet dont il avait envie de débattre avec elle en ce moment. Son parfum léger l'enivrait, et son décolleté mettait superbement en valeur les rondeurs sensuelles de ses seins. Des seins parfaits qui convenaient à merveille à ses mains et à sa bouche. Quand Winston s'était mis à s'interroger sur son apparence physique, l'image de son corps nu sous le sien lui était revenu à l'esprit. À cet instant il avait pris une décision, à laquelle il devrait réfléchir plus tard, au calme.

Quand il ne serait plus taraudé par un désir sauvage.

— Venez vous asseoir là, dit-il en tapotant le siège à côté de lui.

— Il ne vaut mieux pas. Vous n'avez rien à faire ici.

— Nous sommes seuls. Votre cocher n'arrêtera pas la voiture tant que je ne lui en donnerai pas l'ordre. Je veux vous faire découvrir le plaisir de faire l'amour dans un carrosse. C'est un peu exigu, je le concède, mais c'est unique.

— Je suis certaine que c'est un passe-temps auquel vous vous adonnez souvent.

Elle fit toutefois ce qu'il demandait, et laissa échapper un petit cri de surprise lorsqu'il la hissa d'autorité sur ses genoux. Nicholas lui embrassa le cou.

— Vous avez dansé ce soir. C'est rare.

— Vous m'avez regardée ? murmura-t-elle en renversant la tête pour mieux s'offrir à ses baisers.

— J'ai remarqué, admit-il avec détachement.

— Je vous ai remarqué aussi.

Ils s'étaient donc observés mutuellement. Nicholas préférait ne pas trop y penser. Il aurait dû rester à l'écart en attendant que la fièvre retombe. Au lieu de cela, il était là à mendier quelques minutes avec elle, comme un vagabond qui n'aurait nulle part où aller.

C'était ridicule. Il avait des douzaines d'autres femmes à sa disposition. Ce soir même, lady Whitmore lui avait fait des avances tout en dansant. Mais il n'était allé sur la piste que dans l'espoir de se retrouver près de Caroline.

Il avait décliné avec tact l'invitation de sa cavalière.

Et avait passé une heure à attendre Caroline dans sa voiture, pour se retrouver en tête à tête avec elle.

— Vous sentez les fleurs, murmura-t-il en traçant un sillon de baisers dans son cou.

— Nicholas...

— Non, ne dites rien.

Il prit ses lèvres et l'embrassa passionnément, pour éviter de parler. Les bras de Caroline glissèrent autour de son cou, et elle s'abandonna. Ses craintes avaient complètement disparu, songea-t-il en explorant sa bouche avec délices.

Le carrosse continuait sa route en cahotant, et leurs corps se pressaient l'un contre l'autre à chaque balancement de la voiture. Nicholas releva la tête, hors d'haleine.

Il fit glisser le tissu de sa robe sur son épaule, faisant jaillir un sein rond de son enveloppe de soie. Baissant la tête, il en taquina longuement la pointe du bout des lèvres.

Caroline laissa échapper un gémissement rauque.

Il sentit la caresse douce de ses doigts dans ses cheveux, et elle cambra les reins pour mieux s'offrir. Un lit aurait été plus confortable, songea-t-il en faisant glisser ses doigts à l'intérieur de ses cuisses. Mais il se contenterait du carrosse, puisqu'il ne pouvait pas avoir plus.

Alors qu'il relevait ses jupes, il eut une hésitation. Ce n'était pas le moment d'avoir mauvaise conscience, et pourtant il s'entendit murmurer, d'une voix tendue :

— Combien de fois faudra-t-il que je vous demande pardon de mon arrogance ? Voulez-vous de moi, Caroline ?

— N'ai-je pas l'air assez enthousiaste ? rétorqua-t-elle en riant.

— Vous ne l'étiez pas quand vous êtes montée dans la voiture.

— Je faisais objection à votre présence dans mon carrosse, mais je n'ai rien contre vous.

Elle se pencha pour l'embrasser sur la bouche, effleurant son torse de ses seins, et murmura :

— Maintenant que le risque est pris, autant aller jusqu'au bout. J'ai beaucoup pensé à vous, Nicholas.

— Je suis un égoïste. Le risque est pour vous, et je ne vous ai pas laissé le choix.

— Nous reparlerons de cela plus tard.

— Vous en êtes sûre ?

— Mon Dieu, oui, Nicholas… vite.

⁂

Autrefois, la puissance de l'homme qui la tenait dans ses bras l'aurait intimidée. Mais à présent, Caroline attendait avec impatience qu'il se soit débarrassé de ses vêtements.

Elle s'enivrait de l'idée qu'il avait envie d'elle, même si ce n'était qu'une union purement charnelle. Elle releva sa jupe jusqu'à la taille, et il la souleva au-dessus de lui. Leur corps se fondirent doucement.

Assise à califourchon sur lui, elle accéléra ses mouvements, guidée par les mains solides qui la tenaient par la taille. Il s'enfonça en elle avec impatience, et s'efforça de se contrôler.

Le balancement du carrosse rythmait leurs mouvements. Le parfum masculin et poivré de Nicholas l'enivrait et ramenait à sa mémoire des souvenirs du plaisir qu'ils avaient déjà partagé.

Les lèvres entrouvertes, elle s'efforça de réprimer un gémissement. Mais son plaisir était si violent qu'elle ne se souciait plus de savoir si Huw les entendait, ni même si toute la ville était témoin de leur folle passion. Et soudain, dans un éclair brûlant, elle atteignit le sommet du plaisir. Les mains crispées sur les épaules de Nicholas, elle étouffa un cri, pressant les lèvres contre sa veste de velours.

Au même moment, il enfonça les doigts dans sa chair et elle sentit son corps frémir. Ils demeurèrent un instant suspendus dans un nuage, unis dans l'extase.

Caroline se laissa retomber contre lui, sans force, à peine consciente de ses bras qui l'enlaçaient tendrement. Toujours intimement liés, ils attendirent que leur respiration reprenne un rythme normal. Puis Nicholas laissa échapper un rire grave.

— J'aimerais continuer de me promener en carrosse toute ma vie.

— N'hésitez pas à m'inviter, je vous accompagnerai avec plaisir.

— Ne me tentez pas. Vous l'avez sans doute remarqué, le sang-froid n'est pas mon fort quand vous êtes près de moi. Ce n'est pas ce genre de suggestion qui me tiendra à l'écart.

Jusqu'ici, elle avait eu l'impression que Derek avait eu une bonne idée en voulant attiser la jalousie de Nicholas. Cela semblait fonctionner. Mais peut-être ne ressentait-il qu'un désir sexuel pour elle ? Pourtant, la façon dont il la tenait blottie contre lui en disait long.

— Vous savez pour quelle raison je veux garder notre relation secrète, chuchota-t-elle.

— Oui.

— Mais vous n'êtes pas d'accord.

— Je vous comprends, mais cela ne me rend pas heureux.

— Sinon, vous ne vous seriez pas caché dans ma voiture.

— J'avoue que ce n'est pas le moyen que j'emploie habituellement pour rencontrer une dame.

La remarque fit à Caroline l'effet d'une douche glacée. Cela lui rappela qui il était, et lui donna la force de se redresser. Elle était toujours assise sur lui, et les volants de sa jupe étaient remontés sur ses cuisses.

— Je suis un peu... sur mes gardes, avoua-t-elle.

— Vous avez peur du scandale. Parce que je suis Rothay.

— Oui.

— Moi aussi, je suis méfiant, ma chère et glaciale lady Wynn.

Caroline haussa brièvement les sourcils. Un soupçon d'espoir surgit.

— Pourquoi cela ?

Il hésita quelques secondes.

— Pour commencer, si quelqu'un découvrait que je m'introduis dans les carrosses sans y être invité, ma réputation serait bigrement compromise. Aussi voyez-vous, avec moi votre secret est bien gardé.

Elle comprit qu'il avait renoncé à parler sérieusement.

Ravalant sa déception, elle se dit qu'il était le dernier homme au monde susceptible de tomber à genoux devant elle pour lui faire une déclaration. Elle lui avait donné ce qu'il voulait, et cela lui suffisait. Son désir était satisfait, il était content, elle représentait une distraction qu'il pouvait oublier d'une minute à l'autre. S'il avait été jaloux c'était en passant, comme un enfant qui voit quelqu'un d'autre jouer avec son jeu préféré.

— Je ne crois pas vous avoir remercié pour votre cadeau, murmura-t-elle. Mon majordome n'est pas enchanté d'avoir un chiot dans les jambes, mais j'avoue que je le trouve irrésistible.

— J'en suis ravi. C'est une adorable petite créature et vous m'aviez dit que vous en vouliez un.

— C'est très aimable à vous, dit-elle en lui effleurant la joue du bout des doigts.

— C'était peut-être une façon de vous acheter, pour rester dans vos petits papiers.

Il la souleva en souriant, la déposa à côté de lui, et donna trois coups au plafond du carrosse.

— J'ai demandé à votre cocher de me déposer loin de chez vous. Je prendrai un fiacre pour retourner au bal. Personne ne saura que nous avons passé un moment ensemble.

À part elle, songea-t-elle tristement.

Il valait mieux regarder la réalité en face. Lord Manderville s'était trompé. Quand Nicholas était arrivé au bal, il avait à son bras une femme plus âgée. La ressemblance entre eux était telle, qu'elle avait compris sur-le-champ qu'ils étaient mère et fils. L'arrivée de la duchesse douairière avait ébranlé la volonté de Caroline.

Il ne lui avait pas fallu longtemps pour soutirer quelques renseignements à son amie Melinda. Nicholas était l'unique fils de la duchesse. Le prochain héritier, dans l'ordre des successeurs au titre, était un lointain cousin qui résidait dans les colonies. Il était donc de première importance pour la famille que Nicholas ait un héritier. D'après Melinda, qui était friande de commérages, plus le duc approchait de la trentaine, plus il était cerné de près par les mères et leurs filles qui espéraient faire le mariage du siècle.

Une veuve stérile n'était sûrement pas l'épouse que l'élégante duchesse souhaitait pour son fils.

À supposer qu'elle puisse même l'amener à envisager le mariage. Elle risquait gros, pour une issue incertaine.

Mais quand le carrosse s'arrêta et qu'il l'embrassa longuement pour lui dire adieu, elle décida que cela valait la peine d'essayer.

21

Annabelle fronça les sourcils en voyant le nom sur la carte de visite. Elle connaissait à peine lady Wynn, cependant elle ne voyait aucune raison valable pour refuser de la recevoir.

En revanche, elle ne comprenait vraiment pas pourquoi la jeune veuve lui rendait visite.

— Faites-la entrer dans le salon, dit-elle au valet.

Thomas étant sorti et Margaret partie chez la modiste, il lui revenait de jouer les maîtresses de maison. Elle posa son livre et se leva en lissant les plis de sa jupe de mousseline. Elle était restée assise pendant des heures, plongée dans un roman qui lui avait fait oublier son chagrin.

Quelques instants plus tard, elle entra dans le salon où la visiteuse avait pris place dans un fauteuil de soie vert pâle. Très élégante dans une robe ivoire brodée de minuscules fleurs bleues, avec ses beaux cheveux noués en un lourd chignon, lady Wynn fixa posément sur elle son magnifique regard.

— Bonjour, mademoiselle Reid. Je vous remercie de m'avoir reçue.

— Bonjour madame. Vous êtes très aimable de nous rendre visite.

Elles avaient été présentées une fois, et se croisaient souvent dans les réceptions. Mais elles ne s'étaient jamais parlé, et Annabelle ne voyait pas du tout la raison de cette visite.

— Je viens vous trouver dans un but précis. J'espère que vous n'y verrez pas d'inconvénient.

De plus en plus perplexe, Annabelle prit place face à la jeune femme. Lady Wynn était à peine plus âgée, mais elle avait l'impression d'être une écolière à côté d'elle.

— C'est-à-dire ? demanda-t-elle.

— J'aimerais que ce que je vais vous dire reste entre nous.

— J'honorerai votre souhait, mais j'avoue que je suis intriguée. Nous sommes des étrangères l'une pour l'autre.

— Je pense que nous avons beaucoup de points en commun, dit lady Wynn avec un sourire mélancolique.

— Vraiment ? Comment cela ?

— Pour commencer, nous avons sensiblement le même âge. Et d'une certaine façon, nous sommes toutes les deux seules au monde. Vous, à cause de la mort de vos parents, et moi parce que mon père m'ignore. Enfin, j'ai épousé un homme que je n'aimais pas, et vous êtes sur le point de faire la même chose.

Annabelle se raidit et pinça les lèvres.

— Comment pourriez-vous savoir ce que j'éprouve pour lord Hyatt ?

Caroline ne fut pas troublée par le ton acerbe de la remarque.

— Je ne le sais pas. C'est pourquoi je suis venue parler avec vous.

L'explication ne fit rien pour éclairer Annabelle.

— Veuillez me pardonner, madame, mais je ne vois pas en quoi cela vous concerne.

— Mon mariage a été terrible, répondit lady Wynn sans se troubler. Je ne souhaite à personne de vivre ce que j'ai vécu.

— Il n'y a rien d'effrayant chez Alfred.

Sauf ce baiser dénué de passion, ajouta une petite voix insidieuse.

— Je suis d'accord. Pour autant que je puisse en juger c'est quelqu'un de bien, concéda lady Wynn avec un léger soupir. Mais l'aimez-vous ?

Personne ne lui avait posé cette question. Personne. Ni son tuteur, ni Margaret, ni même Alfred. Désarmée, elle ne sut que répondre. Un silence s'installa.

— Je vois, finit par murmurer lady Wynn.

— Il est gentil.

— C'est en effet l'impression qu'il donne.

— Et généreux.

— J'en suis sûre.

— Et convenable.

Oh, zut ! Comment avait-elle pu utiliser ce mot horrible ? Comme si le fait d'être convenable était une qualité extraordinaire !

— Il est convenable, confirma Caroline Wynn avec un pâle sourire.

Pourquoi cela lui arrivait-il ? Pourquoi une femme qu'elle ne connaissait pas faisait-elle irruption chez elle pour attiser ses doutes ? Le moment n'aurait pu être plus mal choisi.

À moins que cela ne tombe pile.

Annabelle se leva, alla s'accouder au piano, et prit une longue inspiration.

— Puis-je vous demander pourquoi vous vous sentez concernée par cette affaire ?

Lady Wynn eut une légère hésitation, avant de déclarer :

— Lord Manderville m'a priée de parler avec vous.

Derek. Qu'il aille au diable !

Annabelle se tourna lentement, comme un automate, et fixa lady Wynn. Bien sûr. Elle était exquise, avec ses beaux cheveux, sa silhouette voluptueuse. La tentation incarnée pour un homme comme le comte de Manderville.

— Il vous a envoyée plaider sa cause ?

— Ai-je plaidé ?

Ce n'était pas le cas, lady Wynn marquait un point. Mais Annabelle n'en était pas moins outrée.

Et jalouse. Un poids aussi lourd qu'une balle de plomb se logea au creux de son estomac.

— Je n'ai jamais entendu de ragots à votre sujet, madame, mais je devine quel genre d'amitié vous lie à Derek Drake. Vous êtes femme et désirable, c'est tout dire.

Lady Wynn, parfaitement calme, secoua la tête.

— Il ne m'a jamais touchée. Et ce qui est plus important, il n'a même jamais essayé.

— Alors, comment pouvez-vous être son amie ?

Les joues de la jeune veuve rosirent.

— C'est une histoire compliquée. Pour être brève, je pense que c'est un homme extrêmement correct, et qu'il est sans aucun doute possible très amoureux de vous. D'où ma présence ici. Il m'a demandé d'intercéder auprès de vous car de son propre aveu, son charme légendaire ne semble pas agir.

— Vous vous trompez sur lui, madame. C'est une infâme canaille, sans une once de moralité.

L'affirmation manquait de conviction. Annabelle le revit dans sa chambre, en train de lui faire sa déclaration. *Je vous aime...*

Elle voulait tellement le croire. Elle était aux anges. Et c'était l'enfer de ne pas savoir s'il disait vrai... Quoi qu'il en soit, ses doutes sur le bien-fondé de son mariage avec Alfred se révélaient maintenant bien réels.

— Je comprends que la réputation du comte vous fasse réfléchir. Cela signifie que vous ne vous intéressez pas seulement à son physique, à son titre, ou à sa fortune. Il n'est pas parfait. Mais parfois, ce sont les gredins que nous préférons, et nous en tombons amoureuses.

— Parlez-vous d'expérience, lady Wynn ?

⁂

Le regard de la jeune fille était vaguement accusateur. Ses yeux bleus étaient sombres, et elle tenait les poings serrés.

Il avait fallu une bonne dose de détermination à Caroline pour franchir la porte des Drake, et il lui serait encore plus difficile d'avouer son amour pour Nicholas Manning. Cependant, elle avait promis à Derek de l'aider, et à en juger par l'expression d'Annabelle Reid, il ne s'était pas trompé sur ses sentiments à son égard. Sa posture trahissait un sentiment de vulnérabilité, et elle se tenait clairement sur la défensive.

Il ne lui était donc pas indifférent, bien au contraire.

— Absolument, confirma-t-elle avec un détachement feint. Néanmoins, je ne suis pas là pour parler de ma propre folie, mais de la vôtre. Pensez-vous pouvoir épouser lord Hyatt sans jamais regretter votre décision ?

— Si je ne croyais pas que c'était un bon choix, je n'aurais pas accepté sa demande.

— Pardonnez-moi, mais je ne décèle aucun idéal romantique dans vos paroles.

— J'ai eu un idéal autrefois, lady Wynn. Je me suis aperçue qu'il était fondé sur une fable, un mythe sorti de mon imagination. Puisqu'il est évident que Derek vous a parlé de moi, vous devez savoir que je me suis crue amoureuse de lui, pendant un certain temps. Son allure et son charme m'avaient tourné la tête, avant même que j'aie fait mon entrée dans le monde. C'est vous dire si j'étais naïve. Je rêvais, en croyant qu'un jour mes sentiments seraient payés de retour. Je connaissais sa réputation, mais je ne voulais pas y penser. Comme une idiote, je croyais qu'il changerait.

— Je vous comprends parfaitement, murmura Caroline.

Annabelle secoua la tête en songeant à un lointain souvenir. Ses yeux brillèrent et elle battit les paupières.

— Je me trompais.

— Il m'a raconté sa version de l'histoire. Je crois qu'il regrette sincèrement de vous avoir blessée et d'avoir perdu votre estime.

Lord Manderville ne s'était pas épargné, s'accusant d'avoir été insensible et égoïste. L'aveu avait dû coûter beaucoup à un homme tel que lui, mais sa sincérité s'expliquait. Il avait désespérément besoin d'aide. Même si Caroline ne lui avait pas promis son soutien, l'expression abattue d'Annabelle Reid l'aurait émue.

Elle savait trop bien ce que la jeune fille ressentait.

— Oui, il m'a fait souffrir, reconnut cette dernière. Et il a perdu mon estime.

— Vous pensez que lord Hyatt peut réparer le mal que Derek vous a fait ?

Les mots semblèrent flotter dans le silence qui suivit.

— Je crois qu'il sera un bon mari, finit par déclarer Annabelle d'un air digne. Il me donnera des enfants, et nous nous entendrons bien. Il n'est pas amoureux de moi non plus, pour autant que je puisse en juger. Et honnêtement, j'en suis heureuse. Cela signifie que nous recherchons exactement la même chose dans le mariage. Un compagnon et une vie de famille.

— Vous renoncez donc à la passion ? Imaginez que vous n'ayez pas d'enfants. Je suis bien placée pour vous dire que rien n'est garanti sur ce plan. Il n'y aura plus que vous deux, en tête à tête, pour toujours.

— Nous sommes amis, protesta faiblement Annabelle.

— Ce qui est agréable, j'en conviens. Mais cela ne suffit pas.

Caroline n'avait pas pour habitude de parler de ses sentiments. Néanmoins, elle s'encouragea à être d'une totale franchise. Après tout, elle était venue ici de son plein gré, pour parler de sujets très personnels.

— Je n'ai jamais révélé à quiconque la vérité sur mon mariage, mais je vais le faire avec vous. Je ne savais absolument pas à quoi m'attendre, et le résultat fut désastreux. Nos cas sont assez similaires pour me pousser à vous aider. Cependant, si votre décision est ferme et définitive, je me retirerai sans insister.

Pendant quelques instants, Annabelle sembla en proie à un combat intérieur. Elle finit par revenir s'asseoir en face de Caroline, sur un canapé de brocart.

— Je ne sais pas exactement pourquoi, mais je tiens à vous écouter.

Peut-être par lâcheté, Caroline avait espéré être congédiée. Ainsi, elle n'aurait pas été obligée de parler de quelque chose qu'elle voulait oublier. Elle hocha doucement la tête et détourna les yeux, prenant le temps de maîtriser les divers sentiments qui l'agitaient. Elle s'éclaircit la gorge, et sourit.

— Cela risque d'être un peu embarrassant, mais je vais faire de mon mieux. Disons simplement pour commencer que l'intimité entre un homme et une femme est une chose délicate. Un homme peut la rendre choquante, abominable à vivre. Un autre en fera une expérience divine, plus agréable que tout ce que vous pouvez imaginer. J'espère que vous ne me jugerez pas trop durement si je vous dis que j'ai vécu les deux cas de figure, alors que je n'ai été mariée qu'une fois.

Annabelle posa sur elle ses yeux bleus d'une infinie douceur.

— Si votre mari vous a fait souffrir autant, je ne vous blâmerai point d'avoir cherché une consolation ailleurs, madame.

— Très franchement, mon mari était un être terrible. Et une femme n'est jamais aussi vulnérable que lorsqu'elle doit se soumettre aux besoins sexuels d'un homme. Ayant été protégées tout au long de notre jeunesse, nous ne sommes pas conscientes de la force qu'ils possèdent par rapport à nous. Nous ne savons rien non plus de l'acte lui-même. Ceci est un grand mystère que l'on nous cache, car c'est un sujet de conversation totalement inconvenant.

Les joues d'Annabelle rosirent.

— Margaret elle-même ne veut rien me dire. Elle m'a promis de m'expliquer avant le mariage.

Malgré une différence d'âge minime, Caroline était beaucoup plus informée que la jeune fille. Elle avait payé cher cette expérience.

— Insistez pour qu'elle le fasse. Sinon, adressez-vous à moi. Quelques mises en garde peuvent vous être d'une grande utilité. Mon but n'est pas de vous décrire l'acte en détail, mais de vous exposer les sentiments que cela implique. Il faut avoir une grande confiance en votre futur compagnon. Vous imaginez-vous nue dans un lit avec lord Hyatt pour le restant de vos jours ? Pouvez-vous l'imaginer touchant votre corps, y compris les endroits les plus secrets de votre intimité ? Avez-vous envie d'être dans ses bras, et de l'embrasser ? Ou bien vous le représentez-vous uniquement en train de vous passer les plats à la table du petit déjeuner ?

— J'ai songé au devoir conjugal, évidemment, répondit Annabelle, rouge comme une pivoine.

— Le devoir ? L'acte d'amour ne devrait rien avoir à faire avec le devoir. Ne vous mentez pas à vous-même.

Caroline avait dû toucher un point sensible, car Annabelle rétorqua, sur un ton défensif :

— La plupart des mariages ne sont pas fondés sur l'amour mais sur le bon sens.

— En effet. Et regardez le résultat. Les époux, hommes et femmes, vont voir ailleurs dans l'espoir de trouver ce qu'ils n'ont pas chez eux. Comment croyez-vous que Rothay et Manderville ont bâti leur réputation ? Ce n'est pas en séduisant les jeunes filles qui cherchent un époux. Si c'était le cas, ils seraient mariés depuis longtemps. Ils ont même eu le toupet de faire ce pari scandaleux, et toute la bonne société trouve cela amusant.

Annabelle garda les yeux obstinément fixés sur le tapis.

— Derek prétend qu'il a fait ce pari alors qu'il s'était enivré, à cause de mes fiançailles.

— J'ai eu la confirmation que c'était la vérité.

À peine eut-elle prononcé les mots qu'elle le regretta. Annabelle n'était pas stupide. Elle darda sur elle un regard aiguisé.

— Le duc ?

Décidément, elle avait trop parlé. Réprimant une grimace de contrariété, elle s'efforça de restituer son image de veuve froide et inaccessible.

— Peu importe comment je le sais. Je le crois. Et vous ? Derek Drake dit qu'il vous aime. Avec son titre et sa fortune, c'est un excellent parti. En outre, vous venez de me dire que vous n'étiez pas amoureuse de lord Hyatt.

Annabelle eut un geste d'impuissance.

— Dois-je rompre mes fiançailles, parce qu'il existe une chance que Derek soit sincère ? Je suis convaincue qu'il ne pourra jamais être fidèle. Qu'est-ce qu'un homme comme lui peut bien connaître de l'amour ?

— Je pense..., commença Caroline en choisissant soigneusement ses mots, qu'avec sa grande expérience, il sait faire la différence.

— Une vaste expérience, en effet, marmonna Annabelle, pensive. Dites-moi, lady Wynn, si vous étiez à ma place, est-ce que vous le croiriez ? Renonceriez-vous à la sécurité d'un mariage avec un homme sérieux, pour miser tous vos espoirs sur un libertin notoire ? Il a été impliqué récemment dans un divorce scandaleux, son nom a été associé à celui d'une femme adultère. Il prétend être innocent, cela peut être vrai... ou non.

Caroline secoua la tête.

— On ne peut se fier aux ragots, et il n'y a aucune preuve que ces accusations soient fondées.

— Je vous l'accorde, répondit Annabelle, les lèvres tremblantes. Mais même s'il croit m'aimer, qui peut me garantir que cela durera ?

L'argument était valable. Caroline demeura coite.

Annabelle continua, comme si elle se parlait à elle-même :

— Il se sent coupable envers moi, il me l'a avoué. Il a trouvé une façon de réparer sa faute et de se faire pardonner. Je ne suis pas sûre de vouloir oublier, et le problème de son inconstance est très important pour moi.

— Je sais.

Caroline comprenait fort bien. Tomber amoureuse d'un homme de la réputation de Manderville pouvait comporter des conséquences inattendues. Le duc de Rothay lui, ne lui avait même pas fait de déclaration. La situation était donc encore plus délicate pour elle.

Elles se dévisagèrent un moment, et Annabelle sourit.

— Puis-je vous offrir un verre de sherry, lady Wynn ?

— Avec plaisir, ma chère. Appelez-moi Caroline.

⁂

Ma très chère Annie,

Je ne sais pas même si j'ai le droit de vous demander pardon pour ce qui s'est passé à Manderville Hall il y a quelques mois. Je me suis longuement posé la question, sans trouver de réponse. J'aimerais pouvoir effacer le souvenir de votre expression au moment où vous avez quitté la serre ce soir-là. Si je pouvais revenir en arrière et supprimer l'acte qui a causé votre réaction, je le ferais. Je suis plus vieux que vous, mais apparemment, les années ne m'ont pas apporté la sagesse.

Le souvenir de votre baiser est irrésistible. Je devrais vous demander pardon pour cela aussi, mais en toute honnêteté, je ne regrette pas de vous avoir embrassée. Je regrette seulement ma conduite par la suite. J'implore humblement votre pardon.

Je ne saurais vous dire à quel point je souhaite vous voir me sourire de nouveau.

Je vous prie de croire en ma profonde sincérité.

Derek Drake, sixième comte de Manderville

Ce jour, le 21 novembre, 1811

Les mains tremblantes, Annabelle laissa échapper la feuille de papier qui tomba sur le sol en virevoltant.

Que se serait-il passé si elle avait lu cette lettre lorsqu'elle l'avait reçue ? Cela n'aurait rien changé, car à ce moment-là, elle était encore sous le choc. Néanmoins, le fait de l'avoir gardée était significatif. Tout ceci n'était-il pas arrivé un peu par sa faute ? Derek n'avait jamais demandé à devenir son chevalier servant, son prince charmant, le héros de ses rêves de petite fille. Il n'était qu'un homme, et il n'était pas infaillible.

Elle avait construit une image de lui qui n'était pas la réalité. Et quand il ne s'était plus conformé à l'idée qu'elle avait de lui, son monde avait volé en éclats. Il n'était pas totalement innocent, songea-t-elle en revoyant la comtesse dans ses bras. Mais il n'était peut-être pas entièrement fautif non plus.

La différence, c'était qu'il lui avait présenté des excuses.

Elle n'avait pas su en faire autant.

22

L'atmosphère de la salle était étouffante. Derek s'agita nerveusement dans son fauteuil, et sentit poindre un mal de tête. La séance était interminable. Lord Norton finit par remarquer l'épidémie de bâillements qui se répandait parmi ses auditeurs et se résigna à conclure sans avoir émis une idée valable.

À en juger par la hâte avec laquelle les pairs quittèrent la Chambre des lords, Derek n'avait pas été seul en proie à un mortel ennui. Ce fut un soulagement lorsqu'il se trouva dehors.

Lady Wynn l'avait informé par une petite note que son entrevue avec Annabelle s'était bien déroulée et qu'elle avait fait de son mieux.

Si bien que Derek se trouvait confronté à deux possibilités. Soit enfiler son ridicule costume d'artisan et rendre visite en cachette à Caroline pour lui demander des détails, soit escalader de nouveau la façade pour s'introduire dans la chambre d'Annabelle et lui parler directement. Aucune de ces deux idées ne le séduisait.

Derek n'avait jamais été imprudent. Sauf quand il embrassait des jeunes filles innocentes dans les bibliothèques ou entrait dans leur chambre par la fenêtre.

Bien, admettons qu'il lui arrivait d'être téméraire.

Bon sang !

Mais il ne voulait pas perdre tout espoir. Si Caroline avait échoué, si elle n'avait pas pu convaincre

Annabelle parce que lui-même avait déjà tout gâché, eh bien, il pouvait tout de même encore aider Nicholas.

Rothay House était l'une des maisons les plus imposantes de Mayfair. Elle dominait Grosvenor Square, avec ses balcons sculptés, ses portes magnifiques et sa façade de pierre digne d'un palais. Il ordonna à son cocher de l'attendre, et gravit les marches du perron en espérant que Nicholas ait quitté le Parlement avec autant de hâte que lui. Le majordome l'informa que le duc venait de rentrer, si monsieur le comte voulait bien se donner la peine d'attendre dans le bureau, comme d'habitude…

Derek obtempéra et se servit un verre avant de s'installer dans son fauteuil préféré près de la cheminée. Il régnait dans la pièce une odeur familière de whisky et de vieux livres.

— Ce n'est pas que je n'ai pas envie de te voir, mais ne venons-nous pas de passer un après-midi exténuant ensemble ? lança Nicholas en entrant. Si tu es venu discuter du projet de lord Norton, j'avoue avoir perdu le fil de son discours assez rapidement.

— Non, ce n'est pas cela, répondit Derek en riant. Franchement, quand le Premier ministre lui-même se met à ronfler, on est sûr de perdre l'attention de tout le reste de l'auditoire.

— Exact.

Nicholas s'assit derrière son bureau et étendit les jambes, le visage fermé.

— Tu n'es donc pas venu parler de politique ?

— Non. Je pars lundi avec Caroline. J'ai réservé une chambre dans une auberge discrète près de Aylesbury. Parfait pour un rendez-vous secret. Tout est prêt.

Le duc de Rothay ne broncha pas, mais une lueur passa dans son regard. Il y eut une pause infinitésimale.

— Que le meilleur gagne.

— C'était ton intention dès le début, n'est-ce pas ?

— *Notre* intention, rectifia Nicholas, plus détaché que jamais.

— Tu n'as pas d'objections ?

— Pourquoi en aurais-je ?

Pourquoi, en effet ? C'était la question du jour. Derek n'était pas dupe.

— Tu semblais sous le charme, quand tu es revenu.

— Je l'étais. Cela m'a passé.

Nicholas disait-il vrai ? Sûrement pas. Sa nonchalance était étudiée. La perfidie d'Helena avait laissé des traces.

— Après cela, nous serons enfin débarrassés de ce pari ridicule, reprit Derek d'un ton rêveur. C'était une idée stupide, et cela nous a rendu la vie impossible.

— Je suis entièrement d'accord.

— La semaine prochaine l'affaire sera réglée, et nous n'en parlerons plus.

— Tu vas la trouver ravissante, ajouta Nicholas en changeant de position dans son fauteuil.

— Je suppose, oui.

Derek avala une gorgée de whisky. Nicholas ouvrit la bouche pour parler, puis se ravisa. Silencieux, il pianota du bout des doigts sur le bureau, et s'arrêta brusquement en s'apercevant que ce geste trahissait sa nervosité.

Il se livrait une guerre intérieure. S'il demandait à Derek de renoncer au pari, il avouait du même coup ses sentiments pour Caroline.

Convaincu que tout fonctionnait selon ses plans, Derek se leva.

— Je passais simplement pour t'informer que tout était en place. Cela fait maintenant deux semaines que vous êtes revenus de votre séjour en Essex, n'est-ce pas ?

— Onze jours. Environ, ajouta Nicholas, conscient que la précision de sa réponse était suspecte.

Derek eut du mal à réprimer un rire.

— Nous verrons bien ce que pense la dame, quand tout sera terminé, ajouta-t-il, enfonçant le couteau dans la plaie.

— Je suppose.

— Gare à toi, Nicholas. Elle t'aura oublié dès le premier soir !

Son ami n'eut pas un battement de cils. Mais son don de la repartie semblait l'avoir déserté.

Derek partit, en se disant que les graines étaient semées. Porteraient-elles leurs fruits ?

⁂

L'atelier était plein de rouleaux de tissus, de petites couturières qui jacassaient, le tout dans une odeur de gardénia, le parfum entêtant de la patronne des lieux. Une jeune fille brune agenouillée devant Annabelle ajustait l'ourlet de sa robe.

La fiancée se tenait droite, les mains croisées, la gorge nouée.

— C'est magnifique, madame DuShane, s'exclama Margaret avec un sourire approbateur. Tu vas être belle comme un ange, ma chérie.

Le mot *ange* évoqua pour Annabelle un homme aux cheveux d'or, qui était loin d'être un saint. Un homme aux yeux d'un bleu clair comme un ciel d'été, au sourire si envoûtant qu'aucune femme ne pouvait lui résister.

Pourquoi pensait-elle à Derek Drake en essayant sa robe de mariée ?

Annabelle pivota pour se regarder dans le miroir. Oui, le modèle était ravissant. La jupe de satin bleu glacier recouverte de dentelle donnait à l'ensemble une allure vaporeuse. La taille était resserrée et le corsage ne dévoilait que très légèrement la courbe de ses seins. De petites perles cousues le long du col et des manches scintillaient à la lumière.

L'effet était splendide.

En revanche, Annabelle se trouva affreuse. Elle était d'une pâleur mortelle, des cernes soulignaient ses yeux. Ses lèvres se mirent à trembler et elle lutta contre une soudaine envie de pleurer.

Pourquoi avait-elle lu cette lettre ?

Le reflet de Margaret apparut derrière elle, dans le miroir.

— Annabelle ?

— Je ne peux pas, chuchota la jeune fille.

— Ma chère enfant, reprit Margaret, effarée, je...

— Je ne peux pas épouser Alfred. Je suis désolée... tellement désolée...

Mme DuShane, une femme au menton pointu et aux yeux perçants, leva les mains d'un air mélodramatique.

— Il est bien naturel d'être nerveuse avant le mariage, non ? Cela passera. Vous êtes magnifique dans cette robe. Votre fiancé tombera à la renverse en vous voyant.

Annabelle eut une folle envie de rire à l'idée qu'un morceau de tissu pouvait inspirer à Alfred des sentiments qu'il n'avait jamais éprouvés jusque-là. Les poings serrés, elle secoua la tête.

— Je ne suis pas nerveuse, madame. La robe est très belle, mais je ne la porterai pas.

— Ma chérie, une de ces jeunes filles va t'aider à l'enlever, déclara vivement Margaret, consciente qu'elles se trouvaient dans un lieu public. Nous en parlerons à la maison, et nous reviendrons plus tard pour un dernier essayage.

Annabelle se déshabilla rapidement et remit sa robe jaune, qu'elle avait choisie le matin en espérant que la couleur lui réveillerait le teint et le moral. Elle suivit Margaret jusqu'au carrosse, et sa mère adoptive demanda au cocher de les ramener à la maison.

Annabelle s'attendait à subir un sermon. Toutefois, Margaret se contenta d'expliquer posément :

— Mme DuShane est une excellente couturière, mais c'est aussi une commère. Dès que nous serons rentrées tu iras parler à Thomas, afin que lord Hyatt soit informé de ta décision avant que le bruit ne se répande en ville. Alfred est un gentil garçon, il ne faut pas l'humilier.

Margaret avait raison, naturellement. Seigneur, pourquoi la vie était-elle si compliquée ? Pourquoi n'aimait-elle pas son fiancé ?

— Vous n'êtes pas étonnée ?

— Ma chère Annabelle, j'ai des yeux pour voir. Ne t'ai-je pas demandé, lors du dernier essayage, si tu souhaitais vraiment te marier ?

— En effet, murmura-t-elle, au bord des larmes.

— Quand une jeune fille devient d'une pâleur verdâtre chaque fois qu'elle essaye sa robe de mariée, c'est que quelque chose ne tourne pas rond.

— Je sais.

— Je suis contente que tu t'en sois rendu compte avant la cérémonie.

— C'est grâce à lady Wynn.

— Lady Wynn ? C'est curieux, j'ignorais que vous étiez amies.

— Nous ne l'étions pas, avant sa visite de l'autre jour, balbutia Annabelle, trop troublée pour tenir sa langue. C'est une amie de Derek.

L'expression de Margaret refléta nettement son scepticisme.

— J'en doute, mon enfant. Je n'ai pas entendu de papotages à leur sujet.

— Elle n'est pas sa maîtresse. Elle m'a affirmé qu'il ne l'avait jamais touchée, expliqua Annabelle, sans se soucier de la bienséance qui aurait dû lui interdire ce genre de conversation.

— Doux Jésus, murmura Margaret. Vous avez dû avoir une discussion très intéressante. Cela m'intrigue, mais je suis soulagée. J'étais inquiète pour toi, et Thomas également.

— Vous êtes trop bonne, comme toujours, murmura Annabelle, les yeux fixés au sol.

— Pas du tout. Tu as toujours été comme une fille pour nous. Nous aimons beaucoup Derek, aussi. Mais il est toujours délicat d'intervenir dans la vie des autres. J'ai essayé de te laisser prendre ta propre décision. Je dois dire que cela n'a pas été facile.

Donc... ils savaient. Son admiration pour Derek, les sentiments qu'il prétendait éprouver pour elle, la désillusion qui l'avait anéantie...

Ils savaient qu'elle avait eu le cœur brisé. Et elle qui croyait avoir su le leur cacher !

— Comment pourrais-je faire confiance à un homme de sa réputation ? Un homme qui a fait cet ignoble pari, sur son... ses... enfin...

Elle s'empourpra, incapable d'en dire davantage. Margaret la regarda avec un mélange d'indulgence et de compréhension.

— Les jeunes hommes... ou plutôt, les hommes en général, ne sont pas très prudents.

— C'est peu dire, admit Annabelle.

— Un peu comme les jeunes filles qui acceptent d'épouser un homme qu'elles n'aiment pas, juste pour une absurde question d'amour-propre.

— Ce n'est pas la même chose.

— Explique-moi la différence.

— C'est ce que je fais.

Margaret se pencha et lui tapota les mains, qu'elle tenait toujours serrées sur ses genoux.

— L'amour fait des miracles, mon enfant. Ne l'oublie pas.

23

La sensation d'un ongle glissant sur son torse nu lui fit ouvrir les yeux. Nicholas cligna les paupières, voulut s'asseoir, et retomba en arrière.

— Seigneur, quelle heure est-il ?

— Onze heures, mon chéri.

— Damnation ! Est-ce vrai ?

Elaine Fields fit entendre un rire mélodieux.

— Oui, c'est vrai. Te rappelles-tu ce qui s'est passé hier soir ?

Il regarda la jeune femme assise au bord du lit. La chambre était rose. Des rideaux roses, du papier-peint rose, des bibelots roses. Un parfum de rose. Il devait y avoir du soleil, car la lumière du jour dessinait de grands carrés lumineux sur le tapis rose, à travers les tentures. Il avait mal à la tête, et les lèvres sèches.

— Pas beaucoup, avoua-t-il.

Elaine haussa ses jolis sourcils. C'était une belle rouquine aux formes opulentes. Elle avait une dizaine d'années de plus que lui, et bien qu'ils aient eu une brève liaison quelques années auparavant, ils avaient réussi à rester amis.

— Cela ne m'étonne pas, murmura-t-elle. Je t'ai rarement vu ivre à ce point, Nicky. J'aurais dû m'en rendre compte quand tu es arrivé et que tu n'as cessé de te servir du brandy. Tu vas avoir la gueule de bois.

Celle-ci se faisait déjà sentir. Que diable s'était-il passé pendant la nuit ? Comment s'était-il retrouvé dans le lit de son ancienne maîtresse ? Il s'était rendu à une petite soirée, avait écouté une horrible fillette massacrer du Bach sur son piano, et puis… Était-ce Manderville qui avait suggéré de se rendre dans un tripot ? Peut-être, il ne s'en souvenait pas…

— J'espère que je n'ai pas été trop grossier ?

— Pas du tout. Je n'avais jamais eu une conversation aussi intéressante de toute ma vie.

— Une conversation ?

Tout en parlant, il prit conscience de deux choses. Tout d'abord, il était torse nu mais il avait encore son pantalon. Quelqu'un avait eu la bonté de lui ôter ses bottes, sans quoi il aurait dormi avec. Ensuite, Elaine avait apporté du thé. Il n'avait jamais été aussi content de voir une théière fumante.

— Tu es très philosophe, mon chéri, dit-elle en le servant.

Il s'assit au prix d'un effort considérable, et accepta la tasse qu'elle lui tendait.

— Bon d'accord, vas-y, marmonna-t-il en avalant une gorgée de thé brûlant. Qu'est-ce que j'ai dit ?

Vêtue de sa chemise de soie bronze ornée de dentelle, Elaine se renversa en arrière avec un air malicieux.

— Tu as tenu à avoir une grave discussion sur un sujet particulier. Moi qui avais toujours cru que tu n'y pensais même pas !

L'amour. Elle n'eut pas besoin de préciser, il avait deviné.

— J'étais ivre.

— En effet. Tu devais l'être, car tu m'as même dit son nom. J'avoue qu'au début j'ai eu du mal à le croire.

Diable ! Il avait rompu sa promesse. Il savait pouvoir faire confiance à Elaine, mais son mal de tête empira.

— Ce n'est pas la peine de faire cette tête, dit-elle avec un rire doux. Je ne parlerai à personne de ta relation avec lady Wynn.

— Merci. Je suis désolé de t'avoir importunée avec mes délires d'ivrogne.

— Je t'en prie. Était-ce vraiment un délire ? Tu paraissais tellement sincère !

— Sincère ? Comment cela ?

Comment savoir ce qu'il avait dit ? Il ne se rappelait même pas comment il avait atterri dans la chambre rose !

— Tu disais que tu étais tombé follement amoureux de la distante lady Wynn.

— J'ai dit cela ?

Elaine acquiesça, avec un sourire tranquille.

— Et tu avais l'air de le penser.

— C'est le brandy. Ça rend stupide.

— Oui, mais c'est aussi un sérum de vérité. Pourquoi la laisses-tu partir une semaine avec Manderville, si ça te met dans cet état ? Pourquoi ne lui dis-tu pas simplement la vérité ?

Le désastre était complet. Non content de raconter leur séjour en Essex, il avait aussi parlé du pari et du rôle que Caroline avait joué. *Bon sang de bonsoir*...

Il avala une longue gorgée de thé qui lui brûla le palais et l'œsophage.

— Si je pouvais connaître la vérité, je la lui dirais.

— Mais c'est justement cela ton problème, mon chéri ! Tu la connais, la vérité.

Nicholas avait l'impression que sa tête était une boule de plomb. Il continua de boire son thé, en cherchant comment réparer le mal qui était déjà fait.

— Elaine, je n'étais pas dans mon état normal. J'admets que Caroline est différente. Elle m'a fasciné, et en plus c'était merveilleux au lit, avec elle. Mais si son nom était associé au mien, sa respectabilité en pâtirait.

Je la comprends. Donc, à moins que je ne la demande en mariage, tout est fini entre nous.

Un silence suivit cette affirmation.

Avait-il vraiment prononcé le mot mariage ?

Oui.

Enfer et damnation.

— Elle ne veut pas se remarier. Elle me l'a dit très clairement.

— Si elle a accepté de partir en Essex avec toi, cela signifie qu'elle n'est pas décidée à éviter les hommes indéfiniment. À ce que j'ai compris, tu l'as fait changer d'avis, mon chéri. Vous vous êtes… bien entendus ?

Nicholas frotta ses tempes douloureuses.

— Oui, et qui sait ? Elle s'entendra peut-être aussi bien avec Derek.

C'était une torture de les imaginer ensemble. Son visage se crispa en une grimace involontaire.

— Veux-tu écouter le conseil que je t'ai donné la nuit dernière, maintenant que tu es en état de t'en souvenir ? demanda gentiment Elaine.

— Étant donné que j'ai eu le toupet de débarquer chez toi sans être invité, de boire comme un trou et de m'effondrer dans ton lit, il serait grossier de refuser, concéda-t-il avec un sourire penaud.

— Il faut que tu oublies Helena une bonne fois pour toutes.

Le sourire s'évanouit.

— Tu accordes trop d'importance à une chose que j'ai oubliée depuis longtemps, énonça-t-il avec froideur.

— J'en doute. C'est même la raison pour laquelle tu as échoué dans mon lit. Quand tout a été fini entre vous, tu es devenu le Duc Diabolique.

— J'étais stupide à l'époque, et apparemment ça n'a pas changé.

Il finit son thé, hésita à prendre un scone sur le plateau, et renonça. Il suffisait qu'il pense à Helena pour avoir l'estomac noué.

— Elle t'a trahi.

C'était vrai. Il avait éprouvé une intense passion pour Helena, et elle avait détruit son amour. Elle était veuve et séduisante, et l'avait envoûté, mêlant la provocation à une attitude de femme faible, seule au monde.

Sauf qu'elle n'était pas seule. Quand il l'avait découvert, son monde avait basculé.

C'était une bonne leçon. Les belles dames vulnérables ne pouvaient vous apporter que du chagrin. Et maintenant, une autre veuve apparaissait dans sa vie, et en dépit de son expérience il se comportait une fois de plus comme un écolier naïf.

Non, Caroline n'avait rien de commun avec Helena.

— Ne parlons plus de cela, dit-il en s'asseyant au bord du lit. Où diable sont passées mes bottes ?

— Tu devrais en parler avec elle.

— Je ne la connais même pas depuis un mois.

L'ombre d'un sourire flotta sur les lèvres d'Elaine, et elle alla ramasser les bottes oubliées dans un coin.

— S'il t'a fallu si peu de temps pour éprouver de tels sentiments, c'est plutôt bon signe. Elle est parfaite pour toi, si tu veux mon avis.

— Je ne le veux pas, bougonna-t-il en enfilant une botte.

— Pourtant, la nuit dernière, il semblait t'intéresser.

— Je me marierai par devoir. Je ne peux pas choisir une femme qui non seulement refuse le mariage, mais qui selon toute apparence est stérile. J'ai juste un penchant pour elle, cela passera. Cela passe toujours.

— Je crains fort qu'Helena ne te pousse à faire la deuxième erreur de ta vie.

⁂

Caroline descendit du carrosse et regarda prudemment autour d'elle. Elle ne vit qu'une longue rue tranquille, et des toits de chaume. Un lieu incongru pour un rendez-vous qui faisait jaser tout le gratin londonien !

L'auberge elle-même était petite et discrète, avec une enseigne accrochée de guingois et délavée par les intempéries.

Huw ne dit rien, et l'escorta jusqu'à la porte. Avant de repartir, il marqua une pause.

— Madame ?

Caroline balaya la salle d'un coup d'œil. Des tables simples, un parquet propre.

— Oui ?

— Vous êtes sûre de vouloir faire cela ? demanda Huw dont le teint avait viré au rouge brique.

Naturellement, après le séjour au manoir de Tenterden, il avait tout deviné. Il demeura là, son chapeau à la main, l'air à la fois inquiet et embarrassé. Il était touchant.

— Ce n'est pas à moi de vous le dire, madame, mais le duc... il ne serait pas content de vous savoir là.

Caroline s'empourpra, mais se hérissa à l'idée que Rothay avait son mot à dire dans ce qu'elle faisait. Après tout, il ne lui avait pas fait de déclaration.

Il la désirait, ce qui était tout à fait différent.

Caroline sourit tristement.

— Pourquoi croyez-vous que je suis là ? J'espère bien que le duc ne sera pas content du tout.

Le valet comprit et un sourire se dessina sur son visage rougeaud.

— Je vois, madame, dit-il, soulagé.

Elle revit les deux hommes en train de discuter des chevaux, au manoir. Le duc s'était adressé au valet avec une sorte de camaraderie, comme s'ils étaient égaux.

Huw aimait bien le duc. Elle l'aimait aussi. Elle l'aimait trop. Nicholas était une personne qui se faisait aimer. Trop de femmes pouvaient en témoigner.

L'homme qu'elle attendait arriva à ce moment-là. Derek était magnifique, même dans son costume plus sobre que d'ordinaire. Ses cheveux étaient en désordre, son regard pétillant. Un sourire éclairait ses traits aristocratiques. Il s'inclina poliment devant elle.

Caroline fit signe au valet de s'éloigner.

— Merci, Huw.

Huw hésita une seconde, et regagna la voiture.

L'aubergiste, auquel l'arrivée d'un cocher en livrée n'avait pas échappé, vint à leur rencontre.

Derek prit la main de Caroline et lui pressa doucement les doigts.

— Nous allons rester quelques jours, dit-il avec hauteur à l'aubergiste. Vous avez dû recevoir mon courrier la semaine dernière.

— En effet, monsieur, je vous ai réservé notre meilleure chambre.

L'homme les guida dans un étroit escalier. Caroline suivit, sans lâcher la main de Derek. Elle ne le connaissait pas très bien, mais elle percevait quelque chose de nouveau chez lui.

Ils pénétrèrent dans une jolie chambre, avec des poutres apparentes, un grand lit recouvert d'une courtepointe bleu et vert, et deux petites fenêtres donnant sur une prairie traversée par un cours d'eau.

L'endroit était plaisant, mais elle espérait ne pas y rester trop longtemps. Nicholas l'aimait-il assez pour venir interrompre son supposé tête-à-tête avec Derek ?

C'était l'avis de ce dernier. Elle n'était pas aussi confiante, mais elle ne connaissait pas Nicholas aussi bien que son ami.

— Annie a rompu ses fiançailles.

Caroline, qui observait par la fenêtre une brebis avec son petit, se retourna en souriant.

— Il m'a semblé que vous aviez le cœur plus léger quand vous êtes arrivé. Maintenant je sais pourquoi.

— Vous avez droit à ma reconnaissance éternelle. Votre discussion avec elle a eu l'effet escompté.

Caroline s'assit près de la cheminée.

— Je lui ai simplement dit la vérité. C'est-à-dire que personne ne serait heureux si elle épousait lord Hyatt alors que c'est vous qu'elle aime.

Derek s'assit sur le lit. Il semblait parfaitement à l'aise, remarqua Caroline. Il avait l'habitude de se rendre dans des auberges, avec des femmes. Pour elle, le risque était plus grand. Comme lors de son séjour en Essex, elle mettait sa réputation en jeu. Non par passion mais par ruse.

— A-t-elle avoué qu'elle était amoureuse de moi ?

— Non.

Le visage du comte s'allongea.

— Je vois. J'espérais…

— Vous pensiez vraiment qu'elle me ferait une confidence aussi personnelle ? Elle me connaît à peine. Pour être franche, je crois qu'elle pensait déjà à rompre avec lord Hyatt. Même ainsi, vous aurez du mal à la reconquérir. Ce n'est pas son amour qu'il va falloir gagner, c'est sa confiance.

— Je vois.

— Les femmes sont romantiques.

— Allez-vous m'expliquer ce que pensent les femmes, madame ? questionna-t-il malicieusement. Je suis censé être expert en la matière.

Son charme était extraordinaire. Rien d'étonnant à ce qu'Annabelle ait succombé. Si Caroline n'avait pas été si amoureuse de Nicholas, elle aurait sans doute été troublée aussi.

— Nous n'en serions pas là, sans votre réputation et celle de Nicholas, n'est-ce pas ?

— Sans ce pari, Nicholas et vous ne vous seriez jamais rencontrés. Annabelle serait encore en train de préparer son mariage, et je serais incapable d'y changer quoi que ce soit. Je ne peux pas regretter d'avoir lancé ce défi idiot.

— Viendra-t-il ? demanda-t-elle, presque malgré elle.

— Oh, oui !
— Comment en êtes-vous aussi sûr ?
— Pour plusieurs raisons. Mais surtout à cause des onze jours.
— Onze jours ? répéta-t-elle en fronçant les sourcils.
— Il savait exactement combien de jours s'étaient écoulés depuis que vous aviez quitté Tenterden. Il a compté les jours. Cela en dit long, croyez-moi sur parole.
— C'est ce que je fais. Si je n'avais pas totalement confiance en vous, je ne serais pas assise ici.
— Je le suppose. Nicholas est agacé par votre attitude rigide vis-à-vis du qu'en-dira-t-on.
— Cela contrarie ses plans ?
— Il aime les liaisons qui ne l'engagent pas, je l'admets.
— Et la plupart des femmes se plient à ses désirs.
— Ce que vous avez refusé, rétorqua Derek en soutenant son regard. C'est ainsi que vous l'avez mis à vos genoux.
— Vous n'avez aucune preuve de ce que vous dites.
— Sa distraction et son irritation sont des preuves en elles-mêmes. Je n'avais jamais vu cela. Enfin... je ne l'avais vu qu'une seule fois. Ce fut un désastre et je comprends qu'il soit devenu méfiant.
— Qui était cette femme ?
— S'il veut que vous le sachiez, il vous le dira lui-même.

Les hommes ! songea Caroline, exaspérée. Quand ils se serraient les coudes, il devenait impossible de leur soutirer la moindre information.

Lord Manderville eut un sourire espiègle, si charmant qu'elle ne put s'empêcher de sourire à son tour.
— Que faisons-nous, maintenant ?
— Nous attendons qu'il fasse une entrée fracassante.

24

Nicholas fit arrêter son cheval et jura tout bas. Il avait trop attendu, trop traîné, hésitant à suivre son instinct. Et il avait fini par succomber.

Il les avait suivis jusqu'à Aylesbury.

Deux ou trois questions aux villageois lui avaient confirmé que c'était la bonne auberge. Bon sang, il était en train de se couvrir de ridicule.

L'établissement, situé aux portes de la ville, était petit, d'allure modeste, avec un toit de chaume et des jardinières fleuries aux fenêtres. Pas vraiment ce qu'il aurait choisi, mais Derek recherchait la discrétion, sans doute sur l'insistance de Caroline.

Derek et Caroline. Ensemble.

Nicholas confia les rênes de son cheval à un garçon d'écuries et gagna la porte. Le décor champêtre convenait à un rendez-vous romantique, songea-t-il en embrassant la salle d'un coup d'œil.

Il l'avait déçue, le soir où il s'était caché dans le carrosse pour la voir. Elle n'avait pas réussi à cacher ses sentiments. D'où, les représailles : elle l'obligeait à partir à brides abattues dans la campagne, pour l'empêcher de tenir un rôle dans ce pari d'ivrognes.

Nicholas aimait Derek comme un frère. C'était aussi leur amitié, qu'il voulait sauver. Mais surtout, il ne supportait pas l'idée qu'il fasse l'amour à Caroline. Qu'il la touche, la caresse...

Pourvu qu'il n'arrive pas trop tard.

— Je suis à la recherche de deux de vos clients, dit-il au petit homme rondouillard qui essuyait les tables. Une belle femme aux cheveux auburn, et un grand homme blond. Où sont-ils ?

— Monsieur, je ne...

— *Votre Grâce*, corrigea Nicholas d'un ton glacial. Répondez, si vous ne voulez pas que j'enfonce toutes les portes pour les trouver.

— Première porte à droite en haut de l'escalier.

Nicholas fit un signe de tête. Le pied sur la première marche, il se retourna :

— Depuis combien de temps sont-ils là ?

— Quelques heures, Votre Grâce, répondit l'homme d'une voix étranglée.

Nicholas marmonna un juron. Pourquoi diable avait-il attendu si longtemps, à tourner en rond dans son bureau ? La nuit commençait déjà à tomber.

Il monta l'escalier quatre à quatre, s'arrêta devant la porte, et entendit un rire cristallin derrière le battant.

Un rire féminin et familier, qu'il avait souvent entendu quand ils étaient au lit. Libre, spontané, adorable.

Il leva la main pour cogner à la porte, et se figea alors qu'une autre scène surgie du passé lui revenait en mémoire, comme un spectre glissant dans le couloir.

Helena avait disparu. Où était-elle ?

Sortie prendre l'air ? Il faisait chaud, et l'atmosphère était étouffante dans la chambre.

Pourquoi était-il parti à sa recherche ?

Parce qu'il savait. Il avait été séduit lui aussi par son regard provocant, par la pression de ses doigts sur son bras, ses manœuvres subtiles.

Aussi, au lieu de la chercher sur la terrasse ou dans le jardin, il était monté silencieusement à l'étage supérieur. Il se tenait là, derrière la porte fermée d'une chambre, et il les entendait.

Seigneur, il les entendait. Elle prétendait être amoureuse de lui, et elle se donnait passionnément à un autre. Il reconnut ses soupirs de plaisir... il les connaissait bien. Ils étaient gravés dans son esprit, dans son cœur...

Comme un idiot, il avait ouvert la porte de la chambre.

Ce qu'il fit de nouveau, poussant le battant si fort qu'il rebondit bruyamment contre le mur.

Le cœur battant à tout rompre, il vit Caroline assise sagement dans un fauteuil près de la cheminée, un verre de sherry à la main. Elle écarquilla les yeux en le voyant faire irruption dans la chambre.

Elle portait tous ses vêtements, et pas une seule boucle ne dépassait de son chignon impeccable. Assis au bord du lit, Derek n'avait ôté ni sa cravate ni ses bottes de cavalier.

Non, ce n'était pas du tout la scène qu'il s'attendait à découvrir.

Dieu soit loué.

Il demeura un instant sans voix, avant d'articuler platement :

— Bonjour.

Son vieil ami se leva souplement, un petit sourire aux lèvres. D'un geste lent, il sortit sa montre de sa poche, la consulta et la remit en place.

— Tu as mis plus longtemps que je ne le pensais.

— Tu veux bien expliquer cette remarque ?

— Et toi, tu veux bien expliquer ta présence ici ? répliqua Derek en se dirigeant vers la porte. Pas à moi, puisque je m'en vais. Mais je pense que lady Wynn sera intéressée. Passe me voir en rentrant à Londres.

Derek sortit, avec un sourire moqueur. Nicholas se retrouva seul avec Caroline. Dans une petite auberge de campagne.

Un rêve devenu réalité.

Elle était tout simplement ravissante dans sa robe de mousseline rose, un peu froissée par le voyage.

Le lit, nota-t-il au passage, avait l'air assez confortable. Il faudrait qu'il pense à remercier Derek pour le choix de l'auberge. Plus tard.

— Vous m'attendiez ?

— J'espérais…, précisa-t-elle dans un souffle.

— Je ne sais même pas pourquoi je suis là.

Il se passa les mains dans les cheveux, en soupirant.

— Si ce n'est que je ne pouvais pas supporter l'idée que vous jouiez votre rôle jusqu'au bout, dans ce pari idiot.

— Alors, vous êtes venu me délivrer ?

Elle tenait toujours son petit verre à la main, avec une expression indéchiffrable. D'ordinaire il savait ce que pensaient les femmes. Du moins, il devinait.

En ce moment il n'avait aucune idée de ce qui se passait dans la tête de Caroline. Il avança et referma la porte derrière lui, avec l'impression de rejeter le fantôme d'Helena dans les profondeurs du passé.

— Je suis venu pour vous, annonça-t-il avec franchise. Il faut que vous m'aidiez à comprendre pourquoi.

— Rothay, il faut avant tout que vous compreniez que, malgré votre charme irrésistible, je ne fais pas forcément partie de vos conquêtes.

— Non ?

— Eh bien, je n'en suis pas sûre.

Personne n'avait comme elle l'art de lancer un défi.

Personne. En un clin d'œil, elle pouvait bouleverser sa vie. Comme à cet instant. Elle se trouvait à l'autre bout de la pièce, et déjà il sentait ses reins s'embraser.

Ce n'était pas simplement du désir. C'était différent. C'était différent depuis l'instant où il l'avait embrassée, sur la terrasse de Tenterden. Ou bien lorsqu'elle avait soulevé sa voilette, dans cette affreuse petite taverne…

Et diable, peu importe quand c'était arrivé !

C'était ainsi.

⁂

Il était magnifique.

Un peu échevelé, irrité, hors de lui, mais il y avait dans ses yeux noirs une flamme qu'elle connaissait bien.

Le désir.

Le scandaleux duc de Rothay la désirait.

Était-ce la seule chose qui l'avait guidé vers elle aujourd'hui ? Comme l'avait fait remarquer lord Manderville, si le duc voulait une femme pour satisfaire ses besoins sexuels, il n'avait pas à aller loin pour en trouver une.

Mais il était venu.

Caroline avala nerveusement une gorgée de sherry, sans détacher les yeux de son corps viril et élancé. Il était aussi grand, puissant et intimidant que la dernière fois qu'elle l'avait vu, dans une salle de bal.

Il s'arrêta devant elle et lui tendit la main. Simplement.

Le cœur battant, elle prit le bout de ses doigts et se leva.

— J'espérais...

Nicholas prit le verre de sherry et le posa sur la table.

— Vous espériez quoi ?

Après tout, pourquoi ne pas lui dire ? C'était un risque, mais Nicholas avait parcouru une longue distance pour l'empêcher d'aller plus loin avec Derek.

— J'espérais que vous viendriez.

Il prit ses lèvres, dans un baiser intense et exigeant. Caroline se lova contre lui, offrant sa bouche sans réserve.

Le Duc Diabolique ne cherchait pas à être charmant... et elle adorait cela. Elle adorait la ferveur de ses baisers, son manque de douceur. Il laissa ses mains glisser sur elle, et elle eut l'impression que leurs corps se fondaient l'un dans l'autre.

— Nicholas, murmura-t-elle contre ses lèvres.

— Je suis là. Dieu me pardonne, je ne pouvais pas rester loin de vous.

Il l'entraîna vers le lit. Ses caresses étaient magiques, elle n'avait pas la moindre chance de lui résister. Elle fut à peine consciente qu'il lui dégrafait sa robe. Celle-ci tomba en tas sur le sol, rapidement suivie par sa chemise, ses bas, ses chaussures. Il la souleva, nue, dans ses bras, pour la déposer sur le lit.

— Cela valait le coup de venir de Londres à bride abattue, dit-il en se déshabillant rapidement.

Il lui avait manqué. Elle aimait son regard audacieux, qui faisait surgir une vague de plaisir dans son ventre.

Il se jeta sur le lit et la prit dans ses bras, s'allongeant sur elle pour reprendre possession de sa bouche. Elle se cambra, inspirant le délicieux parfum de sa peau, impatiente de le sentir en elle. Tout naturellement, elle s'offrit. Nicholas accepta le présent. L'espace d'un instant, il resta au-dessus d'elle, contenant son propre plaisir au prix d'un effort.

— Je ne veux pas être trop possessif.

— Je sais.

— L'idée que tu étais avec Derek... avec n'importe qui d'autre que moi... était insupportable. Une torture.

Caroline sourit et lui effleura la joue.

— Je ne l'aurais pas fait, de toute façon.

— Pourquoi ? Dis-le-moi.

Le ton de sa voix était rauque. Elle trouva amusant qu'il la pousse à se déclarer la première. L'amour le privait de son calme et de son détachement habituels.

— Parce que je ne peux imaginer faire l'amour avec quelqu'un d'autre que toi.

— Mais pourquoi aurais-tu refusé de coucher avec Derek ? C'était convenu. Les femmes le trouvent extrêmement séduisant.

— Notre accord avait été passé avant, répondit-elle d'une voix sereine.

— Avant quoi ?

— Avant toi, Nicholas.

Caroline n'avait jamais avoué son amour à quiconque. Elle n'avait jamais aimé quelqu'un. Sa mère peut-être, mais elle n'en gardait qu'un très vague souvenir. Son père et sa tante ne lui avaient pas inspiré d'affection, et Edward encore moins. Nicholas avait non seulement conquis son corps, mais aussi son âme, à force de douceur et d'attentions.

— Depuis notre séjour en Essex, j'ai compris que je ne pouvais plus. Après notre retour, j'ai confié à Derek que je me retirais du jeu.

— Alors ce soir, c'était un piège ?

Elle ne voulait surtout pas qu'il l'interprète dans ce sens.

— Non. Derek espérait que ça t'obligerait à analyser tes sentiments.

— Il n'a pas pensé un instant que je n'avais peut-être pas envie de les analyser ?

— Je suis contente, puisque nous sommes ici maintenant. Tu veux bien…

Il la pénétra d'un puissant coup de reins, et s'enfonça profondément en elle. Elle ferma les yeux, frissonnante.

Leurs corps se joignirent en un rythme violent et Caroline se sentit s'envoler vers le paradis érotique qu'elle connaissait si bien à présent.

Non, elle ne pouvait imaginer faire quelque chose d'aussi merveilleux, d'aussi intime, avec quelqu'un d'autre.

Le plaisir, quand il déferla, fut si puissant que le temps sembla s'arrêter, le monde basculer. Plongés dans un tourbillon de sensations, ils en émergèrent pantelants, étroitement enlacés. Leur respiration reprit lentement un rythme normal.

Incrédule, elle se répétait avec joie que Nicholas était venu la chercher. Du bout des doigts, il lui caressa la joue et les lèvres. Des yeux sombres la contemplèrent. Nicholas sourit, l'air mélancolique.

— Es-tu toujours sur tes gardes ?

— Quoi ? murmura Caroline, encore plongée dans un océan de douce sensualité.

— L'autre soir dans le carrosse, tu m'as dit que tu te méfiais de moi.

— Non, j'ai dit que je craignais le scandale, protesta-t-elle en secouant la tête.

— Et tu n'as plus peur ?

Que signifiaient ces mots ? Qu'il ne lui offrirait jamais rien de plus que ce qu'ils venaient de partager ? Ne sachant que répondre, Caroline se blottit contre lui en silence.

— Caroline ?

— J'espère que tu n'es pas venu jusqu'ici pour me demander d'avoir une liaison avec toi. Les journées que nous avons passées à Tenterden ont été une révélation pour moi. Pas seulement sexuelle. Tu es quelqu'un de bien, Nicholas. En dehors du fait que tu possèdes un titre, une fortune, et que tu es un amant exceptionnel... tu es... toi.

Du bout des doigts, il lui prit doucement le visage.

— Ce qui veut dire ?

— Que je suis tombée amoureuse de toi. Pas du Duc Diabolique, mais de l'homme que tu es en réalité.

25

Trois jours. Cela faisait trois longs jours qu'il était revenu à Londres, abandonnant Nicholas et Caroline dans cette petite auberge où ils devaient encore prendre du bon temps.

Derek, de son côté, était à la torture. Il ne voulait pas débarquer chez son oncle comme un prédateur bondissant sur une biche toutes griffes dehors, à l'instant où les fiançailles d'Annabelle venaient d'être rompues. Donc, il attendait.

Le jour déclinait, la nuit finit par tomber, et il restait assis à son bureau, morose et incertain. Sa table de travail était jonchée de documents qu'il n'avait pas le courage de classer. La brise du dehors lui apporta les senteurs mêlées du jardin et de la rue, un cocktail de roses épanouies et de fumée de cheminées.

Il était tard. Il devrait peut-être se rendre dans l'un de ses clubs, trouver un coin tranquille, une bouteille de whisky, et…

Et quoi ? Rester affalé dans un fauteuil à penser à elle ? Pas très productif.

Un bruit le tira de ses pensées, et il se tourna en fronçant les sourcils vers la fenêtre ouverte. Hébété, il vit une jambe svelte passer par-dessus l'appui.

Rares étaient les cambrioleurs qui avaient d'aussi jolis mollets. D'ailleurs généralement, ils ne portaient pas de robe et de bas de soie.

Le cœur de Derek se mit à battre la chamade.

Un peu hors d'haleine, Annabelle sauta sur le sol et épousseta sa jupe. Comme s'il n'y avait rien de plus naturel au monde que d'entrer par la fenêtre, elle dit simplement :

— J'ai vu de la lumière.

Encore incrédule, Derek se leva et manqua faire basculer son fauteuil.

— Annie, que faites-vous ?

Elle lui lança un regard de défi.

— N'est-ce pas la nouvelle mode, pour se rendre visite ?

Il devait être victime d'une hallucination.

— Les jeunes filles ne rendent pas visite aux gentlemen. Si vous voulez venir, passez par la porte d'entrée, avec un bataillon de chaperons !

— Je vois. Il y a une règle pour vous, et une autre pour moi. Vous avez le droit d'entrer dans ma chambre par la fenêtre, mais je n'ai pas un tel privilège ?

— Seigneur, Annie, vous le savez bien ! Thomas et Margaret savent-ils que vous êtes ici ?

— Bien sûr que non.

Derek blêmit.

— Ne me dites pas que vous êtes venue à pied ?

— Je pouvais difficilement faire demander la voiture, n'est-ce pas ? Ce n'est pas loin, et je ne suis pas infirme.

Une jeune femme seule dans les rue, à... minuit passé ! Le quartier avait beau être chic et tranquille, il n'en eut pas moins les jambes en coton.

— Doux Jésus, marmonna-t-il. Petite écervelée.

— Il fallait que je vous parle.

— Je vous ramène à la maison sur-le-champ, répliqua-t-il sèchement.

— Non. J'ai eu le courage de faire cela maintenant. Demain matin, j'aurai peut-être changé d'avis. Vous ne voulez pas savoir pourquoi je suis venue ?

Il y avait eu suffisamment de malentendus entre eux, sans ajouter encore un mensonge à leur relation.

— Vous savez bien que si, reconnut-il.

Elle hésita, ravissante dans la lueur tamisée des bougies. La couleur ivoire de sa robe la faisait paraître plus jeune que jamais.

— J'ai entendu la nouvelle, ajouta-t-il pour l'aider à continuer.

— Oui, je suppose que tout le monde sait à présent que j'ai rompu mes fiançailles. Alfred n'a pas paru vraiment surpris.

Ils se dévisagèrent un instant, et elle ajouta :

— Je suis toujours en colère contre vous.

— J'ai remarqué. J'avais rarement payé une erreur aussi cher.

Elle posa sur lui ses yeux lumineux.

— Je ne sais même pas pourquoi je vous parle. Donnez-moi une seule bonne raison d'avoir confiance en vous, dit-elle, les lèvres tremblantes.

Derek laissa passer quelques secondes avant de répondre.

— Annie, je sais que je me suis comporté comme un idiot, l'année dernière. Mais essayez de comprendre que ce qui se passait entre nous me semblait interdit. Vous étiez si jeune, et moi je traînais cette réputation dont je n'arrive plus à me débarrasser. Ajoutez à cela que vous êtes la protégée de mon oncle. Je ne savais plus quoi faire.

— Donc, vous vous êtes jeté dans les bras de la comtesse, rétorqua-t-elle d'un ton accusateur.

Elle était toujours en colère. Mais elle était là. Elle était venue vers lui.

— Je vous ai expliqué, et je vous ai demandé pardon. Je n'avais jamais encore envisagé une relation à long terme.

— Jamais ?

— Jamais, avant vous.

— Et maintenant ?

Derek hésita une seconde. Elle méritait au moins ce que Hyatt lui avait offert. Et même plus.

— Voulez-vous m'épouser, Annie ?

Elle fit un pas vers lui. Son expression n'était pas facile à interpréter.

— Vous voulez que je vous épouse ?

— Je viens juste de vous le demander. Oui, je veux que vous deveniez ma femme, dit-il, renonçant à sa liberté sans l'ombre d'un regret.

— Si vous êtes sincère, prenez-moi, ordonna-t-elle d'un ton déterminé.

Il se figea. Tous les muscles de son corps se crispèrent.

— Quoi ? fit-il, abasourdi.

— Vous n'avez pas entendu ? Prenez-moi dans votre lit. Nous avons tout le temps jusqu'à l'aube.

Elle s'approcha en ondoyant des hanches, sans qu'il puisse deviner si le mouvement provocant était conscient ou non. Muet de stupeur, il murmura :

— Je ne veux pas vous déshonorer.

Elle afficha un sourire enjôleur, surprenant chez une jeune fille sans expérience.

— Vous êtes censé être le meilleur amant d'Angleterre, n'est-ce pas ? Vous avez même parié une petite fortune sur vos talents.

— J'étais…

— Oui, je sais, vous étiez ivre. Mais cette idée ne vous est pas venue par hasard. Je veux que vous me prouviez que c'est vrai.

— Annabelle, ne me tentez pas, je vous en prie.

— Pourquoi pas ?

— D'abord parce que Thomas me tuera.

— Nous ne lui dirons rien.

Elle posa une main sur son torse, et il perçut la pression de ses doigts à travers sa chemise.

— Je le veux. Je sais que vous ne séduisez jamais de jeunes filles innocentes. Donc, continua-t-elle comme si tout ceci était parfaitement logique et raisonnable, si vous le faites… si vous me compromettez, je saurai que votre demande est sincère.

— Mais je suis sincère ! protesta-t-il.

— Alors vous êtes d'accord ?

— Nous pourrions attendre notre nuit de noces.

Il était partagé entre son désir et son honneur de gentleman. Elle était si tentante, elle représentait tout ce qu'il avait toujours désiré…

— Je ne veux pas attendre. C'est très important pour moi.

Elle parla avec une telle conviction, qu'il sentit sa volonté céder. Bon sang, il n'était pas un saint ! La femme qu'il désirait plus que tout au monde le suppliait de lui faire l'amour. D'autre part, après sa rupture avec Alfred, les langues allaient bon train. Si elle se fiançait de nouveau et aussi vite, les ragots allaient se déchaîner. Donc, il faudrait qu'ils se marient rapidement, dans la plus grande discrétion.

— Je vous raccompagne, dit-il.

— Non. Vous prétendez m'aimer, prouvez-le.

— Je ne le prétends pas, Annabelle. Je vous aime vraiment.

— Alors, embrassez-moi.

Il avait envie de la toucher, d'embrasser ses jolies lèvres roses, de la tenir contre lui. Il savait donner du plaisir à une femme, lui soutirer des soupirs d'extase, l'amener au bord de la jouissance et la faire basculer dans un univers de délices.

Annabelle le regarda intensément. Elle était si belle qu'il en eut le souffle coupé. Il lui prit le visage à deux mains, caressa ses joues humides de larmes, posant un baiser sur ses cils.

— Annie.

Leurs lèvres s'unirent, se séparèrent, se retrouvèrent. Malgré ses innombrables maîtresses, les moments de joie et de légèreté dans des chambres dont il avait tout oublié, il n'avait jamais ressenti cela. Jamais une telle tendresse, un tel besoin, un désir aussi douloureux.

Annabelle s'abandonna contre lui et il perdit le sens des réalités. Il ne fut plus conscient que de sa bouche chaude et soyeuse, délicieusement parfumée.

La terre aurait pu s'arrêter de tourner, les oiseaux cesser de chanter, les océans se vider, sans qu'il s'en aperçoive. Il prolongea le moment en lui susurrant des mots doux, une main fermement posée sur ses reins pour la maintenir contre lui.

Puis il leva les yeux, cherchant dans les siens la lumière qui s'y trouvait autrefois, avant qu'il ne l'ait détruite.

⁂

Ses yeux étaient d'un bleu pur, ses traits parfaits. Sa bouche esquissait ce sourire dévastateur qui faisait tourner la tête aux femmes. Ses baisers étaient si persuasifs qu'elle ne tenait plus sur ses jambes.

Mais son sourire disparut, son regard se fit grave.

Je vous aime.

Il le dit sans la moindre hésitation et, cette fois, elle l'entendit. Derek l'aimait. Elle ne put retenir un sourire.

— Ce baiser était encore plus romantique que le premier, murmura-t-elle. J'en veux encore davantage.

— Dites-moi ce que vous voulez. Tous vos rêves.

Elle n'était pas aussi expérimentée que ses maîtresses habituelles, mais elle se pressait contre lui, les joues brûlantes.

— Annabelle ? fit-il en lui relevant le menton pour la regarder dans les yeux.

— Je vous veux, avoua-t-elle.

— Oh, vous m'avez.

Il resserra son étreinte.

— N'arrêtez pas, dit-elle, répétant les mêmes mots qu'un an auparavant.

— Je ne le pourrais pas, même si je le voulais. Venez.

Derek la prit par la main et l'entraîna dans le couloir sombre.

Nous pourrions attendre notre nuit de noces...

Elle allait épouser le comte de Manderville. Cela allait déclencher un terrible scandale, mais elle était prête à tout affronter. Elle ne pouvait plus retourner en arrière, songea-t-elle en gravissant les marches, la main dans la sienne.

— Vous êtes toujours sûre de vouloir le faire ? demanda-t-il comme s'il avait lu dans ses pensées. Je peux encore vous ramener chez vous, sans que personne s'en aperçoive.

Il n'en était pas question. Elle avait rompu avec Alfred, mis en jeu sa réputation en sortant de chez elle la nuit, et fait à Derek une proposition scandaleuse.

— Derek, je suis sûre.

Il l'embrassa en la faisant entrer dans la chambre, la fit basculer sur le lit et lui défit sa robe. Annabelle eut la vague sensation que le tissu glissait sur ses épaules. Elle n'était consciente que de ses lèvres chaudes et viriles sur les siennes. Elle lui passa les mains dans les cheveux, étourdie de plaisir. Les battements du cœur de Derek se répercutaient dans sa poitrine.

— Annie, Annie, murmura-t-il contre sa bouche, en continuant de la déshabiller.

Lorsqu'elle fut entièrement nue, il se redressa et se débarrassa lestement de ses propres vêtements.

Il était magnifique, avec des muscles durs, bien dessinés.

— J'ai envie de toi.

Il s'allongea et ses bras forts se refermèrent autour d'elle, sans susciter en elle la moindre peur.

— Je vais te faire hurler de plaisir, lui promit-il en lui mordillant le cou. Je veux t'entendre crier mon nom.

— Oui, chuchota-t-elle, encore incrédule à l'idée qu'elle s'offrait enfin à Derek.

— Tu me veux assez pour m'offrir ta virginité et sceller en même temps notre pacte. C'est une bonne stratégie, mon amour.

Mon amour...

Elle eut l'impression de vivre un rêve.

Les lèvres de Derek trouvèrent la pointe d'un sein et elle se cambra sous ses caresses, le corps en feu. Ils étaient nus dans les bras l'un de l'autre et il l'enivrait de désir.

Annabelle lui agrippa les épaules, envahie d'une douce chaleur. C'était donc cela, la passion ?

— Mon Dieu, Annie, je te désire tant.

Sa barbe naissante effleura la joue de la jeune fille, il caressa son autre sein du bout des doigts.

— Je veux goûter chaque parcelle de ton corps.

Il continua ses baisers, prenant ses seins au creux de ses mains. Elle eut du mal à réprimer un cri de plaisir, et se mordit les lèvres en gémissant.

Quand il descendit plus bas, déposant une pluie de baisers sur son ventre, elle ne comprit pas tout de suite où il voulait en venir.

Et soudain, sa bouche se trouva au plus secret de son intimité. Le monde bascula lorsqu'il lui écarta les jambes et baissa la tête de nouveau, lui arrachant un cri de surprise et de plaisir.

— Parfait, murmura-t-il. Je veux que tu sois liée à moi pour toujours, Annie.

Les mains tremblantes, elle tenta de le repousser. Ou bien de l'attirer plus près. Elle n'aurait su le dire.

C'est alors que cela arriva. Comme une immense vague qui reste suspendue, puis retombe dans un grand fracas.

C'était... incroyable.

Si enivrant, qu'elle fut à peine consciente qu'il entrait en elle, prenait possession de son corps. Il l'embrassa, puis ferma les yeux, tout en lui murmurant des mots tendres et rassurants.

Encore bouleversée par le plaisir qu'il lui avait donné, elle ne chercha pas à résister.

— Je n'ai jamais fait cela, chuchota-t-il contre ses lèvres, en s'introduisant lentement dans le fourreau étroit de sa féminité. Si je commets une erreur, pardonne-moi.

— Mais... tu...

Elle se tut en sentant un déchirement au plus secret de son corps. Puis Derek fut complètement en elle. Ce n'était pas très agréable, mais la douleur était négligeable, par rapport au plaisir insensé qu'elle éprouvait à être unie à lui.

— Je suis désolé, chuchota-t-il en lui embrassant le visage. Tu es à moi, à présent... pour toujours.

— J'ai toujours voulu l'être, répondit-elle, triomphante, en lui enfonçant la pointe de ses ongles dans les épaules.

Il ne bougeait plus à présent et son visage était grave.

— Tu ne l'as pas encore dit. C'est le moment idéal. Je sais que je suis égoïste, et que tu viens de m'offrir ce qu'une femme a de plus précieux. Mais je veux plus que ton innocence, Annie. Je t'en prie, dis-le-moi.

— Je t'aime. Je t'ai toujours aimé. C'était cela, mon problème. Même quand j'essayais de me persuader que je te détestais, je savais au fond de moi que je t'aimais quand même.

— Je suis l'homme le plus heureux sur terre, dit-il en lui caressant la joue.

— Derek...

Il fit glisser sa main sur l'épaule fine d'Annabelle.

— Nous parlerons plus tard. D'accord ?

Sans s'en rendre compte, Annabelle souleva les hanches, pour mieux le prendre en elle.

— C'est fini ? demanda-t-elle, le souffle court.

Le sourire malicieux de Derek réapparut.

— Non. Maintenant que nous en avons terminé avec les déclarations d'amour, nous pouvons poursuivre. Crois-moi, ce n'est pas fini.

Il se mit à bouger en elle, lentement tout d'abord, provoquant une sensation nouvelle. Elle se laissa emporter au rythme de ses mouvements, et il glissa une main entre eux. Des frissons de plaisir se répandirent en elle, de plus en plus intenses.

Elle resserra les jambes autour de ses reins, et laissa échapper un grognement sourd.

C'était si bon, si incroyablement bon…

Sa main agrippa la courtepointe, et le monde éclata soudain en mille morceaux. Frissonnante, elle se cramponna à lui, secouée par de longues vagues de plaisir. Derek se figea et s'abandonna à son tour, en gémissant.

Un grand silence les enveloppa, brisé seulement par le bruit de leur respiration haletante. Et tout à coup, Annabelle se mit à rire. Elle noua les bras autour du cou de Derek et murmura :

— Je te crois, à présent. Je sais que tu veux vraiment m'épouser.

— Je n'ai jamais été aussi sincère de ma vie, confirma-t-il en lui effleurant le front de ses lèvres.

26

Dans tout jardin d'Eden rôde un serpent.

Caroline jeta un coup d'œil distrait à la carte que le valet lui apporta sur un plateau d'argent. Mais quand elle vit le nom de son visiteur, un mauvais pressentiment s'empara d'elle. Normalement elle aurait refusé de le recevoir, mais aujourd'hui elle n'avait apparemment pas le choix.

— Il insiste, madame, et prétend être certain que vous êtes chez vous, dit le majordome.

Norman n'était plus très jeune, et n'aurait pas la force de repousser Franklin, qui avait vingt ans de moins que lui et paraissait très déterminé.

— Très bien, faites-le entrer, murmura Caroline, contrariée.

— C'est inutile, je suis là. Bonjour madame.

Sans attendre d'y être invité, Franklin entra dans le salon en bousculant Norman. Il portait une veste violette, et tout le reste de ses vêtements était de la même couleur, dans des nuances plus ou moins foncées. Ses yeux pâles lançaient des éclairs, et sa bouche formait un pli amer. Ses cheveux noirs plaqués en arrière dégageaient ses traits d'une beauté froide.

Caroline n'aimait pas du tout l'expression qu'il arborait.

— Je vois que vous êtes rentrée de la campagne, dit-il en soulevant les basques de sa veste pour s'asseoir.

Il s'installa très confortablement, comme si le salon lui appartenait.

— C'est votre second voyage en un mois, n'est-ce pas ? C'est étrange. J'ignorais que vous partiez aussi souvent.

Comment diable était-il au courant de ses allées et venues ? Mais la remarque suivante la glaça.

— Comment vont Rothay et Manderville ?

Pendant quelques secondes, le vide se fit dans l'esprit de Caroline. *Réfléchis.*

Elle posa doucement sur son bureau la lettre qu'elle était en train de lire.

— Je vous demande pardon ?

— Les deux gredins dont toute la ville parle. Comment vont-ils ?

Franklin se renversa dans le fauteuil, l'air triomphant.

Savait-il réellement quelque chose, ou cherchait-il à la faire parler ?

— Je ne comprends pas, monsieur. Comment pourrais-je le savoir ?

— Je pense que vous êtes le juge qu'ils ont désigné pour les départager, dans ce scandaleux pari. Pour quelle autre raison iriez-vous les retrouver dans une affreuse petite auberge de campagne ?

— C'est un mensonge, monsieur. Où êtes-vous allé chercher une idée pareille ?

— Où, en effet ? Je suis très intéressé par le résultat. Qu'est-il advenu de ce pauvre Manderville ? Il est arrivé le premier, mais il n'est pas resté longtemps. En revanche, vous avez passé plusieurs nuits avec le duc. Dois-je en conclure que Rothay a gagné ?

Caroline manqua défaillir en comprenant que Franklin savait tout. Elle essaya désespérément de se contrôler. Son sang-froid avait été sa seule défense contre Edward.

— Ma chère, vous êtes soudain très pâle. Puis-je vous faire apporter un remontant ?

Partez ! eut-elle envie de crier. *Dehors !*

Mais il ne fallait pas qu'il parte avant qu'elle ait appris pour quelle raison il était là.

— Je me sens très bien, merci.

— Vraiment ? Vous êtes ravissante. Cette robe vous va très bien, mais vous êtes d'une grande beauté, quoi que vous portiez. Je vous trouverai certainement encore plus belle quand vous serez dans mon lit, offerte, comme la catin que vous êtes en réalité.

Un goût amer envahit sa bouche. Elle serra les poings si fort, que ses phalanges saillirent douloureusement. Pendant un instant, elle soutint le regard sadique de son visiteur. Il ressemblait tant à Edward qu'elle eut l'impression de revivre un cauchemar.

— Vous pouvez me menacer, je ne serai jamais votre maîtresse, dit-elle d'un ton glacial.

— Ce n'est pas ce que je veux, répliqua-t-il avec un sourire narquois. Je vous propose le mariage. J'accepte de passer sur votre manque de moralité, au vu de la fortune que vous représentez.

Le mariage avec un homme qui ressemblait autant à son mari brutal ? Cette idée lui souleva le cœur. Elle préférait encore que sa réputation soit détruite.

— Jamais, dit-elle en soutenant son regard.

— Je crois que vous n'avez pas compris. Vous n'avez pas le choix.

— J'ai tous les choix, déclara-t-elle en se levant. Sortez.

L'homme pinça les lèvres. Il se leva à son tour, mais fit un pas vers elle.

— Je vous détruirai. Votre nom sera tellement sali que plus personne ne voudra vous recevoir. Aucun homme convenable ne posera plus les yeux sur vous. À moins de vouloir vous culbuter comme une traînée.

— Personne ne croira vos mensonges, monsieur. Ma réputation est solide.

Elle n'en était pas aussi sûre qu'elle voulait le faire croire, mais cela importait peu. Tout ce qu'elle voulait, c'était le tenir à l'écart.

— Les hommes que j'ai engagés pour vous surveiller m'ont fourni des preuves, ma chère Caroline. Parmi lesquelles un témoignage de la main de l'aubergiste lui-même. Il dit que vous êtes arrivée avec un homme et partie avec un autre. Pensiez-vous que personne ne vous remarquerait ? Si cela peut vous consoler, la femme de l'aubergiste a trouvé l'arrivée du duc très romantique. Mais naturellement, toutes les femmes tombent sous le charme de Rothay. Elle a pu vous décrire en détail, tous les trois.

— Pourquoi m'auriez-vous fait suivre ?

— Vous avez quelque chose que je veux.

— L'argent ?

L'espace d'un instant, elle se demanda s'il ne valait pas mieux lui abandonner la fortune d'Edward pour se débarrasser de lui.

— Vous avez deux choses, rectifia-t-il, en la détaillant de la tête aux pieds, avec une attention insultante.

— Sortez, répéta-t-elle alors d'une voix ferme. Je vous prie de ne jamais revenir.

Il fit un nouveau pas en avant, s'approchant presque à la toucher.

— Cette maison aurait dû me revenir. Vous devriez m'appartenir. Tout ce qui était à Edward devrait être à moi. Le titre n'est rien, sans la fortune qu'il vous a léguée. Je suis décidé à la récupérer, par tous les moyens possibles.

Glacée, elle refusa cependant de lâcher prise.

— Je vais devoir appeler un valet pour vous raccompagner à la porte.

— Oh, non, vous ne ferez pas cela.

Son mouvement brusque la prit par surprise. Il lui agrippa la taille et lui plaqua une main sur la bouche. Elle se débattit, et d'horribles souvenirs lui revinrent à l'esprit. Lorsqu'il l'entraîna vers un petit canapé, la forçant à s'asseoir, elle manqua se trouver mal à l'idée de ce qui allait se passer.

— Espèce de chienne, marmonna-t-il dans un sifflement de haine. Mon cousin a profité de toi, et je compte en faire autant. Ensuite, tu seras obligée de m'accepter, ou bien tu ne pourras plus jamais avoir la vie d'une femme respectable.

Non. Elle avait trop souffert pour revivre la même chose qu'avec Edward. Le souvenir des caresses de Nicholas envahit sa mémoire.

Elle mordit la main de son agresseur jusqu'au sang. Franklin la lâcha en jurant, et elle poussa un cri étranglé.

— Sorcière !

Son visage se tordit de colère, et elle fut certaine qu'il l'aurait frappée, s'il n'avait pas voulu avant tout la faire taire. Elle se débattit encore en le repoussant, mais il parvint à agripper sa jupe pour la relever.

Non. Non, pas cela.

Aurait-il l'audace de la violer, dans son propre salon ? Le sanctuaire où elle se réfugiait chaque matin pour boire son thé en lisant son courrier ?

Non.

Soudain, il y eut un grand bruit de verre brisé. Franklin poussa un grognement et s'effondra, la tête sur le côté. Interdite, Caroline se retrouva noyée sous des pétales de roses.

Alors, le visage indigné d'Annabelle Reid apparut devant elle.

— Désolée pour le vase, mais j'espère bien que je l'ai tué.

⁂

Annabelle contempla sans aucun remords l'homme qui gisait inanimé sur le sol. Caroline Wynn le repoussa du pied. Annabelle songea avec un frémissement qu'elle avait failli renoncer à sa visite car il était encore un peu tôt. Mais elle était si pressée d'annoncer la nouvelle de son mariage à sa nouvelle amie qu'elle s'était décidée.

De fait, elle avait trouvé le moyen de remercier Caroline, se dit-elle en regardant le sang qui s'écoulait du crâne de l'infâme.

Lady Wynn était d'une pâleur mortelle. Des mèches de cheveux humides étaient plaquées sur son cou, et sa robe trempée se collait à sa peau.

— Comment vous sentez-vous ? s'enquit Annabelle en lui tendant un mouchoir de dentelle.

— Madame ! s'exclama le vieux majordome depuis la porte. Cette canaille... si j'avais su, je ne l'aurais pas laissé entrer...

— Ce n'est pas votre faute, Norman.

Secouée de frissons, Caroline alla s'asseoir un peu plus loin et s'essuya le visage à l'aide du mouchoir.

— Merci, dit-elle en regardant Annabelle à travers ses larmes.

La jeune fille s'assit à côté d'elle et lui prit la main.

— C'est normal. J'étais en train de donner mon nom au majordome, quand je vous ai entendue crier. Normalement, je n'aurais pas dû vous rendre visite aussi tôt dans la matinée, mais je suis contente de l'avoir fait.

— Vous ne pouviez pas mieux tomber, acquiesça Caroline avec un pâle sourire.

— Je n'ai pas eu le temps d'appeler à l'aide.

Elle considérèrent avec dégoût l'homme affalé sur le sol. Lady Wynn parut s'apercevoir que ses vêtements étaient en désordre, et lissa sa jupe.

— Madame, que voulez-vous que je fasse ? s'enquit le majordome, désolé. Il faudrait faire appeler un magistrat.

— Laissez-moi réfléchir, Norman. Je crains de ne pouvoir éviter le scandale, quoi que je fasse.

— Vous n'allez pas le laisser s'en sortir de cette manière ! protesta Annabelle. Je suis témoin de ce qu'il a fait.

L'homme émit un grognement, signe qu'il n'allait pas tarder à reprendre connaissance.

— Je le connais, dit Caroline. Il faut que je sois très prudente avec lui. Norman, s'il vous plaît, demandez à un des valets de venir chercher lord Wynn, et de le ramener dans son carrosse pour le renvoyer chez lui.

— Certainement, madame.

Le majordome sortit en toute hâte et, deux minutes plus tard, Huw et un jeune garçon entrèrent, soulevèrent l'homme encore inconscient, et l'emportèrent.

Annabelle considéra avec curiosité la femme qui l'avait empêchée de faire une énorme erreur en épousant Alfred. Ce mariage aurait détruit leur vie, à tous les deux. Elle avait en partie payé sa dette en assommant lord Wynn avec un vase de fleurs, mais elle souhaitait faire davantage.

— Il faut que cet homme paye pour ce qu'il vous a fait, et je pense que vous devriez alerter un magistrat. Vous n'êtes pas femme à vous laisser intimider.

Caroline posa sur elle son remarquable regard gris argenté.

— Il voulait me faire chanter, et comme je n'ai pas cédé il m'a attaquée. Le plus simple serait de lui donner l'argent qu'il convoite. Alors, il me laissera peut-être tranquille.

— Ou bien, vous serez encore plus impuissante face à lui. Engagez un garde du corps. Ou plusieurs. Faites savoir publiquement de quelle façon il vous a traitée.

— J'aimerais que ce soit aussi simple, murmura lady Wynn en secouant la tête.

Annabelle fronça les sourcils.

— Je ne comprends pas. Comment pourrait-il vous faire chanter ?

— Le pari, expliqua Caroline, pâle mais résolue.

Le pari. Annabelle mit quelques secondes à comprendre.

— Vous ? Mais vous m'avez dit que Derek ne vous avait jamais touchée !

— Jamais. Il est amoureux de vous. Croyez-moi.

— Mais pourquoi vous seriez-vous prêtée à ce jeu ? voulut savoir Annabelle. Pardonnez-moi, mais vous n'avez rien d'une femme amorale.

— J'avais mes raisons. Je savais quels risques je prenais, donc je suis responsable de ce qui arrive. Derek et Nicholas m'avaient promis une totale discrétion, mais j'avais sous-estimé l'intérêt de Franklin pour mon héritage. Il aurait voulu m'épouser pour mettre la main sur ma fortune. Quand j'ai décliné son offre, il a utilisé la force. Après ce qui s'est passé, il sera plus vindicatif que jamais.

— Je comprends votre dilemme, murmura Annabelle.

Caroline porta à son front une main tremblante.

— Dès ce soir, ma réputation sera détruite. Dès que Franklin parlera, tout le monde se rappellera que je me suis absentée en même temps que Nicholas. Il serait futile de chercher à nier.

— Et le duc ? demanda doucement Annabelle. Il pourra sûrement vous aider.

Caroline laissa retomber sa main, en proie visiblement à une immense lassitude.

— Non. J'ai conclu cet accord avec eux de mon plein gré. Je ne lui demanderai jamais de mentir pour moi. D'autre part, il m'a déjà donné bien plus que vous ne l'imaginez.

Annabelle devina que la belle et lointaine lady Wynn était amoureuse du Duc Diabolique.

— Vraiment ? dit-elle à voix basse.

— J'espérais que ses sentiments étaient aussi forts que les miens, mais cela ne semble pas être le cas. À dire vrai, j'avais envisagé de me retirer à la campagne. C'est peut-être ce que je devrais faire, à présent.

— Je ne crois pas que la fuite arrange quoi que ce soit.

— Je n'ai pas le choix. J'ai participé à ce jeu entre le duc et lord Manderville, parce que je voulais changer de vie. C'est ce qui est arrivé, mais pas exactement de la façon dont je le prévoyais.

Elle se leva gracieusement, bien qu'encore pâle et secouée par l'agression de Franklin.

— Je suis désolée de vous laisser après ce que vous avez fait pour moi, mais je pense que vous me comprendrez. Il faut que je prenne mes dispositions. Voulez-vous m'excuser ?

27

Nicholas contempla la peinture murale du salon. Qui avait peint cette toile ? Impossible de se rappeler le nom de l'artiste. La paisible scène champêtre représentait un paysage idéal. Un cupidon espiègle apparaissait derrière un temple grec, son arc à la main.

La vraie vie n'était pas aussi simple. Pas de chérubins pour distribuer des flèches… ou peut-être que si. Il avait été transpercé par l'une d'elles, c'était un fait. La blessure était fatale, et maintenant il devait affronter cette réalité.

— Tu voulais me parler ?

Sa mère entra, l'air interrogateur. Elle était plus belle que jamais dans sa robe de soie rose, avec ses cheveux parfaitement coiffés. Des diamants scintillaient à son cou et à ses poignets.

— Mère, je suis heureux que vous m'accordiez votre attention, dit-il en s'inclinant cérémonieusement.

La duchesse douairière eut un haut-le-corps.

— Que t'arrive-t-il, Nicholas ? Pourquoi es-tu si solennel ? Tu es un peu bizarre, depuis ton dernier voyage.

Une fois qu'il aurait parlé, la nouvelle serait officielle, et cette pensée l'ennuyait. Il se racla la gorge, s'apprêtant à parler, et s'entendit grommeler :

— J'ai besoin d'un cognac. Voulez-vous boire quelque chose ?

Sa mère se laissa tomber dans un fauteuil de satin.

— Vais-je en avoir besoin ? J'avoue que ton expression me met mal à l'aise.

Il se versa une rasade de cognac, en avala une gorgée, et reposa le verre. Pivotant sur lui-même, il croisa le regard de sa mère et prit son courage à deux mains.

— J'ai quelque chose d'important à vous dire. J'ai pensé qu'il valait mieux que nous soyons seuls.

— Tu excites ma curiosité. De quoi s'agit-il ?

— J'envisage de... de me marier.

La duchesse écarquilla les yeux.

— Je vois, fit-elle au bout d'un moment. J'ignorais que tu courtisais quelqu'un. De fait, je suis sûre qu'on me l'aurait dit si c'était le cas. La bonne société épie tous tes faits et gestes.

— Ma lamentable réputation m'oblige à la discrétion. Cette dame ne veut pas que son nom soit associé au mien.

Sa mère se hérissa visiblement, et déclara d'un ton glacial :

— Pour autant que je sache, le titre de duchesse de Rothay a toujours été l'un des plus convoités d'Angleterre.

— Pour dire les choses autrement, la réputation de cette dame est blanche comme neige, au contraire de la mienne. J'ai une étiquette de débauché, et je l'ai sans doute bien mérité.

Il y eut un court silence, et sa mère soupira.

— Les jeunes hommes beaux, titrés et fortunés ont plus de tentations que les autres. C'est peut-être l'excuse d'une mère, mais j'ai toujours pensé que tous ces racontars à ton sujet étaient exagérés.

— Je m'abstiendrai de confirmer et ne donnerai aucun détail. Ne nous aventurons pas plus loin sur ce terrain. Bref, j'ai l'intention de faire ma demande et je tenais à vous l'annoncer.

— Je suis ravie, répondit sa mère, les yeux brillants de curiosité. Ces mystères sont un peu déroutants, naturellement. Toutes les familles du pays seraient enchantées de s'allier à nous, réputation ou pas. Je vois bien les mères de la bonne société traîner leurs filles sous ton nez dans l'espoir d'attirer ton attention. Laquelle as-tu choisie ?

C'était le plus difficile à expliquer. Pour commencer, il n'était pas sûr que Caroline lui accorde sa main. Elle l'aimait, mais elle ne voulait pas se remarier. Et puis il y avait le deuxième problème.

— Caroline Wynn, annonça-t-il d'un ton plat.

— La veuve du vicomte ?

— Elle-même.

— Elle est jolie. Plus que jolie, même. Et je comprends ton attirance. Mais...

— Mais ?

— Je ne sais pas. Je suis décontenancée, Nicholas.

— Avant que vous ne me parliez de sang bleu, de lignée et de liens familiaux, laissez-moi vous dire que je n'ai jamais accordé d'importance à ce genre d'arguments. J'ai toujours été clair sur ce point. J'ai bien réfléchi, croyez-moi.

— Ce n'est pas du tout ce que je m'apprêtais à dire.

— Non ?

Il se prépara à entendre ses objections. Il était le duc et pouvait faire ce qui lui plaisait, mais il aimait sa famille et avait envie d'avoir l'approbation de ses proches.

— J'allais te demander comment il se fait que tu la connaisses. Je n'ai eu vent de rien, pas la moindre allusion.

Ce maudit pari. Pas question d'avouer la vérité.

— Nous évoluons dans les mêmes cercles. Vous-même, vous la connaissez.

— Justement. Je l'ai rencontrée, mais je ne la connais pas. Elle est très distante.

— Pas autant qu'elle le paraît. C'est une femme intelligente et cultivée, qui ne s'intéresse ni à ma fortune ni à mon titre. Je ne suis pas sûr qu'elle accepte ma demande, avoua-t-il dans un souffle.

Sa mère s'indigna à cette idée.

— Pourquoi refuserait-elle ?

— Son premier mariage fut désastreux et elle ne tient pas à se remarier. Ce qui m'amène à un deuxième point. Il est possible qu'elle soit stérile. En sept ans de mariage, elle n'a jamais eu d'enfant.

Un silence accueillit ces paroles. Nicholas avala une nouvelle gorgée de cognac.

— J'espérais que vous approuveriez tout de même. Elle vous plaira, j'en suis sûr. Elle me plaît. Je ne suis pas indifférent à mon devoir, mère. Mais dois-je sacrifier mon bonheur pour épouser une jeune fille qui me donnera, ou ne me donnera pas, un héritier mâle ? Je n'ai qu'une vie.

— Et cette femme suffira à la combler ?

— Je le crois. Nous parlons de tout ensemble. Du ministère de la Guerre, des poètes latins, de Mozart…

— Je… vois.

— Cela ajoute à son charme, c'est une révélation. Elle m'intéresse.

Sa mère s'enfonça dans son fauteuil, dardant sur lui son regard acéré.

— Tu es sincère, je le vois à ton sourire.

— Mais je suis inquiet. Si je fais ma demande et qu'elle m'accepte, je ne veux pas qu'on lui batte froid ou qu'elle soit rejetée.

— Tu veux la protéger, c'est bon signe. Je suis enchantée, mon chéri, poursuivit la duchesse avec un grand sourire. Quelle mère ne voudrait pas voir son fils heureux ?

— Vous approuvez mon choix ?

Elle haussa les sourcils d'un air hautain.

— Si elle refuse, je lui parlerai. Quant à sa soi-disant stérilité, on ne peut être sûr de rien. Il est possible que son mari ait été stérile. Et de toute façon, rien n'est garanti. Le comte de Wexton a six filles et aucun garçon, le pauvre homme ! Toutes ces dots vont le ruiner, c'est certain !

Nicholas allait répondre, mais il entendit un toussotement derrière lui. Un valet venait d'entrer.

— Votre Grâce, un jeune homme insiste pour être reçu au plus vite. Il refuse de donner la raison de sa visite, il m'a simplement dit que son nom était Huw. J'ai essayé de le renvoyer, mais il affirme que vous accepterez de lui parler.

Le cocher de Caroline ? Un frisson d'appréhension parcourut Nicholas.

— Faites-le entrer dans mon bureau, j'arrive.

— Bien, Votre Grâce.

Nicholas alla embrasser sa mère.

— Pardonnez-moi, mère, je crois que c'est important. Nous nous verrons au dîner.

— Rien de grave ?

— J'espère que non. Excusez-moi.

Il traversa le hall, en proie à un terrible pressentiment. Ce n'était peut-être rien, songea-t-il pour se rassurer. Caroline voulait le voir et avait envoyé Huw comme messager. Il ne lui avait pas fait sa demande à Ailesbury, car il n'était pas prêt. Il n'avait pas de bague, pas de projet précis. Caroline ne lui avait rien demandé, et il avait été soulagé de son silence.

Mais pendant le trajet de retour à Londres il avait pris conscience de la profondeur de ses sentiments. Le mot *mariage* avait pris un sens. Maintenant qu'il avait l'approbation de sa mère, il ne lui restait plus qu'à envisager la fidélité et persuader Caroline qu'il ferait un bon époux.

Huw l'attendait près de la cheminée, sa casquette dans les mains, l'air malheureux.

— Que se passc-t-il ? demanda Nicholas en refermant la porte du bureau.

— Madame ne sait pas que je suis là, Votre Grâce, bredouilla le jeune homme. Je suis venu de ma propre initiative.

Un nouveau pincement d'appréhension. Nicholas passa derrière son bureau et fit signe au cocher de s'asseoir.

— Ceci restera donc entre nous. Parlez, Huw.

Mal à l'aise, le valet se percha au bord d'un fauteuil.

— C'est lui, monsieur. Cette canaille de lord Wynn. J'ai pensé qu'il fallait que vous sachiez.

— Lord Wynn ? Eh bien ?

— Il rôde toujours autour de la maison. Madame ne veut pas le voir, aussi il attend, et envoie ses valets l'espionner pour savoir si elle est chez elle.

Les grosses mains du Gallois se crispèrent sur la casquette.

— Ce matin, il a fait irruption dans la maison en bousculant Norman, et… et… Votre Grâce, c'est difficile à dire… il a essayé de profiter d'elle…

Nicholas vit rouge.

— Il lui a fait du mal ?

— Non, monsieur. Une jeune dame est arrivée à ce moment et a assommé ce monsieur avec un vase. Jones et moi l'avons jeté dans son carrosse, et son cocher l'a ramené chez lui. Il doit avoir un satané mal de tête, à l'heure qu'il est. Mais il reviendra à la charge, je connais ce genre de types. Il en a après son argent. Ce n'est un secret pour personne. Comme elle ne veut pas entendre parler de lui, il l'a menacée de détruire sa réputation et de l'épouser de force.

Nicholas se leva d'un bond.

— Merci Huw. Je vais m'occuper personnellement de lord Wynn.

⁂

Sa tasse de thé à la main, Margaret lança à Derek un regard sévère.

— L'expression « le plus tôt sera le mieux » me fait craindre le pire.

Derek haussa les sourcils, trop heureux pour se sentir honteux. La journée ensoleillée était assortie à son humeur, et une belle lumière dorée illuminait le salon.

— J'ai attendu longtemps, expliqua-t-il posément. Vous n'allez pas me reprocher de vouloir épouser Annabelle au plus vite, maintenant qu'elle est enfin d'accord ?

— Je suppose que non, concéda sa tante en soupirant. Néanmoins, ce mariage précipité après sa rupture avec Alfred va déchaîner les ragots.

Thomas, qui était resté silencieux jusque-là, se mit à rire doucement.

— Je ne pense pas que Derek se soit jamais soucié du qu'en-dira-t-on, ma chère. Quand les gens comprendront qu'il fait un mariage d'amour, il se désintéresseront de la question. Le bonheur conjugal est barbant, pour les colporteurs de potins.

Un point de vue cynique, mais tellement vrai, songea Derek.

— Je suis content que vous n'ayez pas d'objection. Que penseriez-vous de demain après-midi ?

Margaret se redressa, effarée.

— Derek ! Demain ?

— Annabelle m'a donné carte blanche pour tout arranger au plus vite. Tout est prêt pour demain.

— Cela a dû te coûter une petite fortune, fit remarquer Thomas.

En effet. Mais Annabelle le valait bien, et il était impatient d'être légalement uni à elle.

— Pourquoi se soucier de l'argent, alors qu'elle va devenir ma femme ? répondit-il avec légèreté.

Margaret et Thomas échangèrent un regard. Thomas prit la main de son épouse et la porta à ses lèvres.

— Je comprends très bien ce que tu veux dire. Tu as ma permission d'épouser Annabelle, bien entendu, mais tu l'as toujours eue. C'était à toi de prendre ta décision.

L'arrivée de la jeune femme, vêtue d'une robe de mousseline claire et un peu hors d'haleine, coupa court à la discussion. Derek se leva en souriant, mais Annabelle ne lui rendit pas son sourire.

Une brusque angoisse lui serra l'estomac. Avait-elle changé d'avis ?

— Désolée, je suis en retard. J'étais avec... une amie. Je... Derek, puis-je vous parler ?

Margaret lui avait dit qu'elle était sortie avec sa femme de chambre faire une course, et il ne s'était pas inquiété. Intrigué, il salua Thomas et Margaret, et laissa sa fiancée l'entraîner dans le petit jardin, à l'arrière de la maison.

— Éloignons-nous, suggéra-t-elle d'un air soucieux. Je ne veux pas être entendue.

Il ne discuta pas, et la suivit en silence. Quand ils arrivèrent tout au bout du jardin, elle lui lâcha la main et le regarda avec gravité.

— Tu as avoué que c'était toi, qui étais à l'origine de tout cela. Maintenant, il faut que tu lui viennes en aide !

Ils n'étaient pas encore mariés, et elle lui faisait déjà une scène !

— Il faut que j'aide qui, et pourquoi ? s'exclama-t-il, perplexe.

— Je sais que c'est lady Wynn qui devait vous départager. Elle m'a expliqué qu'il n'y avait rien eu entre vous, et je la crois. Le problème, c'est que cette histoire va la mener tout droit au désastre. Tu en es responsable, et moi aussi, indirectement.

— Quel désastre ? bredouilla-t-il, complètement perdu.

— Lord Wynn est au courant de tout. Cette canaille l'a menacée de détruire sa réputation, avant de tenter de la déshonorer. J'ai dû l'assommer pour l'empêcher d'abuser d'elle.

— Pardon ? fit Derek, consterné. Annabelle, voudrais-tu être plus claire ?

Dominant son agitation, elle lui rapporta les événements en quelques mots. Derek éprouva une brusque colère, et imagina sans peine ce que Nicholas devait ressentir.

— Si ce gredin de Wynn met sa menace à exécution, ce sera la dernière erreur qu'il fera de sa vie. Nick le mettra en pièces. Pire que cela, il le provoquera en duel.

— Je l'espère, répondit Annabelle, vibrante d'indignation. Malheureusement, elle refuse de lui en parler.

— Pourquoi ?

Derek avait beau connaître les femmes, il ne comprendrait jamais leur logique particulière.

— Elle ne veut pas le solliciter de cette façon. S'il vient vers elle, elle ne veut pas que ce soit pour la sauver de sa « propre folie », comme elle dit, mais parce qu'il l'aime. Je la comprends parfaitement.

— Cependant, tu aimerais que j'intervienne, n'est-ce pas ? remarqua-t-il avec un sourire narquois.

— Tout à fait.

28

— Vous n'avez pas compris, déclara Nicholas avec froideur. Je me moque que lord Wynn reçoive ou pas. Je veux le voir.

Le domestique était jeune et peu armé pour contrôler la situation face à un aristocrate dédaigneux. Il se racla la gorge, visiblement embarrassé.

— Lord Wynn est souffrant, Votre Grâce.

— Je m'en doute. Dites-lui que j'irai le chercher dans sa chambre, s'il est trop couard pour venir de lui-même.

Le valet acquiesça. Lord Wynn ne devait pas inspirer trop de loyauté à son personnel, songea Nicholas.

Il entra dans un salon pauvrement meublé. Caroline ayant hérité de la maison de famille, le vicomte devait probablement louer cette demeure. Nicholas demeura debout près de la cheminée et jeta un coup d'œil à la pendule. Il laissait cinq minutes à Wynn pour réagir.

Nicholas se mettait rarement en colère. Il ne lui arrivait presque jamais d'élever la voix. Mais bien sûr, il n'avait pas souvent eu de raison d'entrer dans une telle fureur.

Cet homme avait levé la main sur Caroline, il avait voulu lui faire peur.

— Que diable voulez-vous, Rothay ? Comment osez-vous forcer ma porte ?

Nicholas nota avec plaisir que l'homme était d'une pâleur inhabituelle, comme s'il souffrait.

— Je suis assez tenté de vous tuer, déclara-t-il d'un ton aimable.

L'autre se figea. Puis il bredouilla :

— Je ne vois pas pourquoi. J'ignore ce que cette petite catin vous a dit, mais...

— Je vais peut-être me décider à le faire, déclara Nicholas en faisant un pas en avant. Je vous conseille de changer de langage. Sinon, je me ferai un plaisir de vous réduire en miettes.

— Vous ? Pour une femme ?

— Pour cette femme, oui.

— Allons, Rothay, vous changez de maîtresse comme de chemise. Cette femme n'est qu'une traînée, qui accepte de s'offrir à deux hommes en même temps.

La vision de Nicholas s'obscurcit et il serra les poings. S'il touchait Wynn maintenant, il risquait de lui tordre le cou.

— Vous devriez vous taire sur-le-champ. Je pourrais vous tuer demain matin à l'aube, sans plus de remords que si j'écrasais un insecte. Écoutez plutôt ce que j'ai à vous dire, d'accord ?

Lord Wynn comprit enfin le danger, car il perdit aussitôt toute sa morgue et son visage devint couleur de cendres.

— Voilà qui est mieux, je vois que nous nous comprenons, marmonna Nicholas. Donc. Vous restez à l'écart. Loin. Vous ne la regardez pas, ne la contactez sous aucun prétexte. Si elle arrive dans une réception où vous vous trouvez, vous partez dans l'instant. Je vous conseille même un séjour de quelques mois à la campagne. Le temps de me laisser me calmer. Si je tombe sur vous en ville par hasard, je ne réponds de rien. C'est clair ?

Wynn ouvrit la bouche pour protester, et la referma sans avoir prononcé un mot. Ses mains tremblaient. Les hommes qui terrorisaient les femmes étaient des lâches, et il ne faisait pas exception.

— Je continue. Prononcez un seul mot sur elle en société et je vous détruirai. Socialement, financièrement, de toutes les façons possibles. L'influence de la famille Manning s'étend jusque sur le Continent. Le prince-régent fait partie de mes amis. Vous serez banni, sans ressources, vous finirez votre vie dans la misère. Si cette perspective vous séduit, mettez-moi à l'épreuve. Répandez la rumeur que Caroline a joué un rôle dans ce pari.

— S'il fait cela, il devra m'en rendre compte également, lança une voix dure et métallique derrière eux.

Wynn pivota sur lui-même.

— Manderville, articula-t-il d'une voix étranglée.

Des gouttes de sueur perlèrent sur son front. Derek s'appuya nonchalamment à la porte du salon.

— Votre valet n'a pas osé me refuser l'entrée, puisque Nick était déjà là. Je vois qu'il a la situation bien en main. J'avoue que je m'attendais à voir couler du sang.

— Ce n'est pas encore exclu, dit Nicholas. S'il insulte de nouveau lady Wynn, cela risque d'arriver très vite. Quel bon vent t'amène, Derek ?

— C'est ma fiancée qui m'envoie. Vous avez fait sa connaissance ce matin, quand elle vous a fendu le crâne avec un vase, Wynn. Mais je vois que tu m'as devancé, Nick.

— Je pourrais porter plainte contre elle, protesta Wynn, dans une tentative pour reprendre le dessus. Elle s'est méprise sur la situation. Caroline m'a provoqué, et quand nous avons été surpris, elle a voulu nier...

Deux enjambées, et Nicholas saisit le misérable par le col de sa chemise et le plaqua si violemment contre le mur, que le tableau accroché au-dessus de la cheminée se balança dangereusement.

— Ne me poussez pas à bout.

Nicholas leva le bras et l'appuya contre la gorge de Wynn, lui coupant la respiration. Le visage de ce dernier s'empourpra.

— Je comprends que tu aies envie de le tuer, dit Derek au bout d'un moment. Mais si tu veux qu'il vive tu devrais le lâcher, à présent, Nick.

Nicholas relâcha la pression et recula d'un pas. Wynn s'affaissa, les yeux larmoyants, les mains sur la gorge.

— Rappelez-vous bien ce que j'ai dit. Caroline est sous ma protection.

— Je crois que tu t'es fait comprendre, déclara sèchement Derek.

Ils sortirent ensemble, sous les yeux effarés du valet.

— Merci d'avoir pris la défense de Caroline, dit Nicholas quand ils se retrouvèrent sur le trottoir ensoleillé.

— Je me sens un peu inutile. Mais j'aurais pu t'aider à te débarrasser du corps, le cas échéant. Ce crétin ne manquerait pas à grand monde, je crois.

— Dis-moi, tu as bien parlé de ta fiancée ? Qui diable est cette mystérieuse personne ?

— Annabelle Reid. Je l'aime depuis longtemps, mais j'étais trop stupide pour le reconnaître. J'ai failli la perdre.

— Je vois, répondit Nicholas, comprenant pourquoi son ami semblait si préoccupé depuis quelque temps. Je suis content pour toi, elle est adorable.

— Je suis content pour toi aussi.

— Rien n'est sûr encore, pour Caroline. Mais j'espère que ce sera bientôt réglé, murmura Nicholas.

Il grimpa dans son carrosse et frappa au plafond pour dire au cocher de démarrer.

⁂

Sa vie était un désastre.

Caroline se regarda dans le miroir. Son visage était strié de larmes, ses cheveux décoiffés, ses yeux hagards. Elle venait d'envoyer un courrier à un agent immobilier pour mettre la maison en vente. Ensuite, elle était montée dans sa chambre et avait sombré dans un sommeil agité.

Elle ôta les épingles de son chignon et prit sa brosse à cheveux, en frémissant au souvenir de la scène violente qui s'était déroulée au salon. Elle n'avait aucune illusion. Franklin allait s'empresser de divulguer son secret.

Une petite partie d'elle-même, au fond de son cœur, se moquait des ragots. L'ostracisme social était redoutable, mais elle ne regrettait pas d'avoir connu les bras de Nicholas, ses baisers, sa chaleur, son sourire... Elle était passée d'une existence terne et sans intérêt à la vraie vie.

Elle entendit le coup frappé à sa porte, mais celle-ci s'ouvrit avant qu'elle ait pu répondre. Nicholas entra. Sa haute silhouette virile formait un contraste saisissant avec le décor féminin de la chambre.

Elle ne put réprimer un cri de surprise. La situation devenait plus scandaleuse de minute en minute. Le Duc Diabolique, dans sa chambre ! La maisonnée devait être sens dessus dessous.

Et demain, tout Londres n'aurait que cette nouvelle anecdote à la bouche.

Il se tenait là, la fixant de ses yeux sombres.

— J'avais besoin de vous voir, pour m'assurer que vous alliez bien.

Un bref silence, et il ajouta en guise d'explication :

— Huw m'a dit ce qui s'était passé.

— Vous n'avez pas pensé que je descendrais, si vous vous faisiez annoncer ?

— Je n'ai pas réfléchi, répondit-il en souriant. Je ne voulais pas attendre.

— Vous ne devriez pas être là, enchaîna-t-elle, sans conviction. Je ne suis même pas habillée.

— C'est ainsi que je vous préfère. Ce salaud vous a-t-il fait mal ? Tout le monde m'a dit que non, mais j'ai pensé que vous aviez besoin de moi.

Besoin de lui ? Mon Dieu, oui. Encore plus qu'elle ne le pensait. Tout Londres ne parlerait bientôt plus que de leur relation, de toute manière. Et elle avait grandement besoin de ses bras pour la rassurer.

Elle voulut parler, mais un sanglot l'étrangla. Pourtant, elle pleurait rarement. Elle avait compris le soir de ses noces que les larmes étaient inutiles.

— Mon amour.

Nicholas la souleva, s'assit sur le pouf devant sa coiffeuse, et la serra sur ses genoux.

— C'est fini. Je me suis occupé de lui. Tu n'as plus rien à craindre.

Venait-il vraiment de l'appeler *mon amour ?* Caroline posa la tête au creux de son épaule, s'enivrant de l'odeur familière de son corps.

— Tu t'es occupé de lui ? dit-elle au bout de quelques secondes. Qu'est-ce que ça signifie ?

— Je lui ai rendu visite. Disons que nous sommes parvenus à un accord. Il est toujours vivant.

— Nicholas…

Il eut un sourire sans joie.

— Je pense qu'il a compris, quand il a senti mes mains lui serrer la gorge. N'as-tu pas dit que tu m'aimais pour ce que j'étais en réalité ?

— Tu le sais bien, murmura-t-elle d'une voix tremblante.

— Un jour, il y a très longtemps, une femme m'a dit qu'elle m'aimait. Mais c'était mon titre et ma fortune qu'elle aimait. J'étais jeune et stupide, elle était plus âgée et extrêmement intéressée par l'argent. J'ai compris tout cela en découvrant Helena au lit avec un autre. J'ai su plus tard qu'elle avait tout manigancé, dès notre première rencontre. Elle avait depuis longtemps des vues sur le prestige qui accompagne le titre de duchesse. Tu vas trouver cela difficile à croire, mais à dix-huit ans, j'étais naïf et romantique.

— Je comprends.

— Je me suis juré de ne pas commettre la même erreur deux fois, et pendant dix ans j'ai gardé mes distances avec les femmes, m'interdisant de tomber amoureux. Mais malgré ma grande méfiance, je crois que tu ne me mens pas sur tes sentiments. Aussi, il ne nous reste qu'une option, c'est évident. Je ne pense plus qu'à cela, et ma vie en est bouleversée.

— J'ai fait le vœu de ne plus jamais accorder ma confiance à un homme et de ne pas me remarier. Donc, tu vois ? Nous avons tous deux les mêmes hésitations.

— Nous pourrions renoncer tous deux aux promesses que nous nous étions faites à nous-mêmes ? Ce serait une bonne façon de tout recommencer.

— Oui, chuchota-t-elle, je crois que c'est une bonne idée.

Les yeux de Nicholas pétillèrent de malice, et le Duc Diabolique réapparut tout à coup.

— Comme si j'allais te laisser le choix !

Caroline sentit la tête lui tourner de bonheur.

Nicholas se leva, la fit asseoir seule sur le petit pouf, et s'agenouilla devant elle. Il prit ses mains glacées dans les siennes, et plongea son regard dans celui de Caroline.

— Souhaites-tu vraiment prendre le risque d'épouser un homme avec une réputation comme la mienne ?

Le duc de Rothay était à ses pieds et lui demandait sa main ? À sa place, toutes les femmes de Londres se seraient évanouies. Peut-être même toutes les femmes du monde…

— Nicholas…

— Un simple oui dissiperait mon angoisse, Caroline.

— Oui.

La tension s'évanouit, le visage de Nicholas s'illumina et il eut un sourire de triomphe.

— Je crois que c'est la première fois que je demande la main d'une femme, dit-il d'un ton désabusé.

— On ne m'avait jamais non plus demandée en mariage, mais je pense que tu as fait cela très bien.

Nicholas lui embrassa doucement le bout des doigts.

— Pardonne-moi si je me montre autoritaire avant même que nous ayons prononcé nos vœux, mon amour. Mais ton rôle de juge est terminé.

Épilogue

Le valet s'empressa de ramasser le châle de soie qui avait glissé de ses épaules. La gorge de Caroline était nouée par l'anxiété, mais elle sentit la pression rassurante de la main de son mari dans son dos.

— Tu es sûre que tu pourras aller jusqu'au bout ? Tu ne te sentais pas bien ce matin. Je peux encore faire rappeler le carrosse.

— Puisqu'il le faut, autant se débarrasser de cette corvée.

Il ne le savait pas encore, mais dans quelques mois ce ne serait plus possible. Sans oser vraiment y croire, elle pensait être enceinte. Les nausées matinales n'étaient pas une partie de plaisir, mais elle était aux anges à l'idée de porter l'enfant de Nicholas.

C'était arrivé cet après-midi du mois dernier, dans ce vallon verdoyant, en Essex. Elle en était sûre.

— Je suis d'accord, finissons-en, dit Annabelle Drake, nouvelle comtesse de Manderville.

La jeune femme était éblouissante, dans sa robe de soie rose pâle, avec ses cheveux relevés.

— Depuis l'annonce dans le journal pour informer les gens que vous aviez annulé votre pari en raison de circonstances imprévues, Margaret dit que tout le grand monde est en émoi. Ils veulent savoir pourquoi.

— Ils s'agitent pour rien, déclara Derek, amusé. Je peux vous assurer que les bavardages retomberont vite, et que nous serons bientôt oubliés.

— Absolument, renchérit Nicholas, imperturbable. Je dois avouer que mon idée était assez brillante.

— C'est ce qui m'a semblé sur le moment, murmura Caroline. Je n'en suis plus aussi sûre.

Deux licences de mariage spéciales, deux cérémonies discrètes, aucune annonce dans les journaux mondains. Le subterfuge leur avait assuré quelques jours de répit, avant que la haute société apprenne que les deux plus grands débauchés de Londres s'étaient mariés le même jour.

L'un d'eux avec une veuve inaccessible, et l'autre avec une jeune fille qui venait de rompre ses fiançailles.

Il y aurait des tas d'autres versions, plus ou moins embellies par les spéculations des uns et des autres.

Caroline n'avait aucun mal à imaginer les rumeurs. Le pari serait aussi évoqué, naturellement. Il valait mieux faire front tous les quatre ensemble.

— Prêts ? interrogea Nicholas, plus éblouissant que jamais dans son habit de soirée.

Derek et Annabelle entrèrent les premiers. La salle de bal était bondée, mais quand le majordome annonça « le comte et la comtesse de Manderville », les conversations se turent brusquement.

Caroline prit son courage à deux mains.

— Le duc et la duchesse de Rothay.

Un silence total s'abattit dans la salle. L'orchestre lui-même cessa de jouer.

Caroline espéra que son maintien digne faisait illusion, malgré ses joues enflammées. La moitié de Londres les dévisageait, bouche bée.

— J'espère que le champagne est frais, marmonna Nicholas. Je déteste quand il n'est pas à la bonne température.

Caroline ne put s'empêcher de rire, et la tension se dissipa. Le murmure des conversations repartit de plus belle.

L'idée de Nicholas n'était pas si mauvaise, en fin de compte. Si elle survivait à cette soirée, le pire serait derrière elle.

Nicholas resta à côté d'elle pour la soutenir pendant qu'on la félicitait. Au bout d'une heure, il parvint à la soustraire aux invités pour l'entraîner sur la piste de danse.

Il la serra contre lui. Tout contre. Sous les yeux de toute la ville. On ne l'appelait pas le Duc Diabolique pour rien. Tout d'abord, elle voulut le repousser, mais il tint bon.

— Non, protesta-t-il. Je veux qu'ils voient que je t'aime.

Il baissa la tête, lui effleurant la tempe de ses lèvres. Des centaines de personnes surprirent ce geste de tendresse, mais elle s'en moquait.

Il l'aimait.

Les commères allaient se demander comment elle avait capturé le duc, alors qu'on ne les avait jamais vus ensemble.

Cela ne serait jamais arrivé, sans cette proposition indécente, qu'elle lui avait faite.

Ses pieds touchaient-ils encore le sol ? Elle n'en était pas certaine.

— T'ai-je déjà dit à quel point je bénissais le ciel pour l'invention du bordeaux ? chuchota-t-elle en faisant allusion au fameux soir où Derek et lui avaient lancé leur pari.

— C'est tout ce que tu as à me dire, mon ange ?

— Non.

— Alors ? fit-il en la faisant gracieusement tournoyer sur la piste.

— Serre-moi plus fort.

Découvrez les prochaines nouveautés des différentes collections J'ai lu pour elle

AVENTURES & PASSIONS

Le 3 octobre

Inédit ***Une lady, sinon rien*** **Meredith Duran**

Une mère malade à charge et un demi-frère alcoolique, Nell Whitby collectionne les malheurs. Et si elle n'était pas qui elle pense être depuis toujours ? Sa ressemblance avec lady Katherine est tout de même des plus troublantes. Lady Katherine, la fille du défunt comte de Rushden… dont le titre vient d'être hérité par Simon St. Maur, qu'elle ne tarde pas à rencontrer.

Inédit ***Les amants de Londres - 2 - Le pardon***

Lorraine Heath

Stephen rentre de Crimée, où il a combattu deux années durant. Amnésique, il n'a plus aucun souvenir de ces années de lutte et de souffrance loin de chez lui. Rongé par ses tourments, il voit alors arriver ce qu'il craignait le plus : une jeune femme, infirmière de guerre, sonne à sa porte. Avec un enfant dans les bras…

Les trois princes - 1 - Puritaine et catin

Elizabeth Hoyt

Jeune veuve, Anna Wren envisage de travailler comme préceptrice. Malheureusement, les emplois respectables pour dames ne courent pas les rues. Par chance, le comte de Swartingham cherche une secrétaire. Anna est engagée par le maître de Ravenhill Abbey, si impressionnant avec son visage ravagé par la variole. Coléreux, autoritaire, il cumule les défauts. Pourtant, Anna ne peut nier l'attirance qui grandit entre eux...

Le 17 octobre

Inédit **Le club des Gentlemen - 2 -**
***Le destin de Merry Lane* ☙ Tessa Dare**

Rhys St. Maur appartient au club des Gentlemen. De retour dans son village natal, il constate que l'absence d'un maître s'est durement fait ressentir. Tout n'est que ruines et le château dont il vient d'hériter a brûlé. Seule une auberge a résisté. À sa tête, Meredith Maddox, son amie d'enfance. À ses côtés, Rhys décide de reconstruire le château. Un projet qui les rapprochera plus qu'ils ne pouvaient l'imaginer...

Inédit ***Les secrets - 3 - Longtemps, j'ai rêvé de toi***
☙ Anne Mallory

Phoebe Pace est sans aucun doute la femme la plus audacieuse de la capitale. Approcher Andreas Merrick, le plus sombre et amoral de tous les gentlemen, et affronter les médisances du Tout-Londres relevaient véritablement du défi. Andreas est très troublé face à cette séduisante lady, la seule qui ose provoquer l'homme redoutable qu'il est aux yeux de tous. Que lui veut-elle au juste ? Et que dissimule tant de témérité ?

Inédit ***La promise* ☙ TJ Bennett**

1525, Allemagne. Günter Behaim, soldat de Charles V, a souvent été trompé par des promesses bafouées. Lui est un homme de parole. Alors quand l'un de ses amis meurt en lui sauvant la vie, il lui jure qu'il exaucera son dernier vœu. Günter doit épouser la jeune promise du défunt, Alonsa... Commence dès lors un jeu de séduction endiablé pour convaincre la belle, réticente à l'idée de devenir sa femme.

Le 3 octobre

PROMESSES

Inédit **_Les chroniques de Virgin River - 5 - Attirance_**

Robyn Carr

À vingt-cinq ans, Shelby se retrouve orpheline. Malgré la douleur, il est temps pour elle de prendre un nouveau départ. Profiter de la vie, s'amuser, faire de nouvelles connaissances... Elle ne croyait pas si bien dire ! En route pour Virgin River, elle rencontre Luke Riordan, un ancien pilote. Et là, c'est le coup de foudre. Shelby se sent revivre à son côté, seulement voilà, il est de treize ans plus âgé.

Inédit **_Les Chicago Stars - 7 - Tout feu, tout flamme_**

Susan Elizabeth Phillips

Star de football, Dean Robillard décide de prendre des vacances et entreprend un road-trip pittoresque suite à une blessure. Sur une route du Colorado, il tombe sur une jeune femme seule. Déguisée en castor, à la poursuite de son ex. Un castor adorable, en réalité...

Le 3 octobre

CRÉPUSCULE

Inédit **_Les guerriers maudits - 3 - Le champion de lady Eleanor_** ☙ **Lisa Hendrix**

Victimes d'un sortilège, Gunnar et ses compagnons sont condamnés à être mi-hommes mi-bêtes pour l'éternité. Noble taureau le jour, Gunnar ne reprend apparence humaine qu'au coucher du soleil. Une nuit, par un acte de bravoure digne de son âme de guerrier, il sauve la vie de la sublime lady Eleanor de Neville. L'étincelle d'un regard, la douceur d'une caresse qui devient baiser… Gunnar entrevoit un bonheur inespéré.

Inédit **_Le duc de Fer_** ☙ **Meljean Brook**

Angleterre, 1901. Les invasions de la Horde ont ruiné le pays. Nombreux sont ceux qui ont fui devant ce peuple barbare tandis que d'autres restent et se battent. Comme Rhys Trahaearn, le duc de Fer, devenu un héros depuis qu'il a vaincu les forces ennemies. Au côté de la sublime détective Mina Wentworth, le hors-la-loi enquête sur un meurtre des plus étranges qui les conduira sur les océans et dans les airs...

Le 17 octobre

Passion intense

Des romans légers et coquins

Inédit **Protections rapprochées - 2 -**

Angélisme fatal **Lisa Marie Rice**

Harry Bolt aurait pu se laisser mourir suite à cette grave blessure de guerre. S'il a survécu, c'est grâce à la voix sensuelle de la chanteuse Eve, de son vrai nom Ellen Palmer. Aujourd'hui, dirigeant d'une société de sécurité, il croit rêver quand l'artiste pousse la porte de son entreprise. Elle court un grave danger. Harry lui doit la vie, il la protégera à tout prix. Corps et âme…

Caprices érotiques **Nicole Jordan**

Antonia Maitland a tous les hommes à ses pieds. N'est-elle pas l'héritière d'une grande fortune et la fiancée d'un baron de haute lignée ? Son brillant avenir est tout tracé. Pourtant, face à Trey Deverill, l'explorateur à la sulfureuse réputation, elle se met à douter. Peut-être parce qu'elle rêve d'aventures... qu'elle ne pourrait vivre qu'à ses côtés.

Et toujours la reine du roman sentimental :

Barbara Cartland

« Les romans de Barbara Cartland nous transportent dans un monde passé, mais si proche de nous en ce qui concerne les sentiments. L'amour y est un protagoniste à part entière : un amour parfois contrarié, qui souvent arrive de façon imprévue.
Grâce à son style, Barbara Cartland nous apprend que les rêves peuvent toujours se réaliser et qu'il ne faut jamais désespérer. »

Angela Fracchiolla, lectrice, Italie

Le 3 octobre
Rêve de bal

10077

Composition
FACOMPO

Achevé d'imprimer en Italie
par Grafica Veneta
le 20 août 2012.

Dépôt légal : août 2012.
EAN 9782290055120
L21EPSN000858N001

ÉDITIONS J'AI LU
87, quai Panhard-et-Levassor, 75013 Paris

Diffusion France et étranger : Flammarion